U0495622

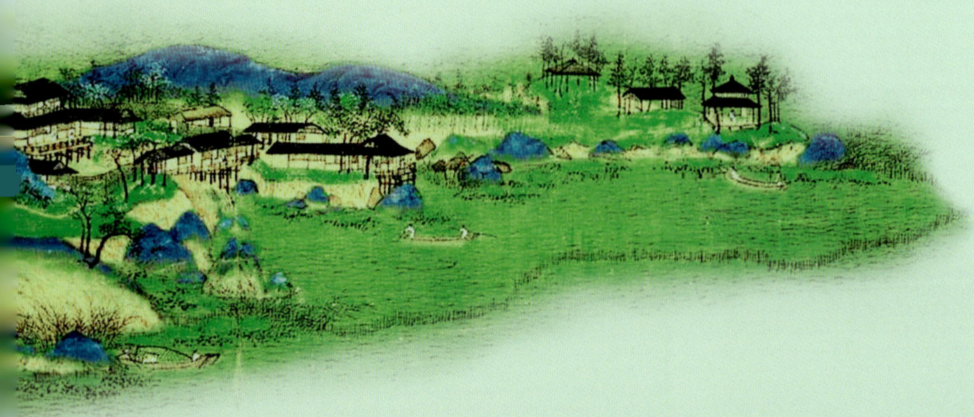

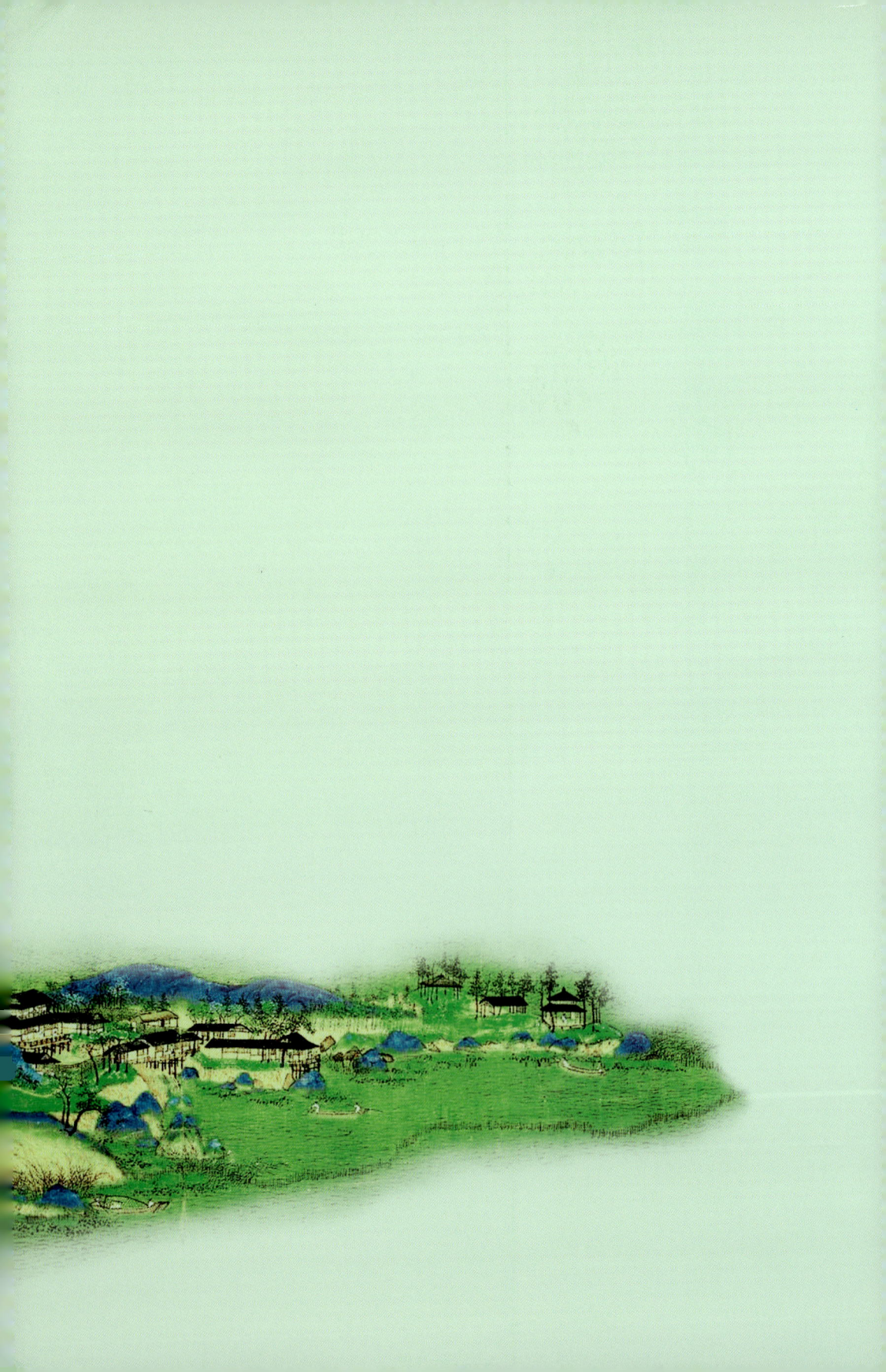

王士祥　著

唐诗中的绿水青山

中原出版传媒集团
中原传媒股份公司

大象出版社
·郑州·

图书在版编目（CIP）数据

唐诗中的绿水青山／王士祥著.— 郑州：大象出版社，2020.6
（唐诗中国）
ISBN 978-7-5711-0483-2

Ⅰ.①唐… Ⅱ.①王… Ⅲ.①唐诗-诗歌欣赏 Ⅳ.①I207.227.42

中国版本图书馆 CIP 数据核字（2019）第 282226 号

唐诗中国
唐诗中的绿水青山
TANGSHI ZHONG DE LÜSHUI QINGSHAN

王士祥　著

出 版 人	王刘纯
策　　划	张前进　管　昕
责任编辑	管　昕　曲　静
责任校对	安德华
书籍设计	王莉娟

出版发行	大象出版社（郑州市郑东新区祥盛街 27 号　邮政编码 450016）
	发行科　0371-63863551　总编室　0371-65597936
网　　址	www.daxiang.cn
印　　刷	郑州市毛庄印刷厂
经　　销	各地新华书店经销
开　　本	720 mm×1020 mm　1/16
印　　张	17.25
字　　数	222 千字
版　　次	2020 年 6 月第 1 版　2020 年 6 月第 1 次印刷
定　　价	45.00 元

若发现印、装质量问题，影响阅读，请与承印厂联系调换。
印厂地址　郑州市惠济区清华园路毛庄工业园
邮政编码　450044　　　　电话　0371-63784396

出版说明

◆

众所周知，中国是诗的国度，唐诗更是世界文苑中一颗熠熠生辉的明珠。王静安先生曾在其《人间词话》中将"唐之诗"作为有唐的"一代文学"，更使唐诗树起了独领风骚的大旗。

唐诗之所以成就独出，宋人严羽在其《沧浪诗话》中认为科举使然。无可否认，科举打破了学在官府的局限，促进了教育的多层次化；同时，"以诗取士"作为改革制度成为选拔官人的举措，从而让诗歌创作的参与者表现出多层次性特征，而作者的多层次性必然会带来诗歌内容的丰富性和诗歌艺术的多姿多彩。

唐诗题材广泛，或反映社会状况、阶级矛盾、民族关系、国际交流，或书写男女情爱、离愁别绪、家风家教、爱国情怀，或记录节日风俗、四季轮转、锦绣山川。我们从唐诗中可以感受历史纵深处的文化积淀，与三皇五帝以及唐前的历史人物进行跨时空交流，可以品味当时生活的林林总总，随着文人墨客笔下那浅吟低唱的文字展开联想，为成功者而歌，亦为失意者而叹。总之，唐诗可以带给我们丰富的艺术感受和生命体验。

当前，文化自信深入人心，中国优秀传统文化以多种传播形式走进了人们的视野,中央电视台的《中国诗词大会》《经典咏流传》以及各地方电视台的诗词类节目,皆努力通过经典的魅力提升人们的生活品质、审美情趣。

在这种时代背景下,出版行业更应当积极有为。我社经过反复论证,决定推出"唐诗中国"系列丛书,引导读者探寻中国历史,了解中国故事,保持对中国文化的温情和敬意。换言之,"唐诗中国"系列丛书旨在通过专题化、故事化的呈现,系统解读唐诗的文化意蕴,抉发唐诗的诗教功能和当代价值,从而在继承优秀传统文化、助力国家文明建设中略尽绵薄之力。这也是加强对中华优秀传统文化古为今用、推陈出新的具体转化。

作为全国优秀社会科学普及专家,郑州大学文学院教授王士祥老师长期致力于唐诗的研究和宣教工作,在学术走出书斋、走向大众、走向通俗普及方面造诣颇深。其在我社出版的《名人妙对》《唐诗趣谈》《隋唐科场风云》等文化读物,语言妙趣横生且充满智慧,受到读者的普遍好评。由此,我们邀请王士祥老师以一人之力担承整套丛书的写作任务,在我社滚动出版,并展开针对性营销,对于整合和打造品牌书系大有裨益。本套丛书的出版,王士祥老师会精心选择紧扣当下时代要求和社会热点的主题,在写作中保持一贯的通俗、幽默、生动的风格,让读者在轻松的阅读中接受唐诗精神的熏陶,感受中国优秀传统文化的魅力。这是我们的品牌保证!

王老师开讲了!

大象出版社

2019 年 11 月

前言

◆

"绿水青山就是金山银山"已经深入人心,成为我国生态保护最有感染力的金句,内化为国民环境保护的理念。这是人们对自然认知的进步,也是对人与自然和谐相处这一关系认知的深刻体会。

中国古代不乏对绿水青山的文学书写。曹操的《观沧海》让我们通过文字看到了祖国河山的雄伟壮丽,同时让我们感受到了作者宽阔的胸襟;陶渊明的《桃花源记》让我们感受到了桃花源的安宁和乐,同时为后人留下了一个"桃花源"的文学母题,让许多文人争先赋咏;王维的辋川组诗让人不禁生出随之归隐的念头;孟浩然的一路行歌,总是游走在绿水青山之中;那个"飞扬跋扈为谁雄"的李白不仅写出了山水的雄奇灵秀,而且总能在游乐中遇到神仙;"诗圣"杜甫漂泊半辈子,总算把幸福的时光安顿在了四川。

邓陟有一首《珠还合浦》诗:"至宝含冲粹,清虚映浦湾。素辉明荡漾,圆彩色玢瑞。昔逐诸侯去,今随太守还。影摇波里月,光动水中山。鱼目徒相比,骊龙乍可攀。愿将车饰用,长得耀君颜。"诗歌叙述了东汉孟尝的典故。据《后汉书》记载,合浦虽然不产粮食,但靠海出产珍珠。这个地方与交阯(今属越南)接壤,百姓靠互相通商维持生活。

在孟尝被任命为合浦太守之前,合浦郡的官员多贪婪污秽,采捞珍珠不知道节制,导致珠蚌逐渐迁到交阯界内,结果"行旅不至,人物无资,贫者饿死于道"。孟尝上任后,"革易前敝,求民病利。曾未逾岁,去珠复还,百姓皆反其业,商货流通,称为神明"。孟尝规定老百姓捕捞珍珠要有限度,注意保护环境。不到一年时间,"影摇波里月,光动水中山",环境改善了,离开的珠蚌去而复返,老百姓恢复本业,合浦再次繁荣起来。这个故事完美诠释了什么叫"绿水青山就是金山银山",让我们体会到了环保的价值。

无论是王维、李白,还是杜甫,都曾经有过高远的政治抱负,即便是那位被李白奉为"红颜弃轩冕,白首卧松云"(《赠孟浩然》)的孟浩然,也渴望蟾宫折桂,所以才在《长安早春》诗中说"何当桂枝擢,归及柳条新",但他们丰满的理想最终都败给了骨感的现实。王维吟唱着"中岁颇好道,晚家南山陲"(《终南别业》),感受山中"花落家童未扫,莺啼山客犹眠"(《田园乐七首》其六)的美好;李白在欣赏"峨眉山月半轮秋,影入平羌江水流"(《峨眉山月歌》)及"烟开兰叶香风暖,岸夹桃花锦浪生"(《鹦鹉洲》)时,忘记了世俗的烦恼;杜甫在经历了种种磨难之后,在浣花溪畔的青山绿水间赞叹着"桃花一簇开无主,可爱深红爱浅红"(《江畔独步寻花七绝句》其五)、"留连戏蝶时时舞,自在娇莺恰恰啼"(《江畔独步寻花七绝句》其六),当上了"养生堂"堂主。于是绿水青山成了诗人们修身养性、自我疗伤的乐土,我们也在绿水青山间感受到了美的意义。

来到庐山瀑布前,李白的"飞流直下三千尺,疑是银河落九天"(《望庐山瀑布水二首》其二)在脑海萦绕,徐凝的"今古长如白练飞，一条界破青山色"（《庐山瀑布》）在耳畔回响；来到洞庭湖畔，刘禹锡的"湖光秋月两相和，潭面无风镜未磨。遥望洞庭山水翠，白银盘里一青螺"（《望洞庭》）和张说的"忽惊水上光华满，疑是乘舟到日边"（《和尹从事懋泛洞庭》）自然脱口而出，"洞庭湖上清秋月"（《洞庭玩月》）一直皎洁到今天。登上华山，想到韩愈"悔狂已咋指，垂诫仍镌铭"（《答张彻》）的窘态，不禁哑然失笑；登上嵩山，不免会为白居易的"东岩最高石，唯我有题名"（《早春题少室东岩》）点赞。长安有"蜂怜杏蕊细香落，莺坠柳条浓翠低"（李山甫《曲江二首》其一）的曲江，洛阳有"桥畔月来清见底，柳边风紧绿生波"（罗邺《洛水》）的洛水，杭州有"松排山面千重翠，月点波心一颗珠"（白居易《春题湖上》）的西湖。吟着熟悉的诗句，来到那些诗人曾经到过的地方，把他们诗中的美当成我们的精神食粮，是身心的放松，更是穿越时空的心神交流。

《唐诗中的绿水青山》是换一个角度学习唐诗，是感受绿水青山的文学之旅，也是文学课堂的社会化体现。不同的山水背后蕴含着不同的故事，透过这些故事，我们将走近那些熟悉又陌生的诗人。

王士祥
2019年仲秋

目 录

❖

青山绿水入诗来……………………………………………001

挥毫嗜酒颇癫狂　桃花溪美神仙境　绿水青山蕴内涵

也曾倘徉山水间　宰相手题政事堂　绿水青山寄酒情

不辨仙源何处寻……………………………………………013

欲寻仙境好安民　刘晨阮肇入桃源　此生心系桃源情

摩诘彩笔绘仙源

诗中有画画中诗……………………………………………026

白云青霭入南山　山壑林泉任卧游　何故流连山水间

一路青山一路歌……………………………………………039

襄阳乘兴访名山　潭边多有流连处　频见泛舟绿水间

田园佳作亦高歌

一生好入名山游……………………………………………051

梦游天姥诗仙影　西看明月忆峨眉　泰山亦伴仙人游

天台晓望见溟渤

青莲水畔意悠悠……………………………………………064

桃花潭碧跃紫鳞　江上洲传鹦鹉名　欢洽诗仙随绿水

湖映天光溪水闲

清江一曲抱村流……………………………………………075

好一处风水宝地　朋友圈里晒幸福　老杜的幸福生活

定居四川的原因

春来江水绿如蓝……………………………………………088

乐天为何去杭州　一半勾留是此湖　最爱湖东行不足

一湾湖水救凶年　此生最忆是杭州

山水龙门醉乐天……………………………………………102

龙门是乐天游赏地　龙门是乐天功德地　龙门是乐天命名地

龙门是乐天归葬地

龙门山水多佳话……………………………………………116

香山赋诗夺锦袍　文人墨客纷纷来　刘长卿夜游龙门

华山自是神仙界……………………………………………128

周王战马放华山　吹箫引凤上华山　诗仙屡记华山缘

韩愈华山故事多

2

万仞高岩藏日色……………………………………………142

　　武皇祭祀来嵩山　　石淙宴饮留佳作　　墨客纷纷留雅韵

唯有终南山色在……………………………………………156

　　历来捷径隐终南　　半篇佳作登高第　　登科成败怨终南

　　山水终南风景秀

庐山瀑布传千载……………………………………………169

　　名相遥望万丈泉　　疑是银河落九天　　瀑布协助夺解元

西塞山前白鹭飞……………………………………………181

　　画中有画《渔父歌》　　不一样的张玄真　　震惊江湖《渔父歌》

　　同名"网红"西塞山

遥望洞庭山水翠……………………………………………193

　　江寒日静光华满　　波撼襄阳临洞庭　　洞庭秋月生湖心

曲江岸北凭栏干……………………………………………206

　　每日江头尽醉归　　杏园初宴曲江头　　大笔如椽斥丽人

上阳花木不曾秋……………………………………………219

　　洛水桥边春日斜　　洛水穿宫处处流　　上阳宫水流红叶

　　泣问上阳宫里人

拂水飘绵皆柳色……………………………………………233

　　曾忆陶潜种五柳　　曾傍龙舟拂翠华　　未若柳絮因风起

3

柳州种柳柳成行　科场竟添柳色新

绿水青山染杏桃……………………………………246

人面桃花相映红　却被桃花误十年　花开犹得识夫人

活色生香第一流　当年科考杏花诗

参考书目……………………………………………259

后记…………………………………………………262

青山绿水入诗来

隐隐飞桥隔野烟,石矶西畔问渔船。
桃花尽日随流水,洞在清溪何处边。①

这是唐代张旭的一首山水诗,题目叫《桃花溪》。我们印象中的张旭是唐代著名书法家,没事爱喝点酒,杜甫还曾经在《饮中八仙歌》中写到过他:"张旭三杯草圣传,脱帽露顶王公前,挥毫落纸如云烟。"②张旭明明是个书法家,什么时候改行当诗人去了?带着这样的疑问我们先来认识一下他。

挥毫嗜酒颇癫狂

据《旧唐书》和《新唐书》记载,张旭有两个身份、一大特点,两个身份是:书法家、"酒仙"。《旧唐书》中说"旭善草书,而好酒"③。张旭的书法继承了王羲之、王献之的风格,字字有法,变化莫

---

① 〔清〕彭定求等:《全唐诗》,北京:中华书局,1960年4月,第1179页。以下所引诗歌出自该书的,仅在正文中加注书名及页码。
② 〔清〕仇兆鳌:《杜诗详注》,北京:中华书局,1979年10月,第84页。
③ 〔后晋〕刘昫等:《旧唐书》,北京:中华书局,1975年5月,第5034页。

测。韩愈在《送高闲上人序》中说"旭之书,变动犹鬼神,不可端倪"[1],称赞其书法出神入化,变化莫测。相传,他的草书神韵还受到了公孙大娘剑器舞的启发。著名书法家颜真卿曾两度辞官,向他请教笔法。张旭对书法的热情无人能及,一旦沉浸其中,旁若无人,完全是一种癫狂状态。

这种癫狂状态就是他的一大特点,而这个特点又和他的两个身份有关。《旧唐书》中说他"每醉后号呼狂走,索笔挥洒"[2]。一般人喝醉了要么睡觉,要么酒壮怂人胆,说胡话甚至胡作非为。张旭则不然,每次喝醉之后就大呼大叫,来回奔走,然后拿起笔来挥洒创作,甚至经常会把自己的头发当毛笔,蘸墨书写。亏得那个时候男人的头发长,能够直接用头发代替毛笔,如若是现在,那就尴尬了。

写的效果怎么样呢?《旧唐书》中说"变化无穷,若有神助"[3],简直就是神品。可以肯定的是,在那种亢奋的精神状态下,他写的不可能是工笔小楷,只能是草书,而且必然是狂草,毕竟被称为"草圣"嘛。唐代诗人李颀在《赠张旭》一诗中说:

> 露顶据胡床,长叫三五声。
> 兴来洒素壁,挥笔如流星。

(《全唐诗》,第1340页)

不戴帽子,蹲在凳子(胡床)上,大叫着在墙上快速书写,够狂够酷!

韩愈在《送高闲上人序》中曾经这样写张旭:

> 喜怒窘穷,忧悲愉佚,怨恨思慕,酣醉无聊不平,有动于心,必于草书焉发之。观于物,见山水崖谷,鸟兽虫鱼,草木之花实,日月列星,风雨水火,雷霆霹雳,歌舞战斗,

---

[1] 马其昶:《韩昌黎文集校注》,上海:上海古籍出版社,1986年12月,第270页。
[2] 〔后晋〕刘昫等:《旧唐书》,北京:中华书局,1975年5月,第5034页。
[3] 〔后晋〕刘昫等:《旧唐书》,北京:中华书局,1975年5月,第5034页。

> 天地事物之变，可喜可愕，一寓于书。①

这么说，书法成了张旭表达情绪的重要手段。为何这么癫狂的一个"酒仙""草圣"会以诗歌的形式写如此灵秀的绿水青山呢？下面我来讲讲张旭这首诗。

桃花溪美神仙境

其实啊，这一点儿也不意外，别忘了，中国是诗的国度，从《诗经》开始，诗歌就成为人们一种常见的表达方式，吃喝拉撒睡都可以写进诗歌。王国维说"一代有一代之文学"，当说到唐朝的时候，他说"唐之诗"，这更说明唐朝是以诗歌闻名世界的。所以，那个时候的文人，如果不会拽几句诗歌，都不好意思在"江湖上"混，更不好意思称自己是"文艺圈"的人。张旭也不例外，他所交往的那些人全是"文艺圈"重量级的人物，如李白、杜甫、贺知章等响当当的诗人，他还和贺知章、张若虚、包融并称"吴中四士"。咱不说李白和杜甫，就说张若虚，一篇《春江花月夜》震惊了整个"文艺圈"，就这篇作品，足以奠定张若虚的文学史地位。张旭和他们来往，好意思不作诗吗？客观来说，张旭的七言绝句还是很不错的。

张旭留下的诗歌并不多，只有十来首，不过足以让人们对他刮目相看了。《唐诗三百首》的编选者蘅塘退士评论这首《桃花溪》说：四句抵得上一篇《桃花源记》。这个评价相当高了，张旭这四句诗可以和陶渊明的《桃花源记》相媲美了。

陶渊明的《桃花源记》我们都耳熟能详，写的是晋朝武陵一个渔夫无意间发现了神仙般的桃源世界。那里不仅"芳草鲜美，落英缤纷"，有一流的自然环境美，而且"土地平旷，屋舍俨然，有良田美池桑竹

---

① 马其昶：《韩昌黎文集校注》，上海：上海古籍出版社，1986年12月，第270页。

之属",有一流的农业生态美,甚至"黄发垂髫,并怡然自乐"[1],有一流的社会人情美。陶渊明的《桃花源记》为后人尤其是后世文人描绘出一个如诗似画的山水田园世界,成了他们心灵归依的净土。

"草圣"张旭的《桃花溪》就是借陶渊明《桃花源记》的意境创作出来的一首山水诗,是另一个版本的《桃花源记》。张旭在诗中通过描写桃花溪幽美的景色和作者对渔夫的询问,抒发自己对世外桃源的向往、对美好生活的追求。作者上来从"飞桥"和"野烟"写起,让人感觉山水朦胧,就像一幅恍如仙境的水墨画。横跨溪上的长桥,在缭绕的烟雾中若隐若现,好像能看见,但又不太分明,不够真切。可以想象,人们在上面行走时一定像漫步云中,完全是朦胧迷幻的神仙世界。

作者急于知道桃源洞口在哪里,于是向渔翁打听,或许作者已经把眼前的渔翁当成了那个进过桃花源的武陵渔人。可是,渔人的回答又把他拉回了现实,他并没有得到想要的答案,他所能看到的只是眼前漂满花瓣的溪水,他心中的疑问依旧是"洞在清溪何处边"。桃源洞口究竟何在,依旧是一个谜,桃花源成为人们精神追求的圣地。这短短28个字,体现出了作者的审美情趣和执着精神。

绿水青山蕴内涵

当我们随着张旭的"直播"去神游"桃花源"时,可能已经怦然心动,那是对美好生活的向往,对绿水青山的渴求。绿水青山不仅是每一个人的追求,而且是我们这个时代的共同梦想。为什么这么说呢?这还要从"绿水青山就是金山银山"这句名言说起。

2005年8月15日,时任浙江省委书记的习近平同志在湖州安吉

---

[1] 袁行霈:《陶渊明集笺注》,北京:中华书局,2003年4月,第479页。

考察，提出了"既要绿水青山，又要金山银山。其实，绿水青山就是金山银山"的科学论断。2015年3月24日，习近平总书记主持召开中央政治局会议，审议通过了《关于加快推进生态文明建设的意见》，正式把"绿水青山就是金山银山"的理念写进中央文件。如今，这句话成为指导中国加快推进生态文明建设的重要指导思想，成为国家意志和全民共识。

"绿水青山就是金山银山"这一科学论断体现了生态文明与经济发展的和谐关系。"绿水青山"四个字蕴含了美丽中国、生态中国、文化中国的建设内涵，体现了我国的生态系统论和敬畏自然论；"金山银山"是人们对经济发展的规划与期待，是实现中国梦的重要内容。但是要"金山银山"，不能以牺牲"绿水青山"为代价，二者完全可以和谐统一。

当我们腰包鼓起来的时候，我们渴望走进"绿水青山"，去陶冶情操，感受张志和笔下的"西塞山前白鹭飞，桃花流水鳜鱼肥"（《渔父歌》，《全唐诗》，第3491页）；当我们在"绿水青山"间欣赏游玩的时候，我们又成就着别人的"金山银山"。于是，"绿水青山"吸引了"金山银山"，也成就了"金山银山"。"绿水青山"是我们的中国梦，那是一种诗意的存在，是人们理想的生活，也是评价人们幸福指数的重要标准之一。

也曾徜徉山水间

可能有人会问，王老师，您说"绿水青山"是诗意的存在和理想的生活，您有过这样的生活吗？我不敢说日日徜徉山水间，毕竟有工作，但是一有时间我就会去感受大自然的美好。

我有一个好朋友，释刚圆法师，是河南省许昌佛教协会会长。自古名山僧占多，他主持的乾明寺背靠首山，面对汝水，《史记》记载，这个首山就是当年黄帝采铜之处，而汝水在唐诗中也出现过，如孟郊说"汝水无浊波"（《汝州陆中丞席喜张从事至同赋十韵》，《全唐诗》，第4215页），可以想见环境还是很漂亮的。刚圆法师和我交往以来渐渐迷上了写诗，经常会发一些诗歌给我。有一天大早上他给我发来一首诗：

  首山桃李笑春风，阵阵花香满乾明。

  刚才下过杏花雨，随后又刮杨柳风。

四句诗就把首山的美景描绘出来了，桃杏绽放，花香四溢，沁人心脾。我看了这首诗之后只有一种感觉——自在，只有自在的人才能看到自在的风景，只有自在的人才能用这么自在的诗句表现自在的风景。这首诗很生活化，比如后两句中的"刚才"与"随后"、"杏花雨"与"杨柳风"。我经过斟酌，回复绝句一首：

  桃花粉艳杏花红，古寺逢春茶韵浓。

  但喜禅堂多雅客，尘俗看破出樊笼。

我的诗过于文人气，显得有些拘谨了，这就是闭门造句和徜徉自然的差别。所以，诗歌就是生活的发现，甚至是生活本身。心动不如行动，于是起床收拾停当，打电话约上三五好友去欣赏那"笑春风"的"首山桃李"。这就是山水遇见诗词的魅力，让你的心里痒痒的！

  一次，我们相约到丹江游玩，刚圆法师一到江边，看着开阔的水面，就念了两句，"一路奔波到丹江，眼前一片是汪洋"，虽然不很工整，但随性自然，一幅烟波浩渺的画面马上呈现在眼前。我们乘船在江上欣赏，山清水秀，谈禅论诗，沉醉其中，真有点李清照《如梦令》中所说的那样，"沉醉不知归路"。

  刚圆法师在返程的车上又写了两句："群峰叠翠望山崖，天碧连江伴晚霞。"这写的是我们在江上看到的景色，江边山峰青翠，傍晚时分天边出现一抹晚霞，真的如同画中游。"漂亮！"我刚夸完，他嘿嘿一笑说："教授，您来续两句吧，古代不是有联句吗？咱俩也来个联句怎么样？"我开玩笑说："您不会是掉链子了吧？"然后沉思片刻，续了两句："此景此情如梦幻，蜃楼海市是仙家。"他的两句是实写，写所看到的，我的两句是虚写，写想象的，虚实结合。这就是我和朋友的山水诗意生活。

我和刚圆法师胡诌的几句诗，不会增色山水，也不会被别人写下来挂在墙上作为范本。但是唐朝却有这样一位诗人，他的两句诗享受到了这样的待遇。下面且听我慢慢讲来。

宰相手题政事堂

先来了解一下这位诗人，他叫王湾，洛阳（今属河南）人，生卒年不详。先天元年（712）考中进士，当过荥阳主簿和洛阳尉。就《全唐诗》来看，王湾留存下来的诗歌只有十首，代表作是《次北固山下》。宰相张说就是把这首诗中的两句写下来高悬在了政事堂。《次北固山下》是一首五言律诗：

> 客路青山外，行舟绿水前。
> 潮平两岸阔，风正一帆悬。
> 海日生残夜，江春入旧年。
> 乡书何处达，归雁洛阳边。

（《全唐诗》，第1170页）

说到北固山，大家可能会一下子愣住，北固山是什么地方？北固山在江苏镇江，北临长江，是个山清水秀的好地方。王湾年轻的时候，经常往来于吴楚等地，多次被北固山的美景吸引停留。这首诗应该就是他停靠北固山下触景生情写出来的。

王湾词翰早著，在文学创作方面，算得上是一个少年天才，被元朝辛文房收入《唐才子传》中。这首《次北固山下》，他写得不仅美，让人有畅游其间的愿望，而且让人充满了联想，秀美之中让人感到了力度美。

先说写得美。作者写初春时节的南方景色，自然与他熟悉的北方景色形成了鲜明的对比。他是个北方人，对南方的节候会有敏锐的感受，那是一种惊新的感觉。杜甫的爷爷杜审言在《和晋陵陆丞早春游望》中说"独有宦游人，偏惊物候新"（《全唐诗》，第734页），那是一种陌生感、新奇感，王湾也是如此。北方还是春寒料峭呢，南方已经春暖花开满目青翠了，这就是地域广袤所表现出来的气候差别。作者所看到的景物无不充满生机，山是青的，水是绿的，就是一个净琉璃般的世界。

山青我们能想象到，草木葱茏，水绿会是一种什么样的审美感觉呢？清澈。白居易在《忆江南》中说"春来江水绿如蓝"（《全唐诗》，第407页），韦庄在《菩萨蛮》中说"春水碧于天"（《全唐诗》，第10075页），简直就是温润的碧玉。就在那清澈的水面上，太阳正缓缓升起，就像从江中出浴一般，发出柔和的光芒，这不正是白居易《忆江南》中那句"日出江花红胜火"吗？其实啊，早在初唐时期，杜审言在《和晋陵陆丞早春游望》中就有过类似的表达，"云霞出海曙，梅柳渡江春"。

再说让人充满联想。那就是"潮平两岸阔，风正一帆悬"两句。生活在北方的人，除了能感受李白《将进酒》中"黄河之水天上来，奔流到海不复回"（《全唐诗》，第1682页）的气势，很少能见到波浪汹涌的水势。王湾在北固山下的长江中，看到了那种壮观，浪到的时候看不见江岸，只有水退了浪平了，江岸才会出现。再看江面上，一艘帆船正不畏艰险，乘风破浪前进。原本青山绿水的柔美马上具有了力度，而且让人想到了"乘风破浪"的故事。

故事的主人公叫宗悫，南朝宋的著名将领，从小就有雄心壮志，喜欢舞枪弄剑。一天，他的叔父宗炳问他的志向。宗悫回答说："愿乘长风破万里浪。"①这个故事见于《宋书·宗悫传》。人们多用"乘风破浪"形容一个人志向远大，比如李白就在《行路难》中高歌："长风破浪会有时，直挂云帆济沧海。"（《全唐诗》，第1684页）所以，"潮平两岸阔，风正一帆悬"让人很振奋。还有一个版本，这两句诗是"潮平两岸失，风正数帆悬"（《全唐诗》，第1170页），更是千帆竞发。

这首诗的中间两联写得好，怎么体现呢？

首先是被高度赞誉。唐代殷璠在《河岳英灵集》中赞誉"潮平两岸阔，风正一帆悬。海日生残夜，江春入旧年"为"诗人以来，少有此句"②，什么意思？以前很少有人能写出这么好的句子。《河岳英灵集》是专收盛唐诗的唐诗选本，共收录24人的234首诗歌，能入选的诗人和诗作都具有标志性，再给出这么高的评价肯定是非常突出的。"海日生残夜，江春入旧年"也被清人沈德潜在《唐诗别裁集》中称赞道："江中日早，客冬立春，本寻常意，一经锤炼，便成奇绝。"③

其次是被高悬标榜。殷璠在《河岳英灵集》中说："张燕公手题政事堂，每示能文，令为楷式。"这里的张燕公就是张说。这句话是承"少有此句"而来的，因此指的是"海日生残夜，江春入旧年"两句。张说可不是一般人，三次为相，那是开元前期一代文宗，执掌文坛30年，早年参加科举考试，策论为天下第一。能被张说"手题政事堂"，而且"令为楷式"，肯定不一般。"政事堂"是什么地方？那是宰相办公的地方。什么是"楷式"？样板，典范。让大家照着这两句学习写作，可见，

---

① 〔梁〕沈约：《宋书》，北京：中华书局，1974年10月，第1971页。
② 〔唐〕殷璠：《河岳英灵集》，影印《四库全书》本第1332册，台北：台湾商务印书馆，1986年3月，第57页。
③ 转引自袁行霈等：《中国文学作品选注》（第二卷），北京：中华书局，2007年6月，第257页。

这两句无论是用字之准确、对仗之工整，还是意境之明丽，都是出类拔萃的。

再次是被用于考试。"手题政事堂"是张说的个人行为，唐朝科举考试中用"海日生残夜"为韵就属于政府行为了。我曾经在《隋唐科场风云》里讲，唐朝科举考试中，赋是需要押韵的，而且经常需要押好几个韵。《文苑英华》卷四有一篇《登天坛山望海日初出赋》，便是以"海日生残夜"为韵的。遗憾的是，这篇文章是谁写的，写于哪一年，已经很难考证了。也有一种可能，《登天坛山望海日初出赋》就是一篇练习作品，但它的形式完全符合考场上的规范，也就是说，即便不是来自考场，也是模仿考场规定创作的。

以上三个方面说明王湾这首诗写得确实好。不过作者最后却说"归雁洛阳边"，原来是想家了。就像王粲《登楼赋》中说的"虽信美而非吾土兮，曾何足以少留"[①]，外边再好不是我的家，有点归心似箭的感觉。不过，唐朝还有一位姓王的诗人，对山水很是留恋，动不动就归隐了。难道真的是为了山水？还是别有隐情？他又为我们留下了哪些好作品呢？这就是我们下面要讲的王绩和他的《野望》一诗，我们定个小标题"绿水青山寄酒情"。

绿水青山寄酒情

一般写绿水青山都是寄托闲情逸致的，您怎么说寄"酒情"呢？且听我慢慢道来。

王绩的名字大家似乎不那么熟悉，但大家肯定知道王勃，"初唐四杰"之一，天才诗人。王勃的爷爷叫王通，是个大儒，王通有个弟弟叫王绩。王绩很聪明，11岁的时候到长安游历，拜见权倾朝野的杨素，

---

① 〔唐〕李善等：《六臣注文选》，杭州：浙江古籍出版社，1999年3月，第189页。

被在座的公卿大夫称为"神童仙子"。

这个王绩挺有意思的，隋炀帝大业年间考上了孝廉科，可是他不喜欢在京城当官，于是主动申请到扬州六合县做县丞。按说，在其位应该谋其政，可是王绩却把喝酒当成了第一要务，根本没有把工作放在心上，于是被弹劾罢免了。当时正巧天下大乱，王绩回到故乡，隐居在东皋，还给自己取了个雅号"东皋子"。"皋"就是水边的意思，悠游山水间，倒是挺自在的。这段时间，王绩给我们写了一首《野望》：

东皋薄暮望，徙倚欲何依。
树树皆秋色，山山唯落晖。
牧人驱犊返，猎马带禽归。
相顾无相识，长歌怀采薇。

(《全唐诗》，第482页)

傍晚时分，诗人站在水边四望，秋天的树叶已经染上了金黄，山上洒满了余晖。再看路上，放牧的人赶着牛羊，打猎的人带着猎物，都正在往家赶。有秋景，有收获，好一幅质朴无华的田园风景图。

王绩曾经三次归隐东皋，是不是可以说他对东皋的山水美景情有独钟呢？是，也不是。说是，那是因为这里景色确实不错。说不是，那是因为每次归隐都另有他因，而最主要的原因竟然是酒。隐和出是相对的，要归隐必须先出来当官。从这首诗里我们不难发现，王绩的心不静，否则就不会"徙倚欲何依""长歌怀采薇"了。"徙倚"是徘徊、彷徨的意思，百无聊赖，不知道干什么好；"采薇"一词出自《诗经·国风·召南·草虫》："陟彼南山，言采其薇。未见君子，我心伤悲。"[1]诗中常用"采薇"比喻孤独，没有朋友，没人做伴。如果心静，没人认识不更好吗？归隐都归隐了，还在乎有没有伙伴干什么。

因为心不静，所以唐高祖武德八年（625），王绩就告别他所熟悉

---

[1] 〔唐〕孔颖达：《毛诗注疏》，北京：中华书局，1998年11月，第35页。

的山水田园出来当官了。当时有个规定,当官的每天饮酒是定量的,三升。有人问王绩:"什么事能让您高兴?"王绩说:"美酒。"这话后来传到侍中陈叔达耳朵里了,于是他给王绩追加到每天一斗,一斗是十升,为此王绩还被人称为"斗酒学士"。可是没过多久,王绩又因为身体原因归隐东皋。

到了贞观十一年(637),王绩穷得有点受不了了,于是再次出来做官,这回当了太乐丞。按照规定,王绩是没有资格做太乐丞的,但他软磨硬泡,最终还是成功了。他之所以坚持要当这个官,是因为太乐署史焦革善酿酒,在这个部门可以经常喝到美酒。看来王绩的酒瘾真够大的!后来焦革死后,他的妻子还一直给王绩送酒。一年多以后,焦革的妻子也去世了。王绩感叹道:"天不使我酣美酒邪!"这是苍天要断我的酒瘾啊!王绩于是再次弃官,归隐东皋,这回算是真的归隐了。可以说,王绩无论是走进绿水青山还是走出绿水青山,酒都起到了至关重要的作用。

王绩不仅酒瘾大,而且酒量也特别大。《新唐书·王绩传》称"其饮至五斗不乱",不仅如此,还"人有以酒邀者,无贵贱辄往,著《五斗先生传》"[1]。王绩只要有酒喝,便不问邀请他的人的出身,写过《五斗先生传》。其实,他写的和酒有关的诗文并非仅此一篇,还有《醉乡记》《酒赋》《独酌》《醉后》等。

讲到这里,大家是不是觉得历史上有一个人和王绩很像,也写过一篇文章,题目和《五斗先生传》相似,叫《五柳先生传》。五柳先生就是陶渊明,也是一个嗜酒如命之人,也是一个寄情山水并写下了很多优秀田园诗的人。王绩的山水田园诗在很大程度上学习了陶渊明,但是陶渊明又与王绩有明显的不同。这些不同究竟表现在哪些方面?陶渊明的田园诗对后世又有什么影响呢?这是值得我们去思考的问题。

---

[1] 〔宋〕欧阳修等:《新唐书》,北京:中华书局,1975年2月,第5595页。

不辨仙源何处寻

我到瞿真上升处，山川四望使人愁。
紫云白鹤去不返，唯有桃花溪水流。

（《全唐诗》，第6609页）

这是唐朝李群玉的《桃源》。一说到"桃源"，大家是不是能想到陶渊明笔下那令人流连忘返的桃花源？那里有"芳草鲜美，落英缤纷"的自然环境美，有"土地平旷，屋舍俨然"的田园生活美，还有"黄发垂髫，并怡然自乐"的人情美，简直就是世外仙境，是人们心驰神往的地方。还有人会想到刘晨和阮肇入天台的故事，故事中也有个桃源，二人曾经在这里遇见一段浪漫的爱情。

自从陶渊明给我们留下一篇《桃花源记》之后，"桃源"就成了文人们魂牵梦绕的圣地，成了人们心灵归依的神仙世界。我在"全唐诗库"里以"桃源"二字为题检索了一下，出现23篇作品，如王维的《桃源行》、卢纶的《同吉中孚梦桃源》、权德舆的《桃源篇》、韩愈的《桃源图》、刘禹锡的《桃源行》、张乔的《寻桃源》、李宏皋的《题桃源》等。如果以"桃源"为关键词检索的话，那就更可观了，我搜到的结果有128个。可见这些文人骚客有着多么浓厚的桃源情结，即便是王维、韩愈、刘禹锡等诗坛大咖也对桃源情有独钟。

欲寻仙境好安民

陶渊明写的桃花源真的是武陵打鱼人的意外发现吗?难道真有这么个地方,武陵打鱼人穿越到了平行世界?其中就没有陶渊明的想象吗?其实陶渊明在文章中已经作出了回答,唐人在诗中也进行了强调。我们先来讲一下陶渊明的用意。唐朝诗人李宏皋的《题桃源》是一首七言律诗,其中前四句是这样说的:

> 山翠参差水渺茫,秦人昔在楚封疆。
> 当时避世乾坤窄,此地安家日月长。

(《全唐诗》,第8648页)

第一句说桃源的景色山清水秀,第二句讲这里是曾经的楚地,武陵属今天湖南常德市,历史上曾经属于楚国。后两句讲,秦时战乱不断,老百姓流离失所,为了能有一个不被打扰的生活,大家才搬到这里。也就是说,最初的时候,这里并不是什么人们认为的仙境,只是一个不容易被发现、不容易被战争波及的"避难所"。其实,陶渊明在文章中已经借桃花源人的口说过了,"自云先世避秦时乱,率妻子邑人来此绝境,不复出焉,遂与外人间隔"[1],就是为了躲避秦时的战乱才来到这里的。

熟悉秦朝历史的朋友都知道,秦王嬴政为了实现天下一统的宏愿,不是跟这个国家打,就是和那个国家斗,战争是家常便饭。国家统一后不久又修长城、造骊山陵墓,导致民不聊生,老百姓生活在水深火热之中。秦朝的暴政致使陈胜、吴广发动大泽乡起义,后来项羽、刘邦更是把起义推向高潮。这就是"秦失其鹿,天下共逐之"之意。各路义军先是为了推翻秦朝暴政打仗,等到秦朝灭亡了,大家又为了各自的利益互相打,都想多分一点蛋糕,国家整个儿乱成一锅粥。老百

---

[1] 袁行霈:《陶渊明集笺注》,北京:中华书局,2003年4月,第479页。

姓连顿安生饭都吃不成，于是便想找个地方躲起来，你们爱怎么打怎么打。这种想法和做法完全合情合理。

诗文是我们了解一个时代的重要手段，反过来说，时代是我们理解诗文的重要途径。我们结合陶渊明所生活的时代或许会有所发现。陶渊明生活在东晋末年至南朝宋初时期，就袁行霈先生的《陶渊明年谱简编》来看，这一段历史也是够乱的。那些在高位的"肉食者"不是想着如何振兴国家，提高老百姓的生活质量和幸福指数，而是生活荒淫，互相倾轧，导致军阀连年混战，加在老百姓身上的赋税、徭役一年比一年繁重。这是当时的社会大背景。

再看小背景。《桃花源记》开头说"晋太元"，"太元"是晋孝武帝的年号，总共21年，是陶渊明24岁到44岁这段时间。按说晋武帝能干这么长时间，没点本事肯定是不行的。不过这个晋孝武帝有个爱好，爱喝酒，结果在太元二十一年（396）被张贵人杀了。皇帝被杀了，再立一个吧，太子继位了，这就是晋安帝。让人大跌眼镜的是，晋安帝愚笨，根本处理不了朝政，就这样王国宝、王绪在会稽王司马道子的安排下参管朝政。这俩人没别的爱好，只会数银子，贪污受贿很在行。隆安元年（397）四月，兖、青二州刺史王恭起兵讨伐王国宝、王绪，会稽王司马道子见状就杀了王国宝和王绪。隆安二年（398）七月，王恭、庾楷、殷仲堪、桓玄、杨佺期等人又起兵讨伐王愉、司马尚之；九月，朝廷又任命会稽世子元显为征讨都督，讨伐王恭等人。我们通过这短短三年，就能感受到当时天下有多热闹了。张养浩说"兴，百姓苦；亡，百姓苦"（《山坡羊·潼关怀古》），只要是战争，不管最终目的是什么，老百姓都占不了便宜，所以说陶渊明见证了战争给老百姓带来的灾难。

更不可思议的是，到了元熙二年（420）六月，刘裕把东晋最后一个皇帝晋恭帝废为零陵王，改年号为"永初"，自己当起了皇帝。这就意味着东晋司马氏正式退出了历史舞台。永初二年（421）九月，刘裕派零陵王的两个大舅哥褚淡之、褚叔度去看望零陵王妃，你可别以为是出于亲情考虑，其实这是个阴谋。刘裕是个很少顾及亲情的人，他这样做的目的是引开零陵王妃好办事。零陵王妃和两个哥哥到别的屋子聊天去了，刚一离开，就有人翻墙进入，拿着毒酒要毒死零陵王。好死不如赖活着，零陵王当然不干了，拼死挣扎，结果被人用被子捂死了。也有人说是毒死的，反正不管怎么说，这个零陵王成了"零陵亡"，命没了。

自幼学习儒家经典、心念善事的陶渊明觉得这件事简直荒唐至极，自然对刘裕政权产生了厌恶，加深了对当时现实社会的憎恨。再加上陶渊明原本就爱闲适的生活，要不他就不会说"少无适俗韵，性本爱丘山"（《归园田居五首》其一）[①]了，更不会干80多天彭泽县令后就回家"晨兴理荒秽，戴月荷锄归"（《归园田居五首》其三）[②]了。陶渊明面对这种污浊的社会现实，感到无力和无从下手。

怎么办？既然现实生活污浊黑暗，就活到自己的精神世界中吧，在自己的精神世界中去创造一个美好的境界。就这样，《桃花源记》诞生了。我们完全可以说，陶渊明笔下的桃源寄托了他的政治理想与美好情趣，是他追寻一辈子的梦想，是他对当时污浊现实世界的对抗，也是他对孔夫子所提出的"大同世界"的向往。只有在这样的乐土，百姓才能安心生活！

刘晨阮肇入桃源

如果说陶渊明笔下的桃源是片理想中的乐土，那么刘晨、阮肇所经历的就是真正的仙人世界了，他们在这个仙界还经历了一段浪漫的

[①] 袁行霈：《陶渊明集笺注》，北京：中华书局，2003年4月，第76页。
[②] 袁行霈：《陶渊明集笺注》，北京：中华书局，2003年4月，第85页。

爱情。还是先来看一首诗，曹唐的七言律诗《刘晨阮肇游天台》：

> 树入天台石路新，云和草静迥无尘。
> 烟霞不省生前事，水木空疑梦后身。
> 往往鸡鸣岩下月，时时犬吠洞中春。
> 不知此地归何处，须就桃源问主人。

（《全唐诗》，第7337页）

"刘晨阮肇入天台"是诗歌中常写到的故事，最早出自刘义庆的《幽明录》。故事中说：汉明帝永平五年（62），剡县的刘晨、阮肇一起到天台山采药，结果迷路了。他俩在粮食吃完快要饿死的时候，看到山上有一棵桃树结满了桃子。两个人为了活命拽着藤葛爬了上去，吃得饱饱的；然后下山找水喝时遇到了一条小溪，从溪水里流出的芜菁叶和沾有胡麻饭的杯子来看，应该是不远处有人家居住。于是二人沿着溪水逆流寻找，令人意外的是，二人走了二三里路后，在溪边发现两位美女；更令人惊奇的是，两位美女还知道刘晨、阮肇的名字。后来，刘晨、阮肇被两位美女招为夫婿，成就了一番美事。

刘晨、阮肇在这里一住就是半年，离家久了，思乡心切，于是提出来想回家看看。两位美女也没有强行阻拦，好吃好喝好招待，吹拉弹唱为二人送行，搞得很隆重。可是他俩回到家乡傻眼了，才半年时间，家乡已经变得完全不是原来的样子了，竟然没有人认识他们！一打听，原来从他们入山采药到他们回到家已经过了上百年，子孙都繁衍七代了。

这是一个多么浪漫的故事啊！可能细心的朋友已经发现问题了，明明是《刘晨阮肇游天台》，和陶渊明笔下的桃源又有什么关系呢？天台山在哪里？在浙江。陶渊明写的桃源在哪里？在湖南。明明是风马牛不相及嘛，难道就因为这首诗最后一句"须就桃源问主人"里有"桃源"两个字吗？我觉得二者有关系，可以从三个方面来讲。

首先，刘义庆受到了陶渊明的影响。刘义庆是南朝宋武帝刘裕的侄子，出生于晋安帝元兴二年（403）。刘裕称帝时陶渊明68岁，而刘义庆17岁。陶渊明写作《桃花源记》时，刘义庆20岁左右。这两个人生命中有大量的交集，刘义庆自幼喜好文学，不可能不受到陶渊明这位大文学家的影响。加上皇帝叔叔刘裕首开篡杀之风，使得宗室间互相残杀，刘义庆不愿意卷入皇室的权力斗争中，所以对陶渊明笔下的桃源充满了向往。那么，他在创作《幽明录》里刘晨、阮肇故事的时候，无疑也有对现实的不满，于是创造性地借用了陶渊明的思路和元素。陶渊明的桃源本身就是虚构的，也不怕刘义庆再虚构一次。

其次，唐诗中已将二者进行勾连。权德舆有一首诗《桃源篇》，第一句说"小年尝读《桃源记》"（《全唐诗》，第3679页），小时候曾经读过《桃源记》这篇文章，这个《桃源记》就是陶渊明《桃花源记》的简称，这是为了诗歌创作的需要；再有就是诗歌中有"庞眉秀骨争迎客，凿井耕田人世隔。不知汉代有衣冠，犹说秦家变阡陌"，明显就是陶渊明《桃花源记》中写的事情。可是到了诗歌的后半部分又说"相逢自是松乔侣，良会应殊刘阮郎。内子闲吟倚瑶瑟，玩此沈沈销永日"，明显又是《幽明录》中情节的写照，尤其是"良会应殊刘阮郎"一句，更让人认为两个桃源其实就是一回事。

再次，戏曲中明确将二者进行联系。我们都知道，元代杂剧很兴盛，出现了"关马郑白"四大家。当时有个叫汪元亨的文学家，写了一部戏《桃源洞》，这部戏的正名为"二人误入武陵溪，刘晨阮肇桃源洞"，可见汪元亨认为刘晨、阮肇入的桃源就是陶渊明笔下的桃源。这个汪元亨很聪明，陶渊明和刘义庆都是大文学家，《桃花源记》和《幽明录》里刘阮的故事都很经典，两个人我都不得罪，于是和稀泥似的将两个故事糅到了一起。当然，这个第三条已经是唐代之后了，我们这里只不过是用来证明古人是很愿意把两个桃源合二为一的。

可见，桃源不仅是一个适合生活没有纷争的隐居之地，而且是一个神仙胜境。所以王维在《桃源行》中说"初因避地去人间，及至成仙遂不还"（《全唐诗》，第1258页），武元衡在《桃源行送友》一诗中说"时有仙鸟来衔花，曾无世人此携手"（《全唐诗》，第3547页），刘禹锡也在《桃源行》中说"仙家一出寻无踪"（《全唐诗》，第3995页），完全把这里当成神仙世界了。你看刘禹锡在诗中还有这么一句"俗人毛骨惊仙子"，他把这里生活的人都当成了神仙。这些神仙干什么工作呢？"因嗟隐身来种玉"（刘禹锡《桃源行》），种玉，这工作很高大上。这些神仙吃什么呢？"筵羞石髓劝客餐"（刘禹锡《桃源行》），吃的是石髓，也就是我们今天说的钟乳石。据说吃这玩意儿能延年益寿，整天以吃钟乳石为生的人肯定是神仙了。刘禹锡还在《游桃源一百韵》中说：

仙翁遗竹杖，王母留桃核。
姹女飞丹砂，青童护金液。

（《全唐诗》，第3980页）

"仙翁""王母"不用说了，都是神仙；"姹女""青童"指仙界的玉女和金童。连"仙翁""王母"这种大佬级的神仙都出现了，还能说桃源不是仙界吗？

神仙住的地方自然与凡间不一样。卢纶在《同吉中孚梦桃源》中这样形容，"云中碧潭水，路暗红花林"（《全唐诗》，第3141页）。水是清澈碧绿的，水潭中还有云的倒影；花不仅红艳，而且繁茂，以至于遮住了道路。水的碧绿与红花林的层次感和色彩感形成了映衬，完全就是一幅画。不过，也有人很冷静，不相信神仙之说，比如我们熟悉的被称为"文起八代之衰"的韩愈，就在《桃源图》开篇中说"神仙有无何渺茫，桃源之说诚荒唐"（《全唐诗》，第3787页），他明显是反对这一说法的。我们必须说，这和他从小学习的儒家学术思想有关。

此生心系桃源情

如果够细心的话,我们会发现刘禹锡对桃源特别有感情。在这23首桃源诗中,他一个人写了4首,分别是《游桃源一百韵》《桃源行》《八月十五日夜桃源玩月》《伤桃源薛道士》。我们下面就来了解一下刘禹锡的桃源情结。

刘禹锡好像与桃源有扯不断的联系。《八月十五日夜桃源玩月》后有一段文字,这段文字是他侄子写的,其中说"叔父元和中征昔事为《桃源行》,后贬官武陵,复为《玩月》作,并题于观壁"(《全唐诗》,第4006页)。意思是说,叔叔刘禹锡在元和年间写过一首《桃源行》,后来被贬到了武陵,又写了《八月十五日夜桃源玩月》,这两首诗都题写在道观的墙壁上。这里需要指出的是,根据刘禹锡在朗州(治武陵,今湖南常德)的贬居时间,我认为《桃源行》应该是贞元年间写的。史书中称刘禹锡"在朗州十年,唯以文章吟咏,陶冶情性"[1],他于元和十一年(816)被召回京城,既然他侄子都说《桃源行》写于被贬之前,那么减去刘禹锡在朗州的十年就是元和元年(806)了,刘禹锡是参加贞元二十一年(805)革新运动被贬的,所以我们的结论是,《桃源行》写于贞元年间,刘禹锡侄子说的写于元和年间不确切。

这么说,这首诗还有诗谶的味道了,要不怎么会写了《桃源行》之后就被贬官武陵了?先来看看这首诗吧:

渔舟何招招,浮在武陵水。

拖纶掷饵信流去,误入桃源行数里。

清源寻尽花绵绵,踏花觅径至洞前。

洞门苍黑烟雾生,暗行数步逢虚明。

俗人毛骨惊仙子,争来致词何至此。

---

[1] (后晋)刘昫等:《旧唐书》,北京:中华书局,1975年5月,第4210页。

> 须臾皆破冰雪颜，笑言委曲问人间。
> 因嗟隐身来种玉，不知人世如风烛。
> 筵羞石髓劝客餐，灯爇松脂留客宿。
> 鸡声犬声遥相闻，晓色葱笼开五云。
> 渔人振衣起出户，满庭无路花纷纷。
> 翻然恐失乡县处，一息不肯桃源住。
> 桃花满溪水似镜，尘心如垢洗不去。
> 仙家一出寻无踪，至今流水山重重。

(《全唐诗》，第3995页)

"桃源行"不是到桃源旅行，这个"行"字指诗歌的一种，"歌""行""吟""引"都是区别于律诗、绝句的古诗体裁。从这首诗的韵脚可以看出，"行"与近体诗已明显不一样了。这首诗是对陶渊明《桃花源记》这篇散文的改写，不过增加了仙化的成分，让人更向往了。

刘禹锡之所以把陶渊明的《桃花源记》改写成诗歌，应该是和当时的政局有关。贞元末年，社会问题突出，宦官专权、藩镇割据、朋党之争愈演愈烈，王伾、王叔文也正是在这种情况下联合刘禹锡、柳宗元等人进行政治改革的。刘禹锡这个时候写《桃源行》是有政治寄托的，他渴望君臣同德，为老百姓营造一个桃源世界。

但是永贞革新很快便失败了，刘禹锡先被贬为连州刺史，后又被贬为朗州司马。这倒好了，刘禹锡真的有机会到桃源走一走了，于是才有了《游桃源一百韵》《八月十五日夜桃源玩月》。两首诗都比较长，这里就不一一引用了。但是我们从这两首诗里能切实感受到桃源的美和作者内心的悲凉。《游桃源一百韵》开头说：

> 沅江清悠悠，连山郁岑寂。
> 回流抱绝巘，皎镜含虚碧。

昏旦递明媚，烟岚分委积。

　　香蔓垂绿潭，暴龙照孤碛。

（《全唐诗》，第 3980 页）

水流回旋，山峰陡峭，蓝天白云倒映在水中，云雾在山间缭绕，山水相接处是绿萝藤蔓，就像绿色的瀑布。加上朝晖夕阴的变化，这环境太养眼了，简直就是个大氧吧，这不就是人们梦寐以求的绿水青山吗？搁谁生活在这样的环境里都能多活几年！那怎么还说作者内心悲凉呢？看看这几句：

　　北渚吊灵均，长岑思亭伯。

　　祸来昧几兆，事去空叹息。

（《全唐诗》，第 3981 页）

作者想到了屈原和崔骃，"灵均"是屈原的字，"亭伯"是崔骃的字，屈原忠心为国却被流放，崔骃不被窦宪所容，一心为公却招致祸患。其实作者是想到了自己被从京城贬黜的经历，丰满的理想被赤裸裸的现实撕得粉碎，所以内心郁闷。

　　有时，作者也会自己欺骗自己，常想遇见神仙，比如《八月十五日夜桃源玩月》中说：

　　少君引我升玉坛，礼空遥请真仙官。

　　云軿欲下星斗动，天乐一声肌骨寒。

（《全唐诗》，第 4006 页）

"少君"是汉武帝时期的一个方士，据说能通神仙，在他的帮助下，神仙果然乘着云车、吹着仙乐降临人间。这是非常浪漫的想象，也是现实生活不如意的反面写照，理想如愿、生活美好的人不会吃饱撑着整天胡想。这就是《石洲诗话》中说的"刘宾客之作，虽自有寄托"。

摩诘彩笔绘仙源

在唐代写桃源题材的诗人中，恐怕没有人能够超越"诗佛"王维。翁方纲在《石洲诗话》中以笃定的口气说："古今咏桃源事者，至右丞而造极，固不必言矣。"什么是"造极"？艺术上达到最高点，没有人能够逾越。"至右丞而造极"，足见王维的造诣之高了。既然如此，我们就看看王维《桃源行》中的桃源吧。为了分析方便，我把诗引录下来：

渔舟逐水爱山春，两岸桃花夹去津。
坐看红树不知远，行尽青溪不见人。
山口潜行始隈隩，山开旷望旋平陆。
遥看一处攒云树，近入千家散花竹。
樵客初传汉姓名，居人未改秦衣服。
居人共住武陵源，还从物外起田园。
月明松下房栊静，日出云中鸡犬喧。
惊闻俗客争来集，竞引还家问都邑。
平明闾巷扫花开，薄暮渔樵乘水入。
初因避地去人间，及至成仙遂不还。
峡里谁知有人事，世中遥望空云山。
不疑灵境难闻见，尘心未尽思乡县。
出洞无论隔山水，辞家终拟长游衍。
自谓经过旧不迷，安知峰壑今来变。
当时只记入山深，青溪几曲到云林。
春来遍是桃花水，不辨仙源何处寻。

（《全唐诗》，第1257~1258页）

这首诗是对陶渊明《桃花源记》的艺术再造。王维以"诗中有画"闻名，所以作者在一开始,就为我们展现了一幅"渔舟逐水"的生动画面。一艘小船在绿水青山间,在夹岸桃林中悠悠划行,色调艳丽,春光大好。船上的人悠然自得,"坐看红树不知远,行尽青溪不见人",绚烂的景色和盎然的意兴完全融为一体,好像整个桃花源就是为他一个人存在似的。这个人既是武陵渔人,是他在为我们"直播"桃源之旅,也是作者自己,通过跨时空的穿越在桃源神游。

主人公弃舟登岸进入山口,刚开始道路幽曲,需要蹑足前行,忽然间豁然开朗,"山开旷望旋平陆",把我们带入另一幅画面。"遥看一处攒云树,近入千家散花竹",远看是高大擎天的树木,近观是花竹掩映的人家,相映成趣,美不胜收,蕴含着和平、恬静的气氛。渔人观察很仔细,"樵客初传汉姓名,居人未改秦衣服",他发现这完全是一群有别于自己的古人。这里的景物和生活画面是怎样的呢?"月明松下房栊静,日出云中鸡犬喧",上句中的月光、松影、房栊在夜色下一片静谧,下句中的太阳、云彩、鸡鸣、犬吠却使桃源洋溢着勃勃生机。桃源居人都是淳朴好客的,作者通过"惊闻""争来""集""竞引""问"等一连串行为,把他们的神色动态和感情心理刻画得活灵活现,表现出桃源中人淳朴、热情的性格和对故土的关心。"平明闾巷扫花开,薄暮渔樵乘水入"进一步描写桃源居人的生活常态,桃源居人也照样日出而作,日入而息,处处洋溢着人间田园生活的气息,尤其"扫花开""乘水入"还紧扣桃源景色的特点。

渔人没有珍惜这段难得的经历,因为"尘心未尽思乡县"选择了离开。虽然后来怀念胜地,渴望再访,令人遗憾的是"安知峰壑今来变","当时只记入山深,青溪几曲到云林。春来遍是桃花水,不辨仙源何处寻"。时过境迁,旧地难寻,桃源已不知在何处了。渔人在茫然中误入桃源,又在"自谓经过旧不迷"中彻底迷失了桃源。全诗首尾呼应,意境迷茫,通过一幅幅生动的画面,在给人带来美感的同时,也为人留下了无穷的回味。

陶渊明是看不惯现实创作了《桃花源记》，刘禹锡是因为改革失败写了《桃源行》，王维呢？王维当年写这首诗时才19岁，还没进入官场，正朝气蓬勃充满活力呢。所以，这首诗反映了王维青年时代美好的生活理想。其实，不管是陶渊明还是刘禹锡，谁写桃源不是寄寓着理想呢？在他们笔下，桃源里的绿水青山是生活和谐的象征，是幸福指数的表现，是人们苦苦的追求。

单就后来人对桃源的描写来说，清代王士禛在《池北偶谈》中认为王维的是最好的，他的原话是这样的："唐宋以来，作《桃源行》最佳者，王摩诘、韩退之、王介甫三篇。观退之、介甫二诗，笔力意思甚可喜。及读摩诘诗，多少自在；二公便如努力挽强，不免面红耳热，此盛唐所以高不可及。"韩愈和王安石在王维面前也不能比，也会面红耳赤的。其实，王维不仅仅是这篇作品出彩，绿水青山到了他的笔下都充满了灵性。这就是我们下节要讲的"诗中有画画中诗"。

诗中有画画中诗

　　王维写的《桃源行》登峰造极,是对陶渊明《桃花源记》的艺术再造,通过一幅幅优美的图画将桃源塑造成了令人心旷神怡的仙境,从而赢得翁方纲和王士禛的高度评价。如果您对这位诗坛巨匠有所了解,就不会感到意外了,因为大文豪苏轼曾经在《书摩诘蓝田烟雨图》中说过一句话:"味摩诘之诗,诗中有画;观摩诘之画,画中有诗。"[①]王维的创作是诗画结合的,他写诗的时候,脑海中本就有画思涌动。写《唐才子传》的辛文房也说:"维诗入妙品上上,画思亦然。至山水平远,云势石色,皆天机所到,非学而能。"[②]王维的诗和画都是绝妙上品,特别是在表现山水方面,很有天赋。我们下面就跟随王维去山水田园中走走,通过他的诗句来体味一下绿水青山的美感。

白云青霭入南山

　　说到山,大家马上能想到的是五岳名山,但我们今天要说的山是终南山。"终南山"也是经常上头条,不是房租高涨终南山隐士被逼重返红尘,就是中央重拳出击拆除终南山违章别墅。我们也来蹭蹭热点,

---

① 〔宋〕苏轼:《苏轼文集》,北京:中华书局,1986年3月,第2209页。
② 傅璇琮:《唐才子传校笺》第一册,北京:中华书局,1987年5月,第298页。

从终南山说起，看看王维的终南山情结。我觉得，王维对终南山的情结可以概括为三个方面，第一是叹终南，第二是画终南，第三是住终南。

先讲叹终南。这里的"叹"是赞叹、感叹、惊叹、咏叹的意思。王维也是见过大世面的人，为什么会对终南山如此把持不住呢？主要是因为终南山太宏伟了，那里的景色美得让人沉醉。我们还是从王维的诗中来具体感受吧。

太乙近天都，连山到海隅。

白云回望合，青霭入看无。

分野中峰变，阴晴众壑殊。

欲投人处宿，隔水问樵夫。

(《全唐诗》，第1277页)

这首诗的题目就是《终南山》。我在"全唐诗库"中以"终南山"为关键词搜索了一下，仅题目中有"终南山"三个字的就有36首。通过细读对比，王维确实更高一等，让没到过终南山的人对终南山肃然起敬，心向往之。前两句通过夸张的手法从纵和横两个维度写终南山绵延广袤的总貌，"太乙"就是终南山的主峰太乙峰，高插云霄，几乎和天空相接。这里的"天都"有人认为是长安，甚至认为"天都"作为长安的代称就是从这首诗开始的。沈德潜在《唐诗别裁集》中说："'近天都'言其高，'到海隅'言其远。"[1] 这里的"天都"是形容太乙峰高峻险拔，与下一句的广袤形成呼应。纵目四望，终南山连绵不绝，就像与大海相接，终南山波澜壮阔的样子一下子印到了人们的脑海中。

第二联、第三联是作者身处山中的感受，景色奇幻。进过山的朋友都知道，山大了确实一步一景，甚至一山四季。走在山间，<u>丝丝缕缕的雾气在身边飘飞，远望又是一团一簇，到了近前仿佛又没了踪影，</u>

---

[1] 转引自袁行霈：《中国文学作品选注》（第二卷），北京：中华书局，2007年6月，第286页。

可是等你顺着山路登山的时候，猛地一回头又会发现，白云已经把你刚刚经过的山路给遮住了。我在几年前游南阳五朵山时遇到了这种情形，当时王维的"白云回望合，青霭入看无"一直在脑海浮现，那种感觉很梦幻，有误入仙境的奇妙感。诗人登上山顶俯视，看到的不仅有起伏多变的峰峦，还有变幻莫测的奇景。中央主峰高大宽阔，中峰把终南山分隔开来，千岩万壑在阳光的照耀下显得明暗不同、阴晴迥异，有的阳光明媚，有的昏暗幽昧。

看了终南山的奇幻秀景后，天也晚了，作者终于到了山脚下，估计已经累得够呛，只想找个地方美美睡上一觉，于是才有了结尾处"欲投人处宿，隔水问樵夫"两句。"隔水"两字看似简单，实则别有用意，看着很近，可是你要绕过去却又很远。所以，王夫之在《姜斋诗话》中说："'欲投人处宿，隔水问樵夫'，则山之辽阔荒远可知。"[①] 所以说这首诗是叹终南山，一叹险峻连绵，二叹景色优美，三叹辽阔荒远。

再讲画终南。王维曾经画过一幅终南山的山石，这幅画搞得原本喜欢到终南山旅游的岐王不再进终南山了。这是怎么回事呢？王维和岐王关系特别好，岐王是皇帝李隆基的亲弟弟。岐王有个爱好，喜欢游终南山，没事就到终南山住几天。有一回，王维到岐王府里拜访，可不巧的是岐王又去终南山了。因为王维是岐王府的常客，所以守门的侍卫没有拦他。王维到岐王书房画了一幅画，画的是一块石头。王维画完之后，题上字，落上款，还盖上了章。岐王回来一看，桌上有一幅画，通过题字发现，王维画的，"甚宝之"，越看越喜欢，就把这幅画装裱了一下，挂在正堂之上。从此以后，岐王每次再想去终南山游玩的时候就搬把椅子往画前一坐，"独坐注视，作山中想，悠然

---

① 转引自袁行霈：《中国文学作品选注》（第二卷），北京：中华书局，2007年6月，第286页。

有余趣"(《王右丞集笺注》)[①]。岐王一个人坐在画前,盯着这幅画,想着自己是在游终南山,这叫神游,一不费鞋,二不费力。王维这幅画改变了岐王的爱好,从此以后,岐王很少再踏进终南山。从这个故事中,我们不难想象王维对终南山有多么熟悉!神奇吧?

更神的还在后头。《琅嬛记》中说:"一旦大风雨中,雷电俱作,忽拔石去,屋宇俱坏,不知所以。后见空轴,乃知画石飞去耳。"有一天狂风大作,雷电交加,岐王坐在室内欣赏这幅画。眨眼之间他发现画上的石头没了,房顶上有个窟窿,他本以为是房顶漏雨把画石冲掉了,可是伸手一摸,纸是干的。岐王纳闷儿,石头去哪儿了?这是唐玄宗时期发生的事情。后来到了唐宪宗时期,高丽国的使臣给唐朝送回来一块石头。高丽国的使臣说,这石头是大唐圣物,因此给送回来了。宪宗懵了,不就一块破石头吗?怎么还是我们国家的?我们这儿也不缺石头,大老远的送石头干吗?高丽国使臣说,某年某月某日,狂风大作,从大唐方向落高丽国一块石头,这石头旁还有题字和手章,王维的。宪宗听完更是丈二和尚摸不着头脑了,真的假的?邪乎啊,赶紧找来认识王维的人,看看他的手章是不是伪造的。一看,没错,确实是王维的字和章,丝毫不差。这个故事足以说明王维的画有多么出神入化!

最后讲住终南。能在终南山下有一套院子、一处房子,那是很多人的梦想。巧了,王维就是在终南山有别墅的人。王维有一首诗《终南别业》,"别业"是什么意思?就是在常住的宅子之外另建的一处别墅。王维还曾买下宋之问在辋川的别业,写过《辋川闲居》《辋川别业》。我们下面结合《终南别业》这首诗来分析王维在终南山的生活。

---

① 〔清〕赵殿成:《王右丞集笺注》,影印《四库全书》本第1071册,台北:台湾商务印书馆,1986年3月,第10页。

中岁颇好道，晚家南山陲。

兴来每独往，胜事空自知。

行到水穷处，坐看云起时。

偶然值林叟，谈笑无还期。

(《全唐诗》，第1276页)

从"晚家南山陲"一句来看，王维住在终南山是没有什么疑问的，由开篇第一句可知，这是王维中年后的经历。这里的生活是随性自在的，作者经常在山林间信步悠游，那快意自在的感受一般人是很难体会的，要不他怎么会说"胜事空自知"呢？看着有些落寞，但有时落寞反而是一种奢侈的生活状态。"每独往""空自知"与其说是作者的无奈与孤独，不如说是他沉醉于山林间的常人难以理解的快乐。

山高则水长，王维顺着山间小溪漫无目的地散步，不知不觉之间便到了溪水尽头。似乎"山重水复疑无路"了，让人很扫兴，但作者索性席地而坐，抬头去欣赏那天空的风起云涌。"行到水穷处，坐看云起时"，一切显得那么自然，山林间流淌的小溪也好，无心飘荡的白云也罢，都像作者那样自在闲散，真是像沈德潜说的那样"行所无事，一片化机"[①]。作者在水穷处与白云的交流，更是"空"的体现，王维似乎摆脱了凡间俗世的烦恼，达到了与眼前自然融为一体的境界。作者眼前是画，而作者本人又身处画中。

作者在山间碰到了"林叟"，于是二人尽情说笑，无拘无束，以至该返回了作者也没有觉察到。要知道，作者是伺候过皇上的人，是在官场上颇有身份的人，像"林叟"这样的人平时见了王维是要跪拜磕头的。可是今天王维毫无身段，如此洒脱地与他高声谈笑，悠闲自在、物我两忘的形象跃然纸上。从这首诗来看，王维和"林叟"如同两位不食人间烟火的世外高人，把终南山当成了忘记世俗世界的乐土，在

---

① 转引自陈铁民：《王维集校注》，北京：中华书局，1997年8月，第192页。

这里得到的不仅是探幽寻胜所领略到的大自然的美好，还有超越身份感的悠闲自得的交谈。这就是王维住在终南山的日常生活，悠悠自得。

山壑林泉任卧游

说到住终南，我们不能不说王维的辋川生活，那叫一个美。辋川位于蓝田县中部偏南，那里青山连绵，峰峦叠嶂，山谷里到处都是奇花异草，瀑布溪流随处可见，一向被文人看作心醉神驰的风景胜地。王维经常和好朋友泛舟往来，不仅在辋川写诗唱和，而且还画了"辋川图"。在辋川，王维为我们留下了很多经典作品，既让我们看到他沉浸田园的美好，还让我们通过他细腻的文字享受到不一样的田园之乐。

夏季田园。田园生活对普通百姓来说是再正常不过的生活方式，但是对浑身充满艺术细胞的诗人来说却是一种令人向往的生活方式。话不多说，直接上王维的作品吧，来看看他的《新晴野望》：

> 新晴原野旷，极目无氛垢。
> 郭门临渡头，村树连溪口。
> 白水明田外，碧峰出山后。
> 农月无闲人，倾家事南亩。

（《全唐诗》，第 1250 页）

这首诗描写了初夏乡村雨过天晴的田园景象，宛若一幅优美迷人的风景画。前两句中"原野旷"和"无氛垢"六个字，一下子把人领进了一个净琉璃世界，空旷的原野刚刚经过雨水的冲洗，纤尘不染，空气是湿润的，景色是清新的。那个时候，虽然已经有了"霾"字，但是人们并没有被"十面霾伏"，再经过雨水的洗涤，能见度自然更好了。所以，作者带着我们纵目四望，看到了远处城门紧邻着渡口，近处是一排排葱绿的树木和清澈的溪流。流水在阳光的照耀下波光粼粼，再看青翠的山峦也越发显得突兀。

作为诗人兼画家的王维，对光和色把握得很到位，"白水明田外，碧峰出山后"两句已经很能体现他这方面的功力了。"白"和"明"，刚下过雨，河流中的水位自然会上涨，远远望过去就像一条玉带，阳光一照，显得明亮夺目。古人经常用"白水"来写河流，比如诗仙李白有"白水绕东城"（《送友人》，《全唐诗》，第1804页），沈佺期有"白水东悠悠"（《拟古别离》，《全唐诗》，第1021页），很有画面感。这个"白"字和下句中的"碧"字互为衬托，显得越发醒目，十分逼真地突出了山峦在雨水冲洗后的碧绿清新。更美妙的是，这两句诗看似静态描写，实则又有动态感受，生机勃勃。

作者在结尾的时候写到了在田间劳作的人们，于是自然秀美的画中平添了无限生活气息，使人在欣赏美景的同时可以感受热烈的劳作场面，于是一幅恬静的水墨画成了生机无限的农忙图。掩卷沉思，村树绿了，溪水明了，峰峦秀了，一切活了。总之，原野、天空，这是清新开阔、明净无尘的大背景，在这背景上，远有郭门、渡头，近有村树、溪口，又有白水和碧峰，既有层次感，又有立体感，更有色彩感。我们好像只能借用苏轼的"诗中有画"来形容个中的美妙了！

秋季田园。夏季雨后平凡而美丽的乡村风光充满画意，秋天又会是什么样子呢？看看王维在《山居秋暝》中是怎么说的：

空山新雨后，天气晚来秋。

明月松间照，清泉石上流。

竹喧归浣女，莲动下渔舟。

随意春芳歇，王孙自可留。

（《全唐诗》，第1276页）

王维开头就说"空山新雨后，天气晚来秋"，说明是刚下过雨，又是秋天。说到秋天，人们想到的是萧瑟肃杀之气，特别是宋玉那句"悲哉秋之为气也！萧瑟兮草木摇落而变衰"，更增加了秋天的悲凉气氛，所以杜甫在他的《登高》诗中说"无边落木萧萧下"[1]。可是在王维笔下，秋景不再是衰败的象征。"明月松间照，清泉石上流"，天已黄昏，皓月当空，虽然没有了花花草草，但青松挺拔别有一番韵味。耳边听到的是淙淙的山间溪流之声，在月光下，溪流像一条闪闪发光的素练，洁白无瑕，明净清幽。

如果说上一首《新晴野望》展现了视觉美的话，这里的月下青松、石上清泉就是视觉与听觉的双重享受。不过别急，听那竹林中传来的欢声笑语，一定是洗衣的姑娘们回来了。未见其人，先闻其声，笑声、歌声那么天真无邪，真想让人一睹她们的芳容。再看那莲花摇动处，是打鱼归来的人们，渔船惊落了荷叶上珍珠般晶莹的露珠，小船荡漾划破了宁静的荷塘月色。此情此景，安静纯朴，纯洁美好，与官场的钩心斗角、互相倾轧相比，这该是多少人苦苦追求的理想生活啊！所以作者在结尾的时候劝慰王孙，当然也是劝慰自己，为什么不能远离官场归隐山林？这是对自然美景的留恋，也是对勤劳善良者的礼敬，于是自然美与人格美交融在了一起，让读者在身心享受的过程中看到的是社会美，感受到的是诗人高尚的情操。

田园之乐。从上面所举的两首诗歌中，我们已经能够感受到王维的快乐了，不过他觉得还不够，应该专门写几首田园乐，好像只有这样才能向人更直白地宣扬自己的快乐。就这样《田园乐七首》诞生了。在这一组六言诗中，作者通过描写大自然和田园生活的美好，表达他对静美的追求，展现其精神生活的意蕴。在这里，景色到底会是什么样子呢？

---

[1] 〔清〕仇兆鳌：《杜诗详注》，北京：中华书局，1999年9月，第1766页。

桃红复含宿雨，柳绿更带朝烟。

花落家童未扫，莺啼山客犹眠。

(《全唐诗》，第1306页)

"桃红""宿雨""柳绿""朝烟""花落""莺啼"这一连串词语已经为我们勾画出了一幅美丽和谐的田园风光图。粉红的桃花瓣上仍带有昨夜的雨露，使花瓣色泽更显得柔和可爱，空气中弥漫着花香，柳丝碧绿，婀娜多姿地垂拂着，仿佛笼着一层烟雾，若有若无。这画面不禁让人想起孟浩然的《春晓》，但两者明显又有不同。因为，孟浩然是"春眠不觉晓"，是诗中人已经从睡梦中醒来所看到的；王维还流连梦乡，"花落家童未扫，莺啼山客犹眠"。落花满地，家童未扫，是不是家童懒惰呢？不，是还没有起床的缘故，还不到上班时间。不过，没有被清扫的落花反而更加衬托出清晨春景的清幽，好像只有如此才不至辜负这般清晨。如此一来，让欣赏美景的诗外人还不敢高声语了，因为害怕惊醒了诗里的梦中人。

在这里，王维的日常活动是这样的，"采菱渡头风急，策杖林西日斜"(《田园乐七首》其三，《全唐诗》，第1305页)，采采菱角散散步，潇洒自在。在这里，他的感受是这样的，"牛羊自归村巷，童稚不识衣冠"(《田园乐七首》其四，《全唐诗》，第1305页)，生活自得，简单朴拙。在这里，他的邻居是这样的，"一瓢颜回陋巷，五柳先生对门"(《田园乐七首》其五，《全唐诗》，第1305页)，不求富贵，忧道高雅。在这里，他的生活是这样的：

酌酒会临泉水，抱琴好倚长松。

南园露葵朝折，东谷黄粱夜舂。

(《全唐诗》，第1306页)

临泉酌酒，倚松弹琴，泉见廉者之趣，松有志者之姿。吃的菜是园子里自己种的葵，吃的饭是东谷长的黄粱，前者是早上刚采的，后者是昨晚才舂的，两种食物有一个共同特点，即新鲜至极。同时，结尾两句似乎也让读者体味到了什么。"露葵"让人想到"青青园中葵，朝露待日晞"（《长歌行》），葵菜上的露珠经不起阳光的照晒，所以人们才"常恐秋节至，焜黄华叶衰"，人们才担心"百川东到海，何时复西归"；"黄粱"让人想到"黄粱梦"的典故，现实中的种种追求，最后无非都是黄粱一梦。"厌见千门万户""立谈赐璧一双"不就是这样吗？既然如此，为什么不能把握住眼前的田园乐，去和"杏树坛边渔父"一起作"桃花源里人家"（《田园乐七首》其三）呢？

何故流连山水间

王维博学多艺，曾经积极进取，15岁的时候就远离家乡到长安和洛阳寻找机会，而且他凭借才能博得岐王和玉真公主的喜爱。开元九年（721），王维在两位贵人的帮助下状元及第。那是多少人羡慕嫉妒恨的事！可是，王维怎么不把精力放在仕途上，而是整天流连山水不务正业呢？任何事情，总会有因果，王维也不例外。这里我们不得不提到两个人——张九龄和李林甫，是这两个人影响了王维的心情。

交往张九龄。王维考上状元之后踌躇满志，渴望一展风云志。开始，王维当了一段时间小官，做过太乐丞，做过济州司仓参军。开元二十一年（733），张九龄任同中书门下平章事后，王维看到了希望。因为张九龄很有见识，秉公守则，直言敢谏，选贤任能，不徇私枉法，不趋炎附势，一句话，张九龄是一股政坛清流。所以张九龄任中书令（右相）后，王维写了一首《上张令公》，其中说：

贾生非不遇，汲黯自堪疏。

学易思求我，言诗或起予。

（《全唐诗》，第1288页）

他把自己比成怀才不遇的贾谊，求关注的心情是很明显的。应该说，张九龄也确实注意到了王维。开元二十三年（735），王维被任命为右拾遗，还曾以监察御史的身份出使凉州，为我们写下了《观猎》《使至塞上》等名篇，特别是"回看射雕处，千里暮云平"（《全唐诗》，第1278页）的气势，"大漠孤烟直，长河落日圆"（《全唐诗》，第1279页）的气象，让我们感受到王维向上的心态。但是好景不长，张九龄被李林甫排挤，王维也变得消极起来。

拒绝李林甫。开元二十四年（736），李林甫被任命为中书令，张九龄被顶替了。李林甫是出了名的奸相，口蜜腹剑，说一套做一套，朝政的黑暗腐败可想而知。李林甫有个叫苑咸的亲信，曾经明着嘲笑王维升迁慢，暗里向王维示好。王维不傻，听得出来，完全可以顺杆爬，但是王维写了一首《重酬苑郎中》作为回复：

仙郎有意怜同舍，丞相无私断扫门。

扬子解嘲徒自遣，冯唐已老复何论。

（《全唐诗》，第1296页）

他首先感谢了苑咸的美意，"仙郎有意怜同舍"，然后称赞李林甫无私，"丞相无私断扫门"，接下来把自己比成扬雄和冯唐，实际上表明自己不愿意走苑咸的门路，更直白一点就是我王维是不会和你苑咸之流同流合污的。所以，他才会身在朝廷，心在山野，过起了亦官亦隐的田园生活。

寄情山水间。张九龄做宰相期间，曾经因为安禄山讨伐奚、契丹失败，极力同意范阳节度使张守珪的建议，主张处死安禄山，并明确向玄宗指出，安禄山狼子野心，面有谋反之相。但是，玄宗听不进去，反而认为张九龄有诬害忠良的嫌疑，最终放安禄山回到自己的地盘。开元二十四年，李林甫用谗言迷惑唐玄宗顶替了张九龄，在他执政期间重用胡将，最终使安禄山尾大不掉，导致安史之乱爆发。王维被迫做了安禄山任命的官,安史之乱平息后,因为"万户伤心生野烟,百僚何日再朝天"(《菩提寺禁裴迪来相看说逆贼等凝碧池上作音乐供奉人等举声便一时泪下私成口号诵示裴迪》,《全唐诗》,第1308页)两句诗成功向朝廷表明了忠心,没有影响他后来的升迁。

  不过经历了社会大动荡的王维,更加不愿意在官场混了,所以他在《酬张少府》诗中说"晚年唯好静,万事不关心"(《全唐诗》,第1267页),怎么静呢?首先是"退朝之后,焚香独坐,以禅诵为事"[①],他下班后就在家念经修行,这一是受其母亲影响,二是因为在荐福寺向道光禅师学过佛;其次是寄情山水之间,在辋川别业欣赏"漠漠水田飞白鹭,阴阴夏木啭黄鹂"(《积雨辋川庄作》,《全唐诗》,第1298页)的美景,体验"山中习静观朝槿,松下清斋折露葵"(《积雨辋川庄作》)的生活。

  因为特殊的经历,王维有了特殊的心境,所以他在看自然景物的时候,就有了特殊的韵味。一般人是看景,王维是透过景在找自己的心,或者说他把自己的心转移到了所看到的景物上。看景喜欢热闹,找心则需要幽静,那是对禅意的追寻。我们这里以《竹里馆》为例:

  独坐幽篁里,弹琴复长啸。
  深林人不知,明月来相照。

(《全唐诗》,第1301页)

这首小诗看似平淡无奇,实则具有独特的艺术魅力。一个人一旦能享受寂寞,那他的生活中便充满了美。作者前两句直接说自己独自坐在竹林中"弹琴复长啸",无论是"弹琴"还是"长啸",都是高雅脱俗的行为,是需要知音欣赏的,俞伯牙和钟子期是高山流水的知音,阮籍与孙登的长啸是灵魂的交流。这是很难引起俗人共鸣的,所以作者说"深林人不知,明月来相照",既扣住了首句自己独坐深林,又

---

① 〔后晋〕刘昫等:《旧唐书》,北京:中华书局,1975年5月,第5052页。

写出了自己不觉得孤寂，因为明月皎洁，心心相印。自己是在欣赏美景，也在美景之中，王维放下了自我，却得到了自然。独坐的人也好，幽篁也好，琴也罢，明月也罢，彼此之间互不相关，可是在这一刻，好像缺了谁又都不行。竹林是为诗人存在的，明月是为诗人存在的，琴也是为诗人存在的，是自然，更是心境，这一切已经完全融为一体了。

在青山绿水间，王维看到了自然美，透过自然的山水美又体味到了世俗之外的社会美，而在这其中，他又遇见了自己的内心，让千百年后的读者通过他的文字领略到了他的境界美。

一路青山一路歌

孟浩然是唐朝著名的诗人，说他著名我可以用两个例子来证明。

一是大诗人李白把他奉为偶像。杜甫说李白是一个"痛饮狂歌空度日，飞扬跋扈为谁雄"（《赠李白》，《全唐诗》，第2392页）的人；李白还是一个敢让杨贵妃给他捧砚，让高力士给他脱靴的人，一般人他还真看不到眼里。但他却服孟浩然。不仅在《赠孟浩然》中大声表白"吾爱孟夫子，风流天下闻。红颜弃轩冕，白首卧松云"（《全唐诗》，第1731页），而且在《黄鹤楼送孟浩然之广陵》中说"故人西辞黄鹤楼，烟花三月下扬州。孤帆远影碧山尽，唯见长江天际流"（《全唐诗》，第1785页）。人都走远了，还恋恋不舍。能让李白佩服的人，肯定不是一般人。

二是他让张九龄和王维直竖大拇指。孟浩然40岁到京城参加进士考试时，参加了一个秘书省联句活动。这是一场文人雅事，大家围绕一个主题，共同作一首诗，每人两句往下接。当轮到孟浩然时，他写了两句"微云淡河汉，疏雨滴梧桐"（《全唐诗》，第1669页），别人一看全把笔搁下了，和孟浩然根本就不是一个重量级的，没法接，孟浩然写的是诗，他们写的就是顺口溜，所以纵然勉强接了，只能说是狗尾续貂。通过这两件事我们完全可以说，孟浩然是唐朝著名诗人。但就是这么个人物，却没有走"学而优则仕"的道路。孟浩然科举失败，又因为说话不过脑子得罪了玄宗皇帝，再后来失去了采访使韩朝宗的引荐机会，所以他这一辈子注定与官场无缘，只能和山水田园打交道了。

襄阳乘兴访名山

因为孟浩然是襄阳人，所以人们习惯称他为"孟襄阳"。"羁鸟恋旧林，池鱼思故渊"（陶渊明《归园田居》其一），故乡往往是一个人心中最柔软的地方。孟浩然有一首《九日怀襄阳》：

去国似如昨，倏然经杪秋。
岘山不可见，风景令人愁。
谁采篱下菊，应闲池上楼。
宜城多美酒，归与葛强游。

（《全唐诗》，第1637页）

古代有九月九日登高怀乡的风俗，即王维在《九月九日忆山东兄弟》中说的"每逢佳节倍思亲"。孟浩然重阳节也想家了，梦中总是出现熟悉的岘山，种的菊花该开了，宜城的美酒是那么香醇。所以，一个人一旦开始想家，浑身上下都不舒坦，那不仅是对熟悉场景的记忆，还是味蕾的蠕动。

岘山是孟浩然经常登临的地方，他写过许多与岘山有关的诗，如《和贾主簿弁九日登岘山》《岘山饯房琯、崔宗之》《与诸子登岘山》《伤岘山云表观主》《岘山送萧员外之荆州》《岘山送张去非游巴东》《卢明府九日岘山宴袁使君、张郎中、崔员外》《登岘山亭，寄晋陵张少》，所以岘山的自然山水与人文景观他是非常熟悉的。不过岘山留给孟浩然更多的应该说还是人文情怀，看他的《与诸子登岘山》：

人事有代谢，往来成古今。
江山留胜迹，我辈复登临。

水落鱼梁浅,天寒梦泽深。

羊公碑字在,读罢泪沾襟。

(《全唐诗》,第 1644 页)

这里的"诸子"不是儿子们,"子"是对男子的尊称,诗题的意思是和几个朋友一起到岘山游玩。这里有鱼梁洲,是称诸葛亮为"卧龙"的庞德公隐居的地方;这里有云梦泽,是楚王游猎的地方;这里有堕泪碑,是晋朝羊祜的部下为纪念他所立的石碑。曾经那么多的历史人物在这里建功立业或者归隐,但"人事有代谢,往来成古今",他们已经成了历史,在"我辈复登临"的今天,最应该做的事情是"共美重阳节,俱怀落帽欢。酒邀彭泽载,琴辍武城弹。献寿先浮菊,寻幽或藉兰。烟虹铺藻翰,松竹挂衣冠"(《卢明府九日岘山宴袁使君、张郎中、崔员外》,《全唐诗》,第 1662 页),这是一种充分享受生活的人生态度。

孟浩然曾经乘船过岘山到达鹿门山,这里是孟浩然隐居的地方,贯休有《经孟浩然鹿门旧居二首》,其一有"孟子终焉处"(《全唐诗》,第 9352 页)。《清一统志》载,"鹿门山,在襄阳县东南三十里",其中所引《襄阳记》讲了鹿门山的得名:"鹿门山,旧名苏岭山,建武中,襄阳侯习郁立神祠于山,刻二石鹿夹神道口,俗因谓之鹿门庙,遂以庙名山也。"鹿门山在孟浩然眼中是极美的,他在《登鹿门山》中有这么几句,"清晓因兴来,乘流越江岘。沙禽近方识,浦树遥莫辨。渐至鹿门山,山明翠微浅。岩潭多屈曲,舟楫屡回转"(《全唐诗》,第 1625 页)。早上起床忽然想登鹿门山,于是乘船过岘山顺流而下。由于水面上有雾气,所以沙滩上的水鸟和岸边的树木看不分明。鹿门山越来越近,明山秀水渐渐清晰起来。这里水路曲折,让人在"舟楫屡回转"的过程中颇有移步换景的缭乱感。作者还在《和张明府登鹿门作》中用"草得风光动,虹因雨气成"(《全唐诗》,第 1632 页)形容鹿门山的秀美。孟浩然有一首《夜归鹿门山歌》,将他对鹿门山的喜爱之情表露无遗：

> 山寺钟鸣昼已昏，渔梁渡头争渡喧。
> 人随沙路向江村，余亦乘舟归鹿门。
> 鹿门月照开烟树，忽到庞公栖隐处。
> 岩扉松径长寂寥，惟有幽人夜来去。

（《全唐诗》，第1630页）

别人都是白天游玩，孟浩然偏偏喜欢夜幕下的鹿门山，因为别有一番韵味。天晚了，白天游玩的人要撤了，渔梁渡头闹哄哄的，路上也有人散步回去，只有他反其道而行之，乘船向鹿门山划行。渡口的喧闹是常态，更能衬托出诗人沉静和洒脱超俗的胸怀。晚上的鹿门山，月光照耀，树木被烟雾笼罩，若隐若现，仿佛神仙世界，怪不得当年庞德公归隐此处。如门的山岩、松径幽幽静静，只有诗人与山林相伴，与尘世隔绝，诗人恬淡超脱的隐士形象跃然纸上。

潭边多有流连处

孟浩然住的地方不仅有山还有水，比如岘山下有岘潭，万山下有万山潭。诗人在山间有佳作，在水边也有名篇，先来欣赏他的《岘潭作》：

> 石潭傍隈隩，沙岸晓夤缘。
> 试垂竹竿钓，果得槎头鳊。
> 美人骋金错，纤手脍红鲜。
> 因谢陆内史，莼羹何足传。

（《全唐诗》，第1623页）

读这首诗，真是让人羡慕孟浩然的生活。作者一早就来到岘山下的水潭边，他要在这里试着垂钓。钓鱼为什么不潇洒自在点，还要"试垂竹竿钓"呢？原来孟浩然想钓的是"槎头鳊"。《韵语阳秋》记载，这种鱼只有襄阳才有，所以显得比较珍贵。如果大家都以捕钓这种鱼为乐，那么它很快就会绝迹。所以，政府为了保护这种鱼发布了禁捕令，又用槎断水，因此这种鱼又被称为"槎头鳊"。从这个故事中我们看到，重视生态保护是自古以来的共识。让作者感到欣慰的是，他没有白忙活，而是"果得槎头鳊"，还真有偷偷溜出来的槎头鳊成了作者的盘中餐。

美味自然需要有美人来制作，"美人骋金错，纤手脍红鲜"，这个制作过程完全可以录制成《舌尖上的中国》了！这种鱼到底味道如何呢？孟浩然请出了西晋的陆机来当"托儿"。据《世说新语·言语》讲，一次陆机去拜访王武子，王武子用羊奶酪招待陆机。王武子指着陆机眼前的羊奶酪问："你们那里有什么美食可以和这个相媲美吗？"陆机回答说："我们那里有千里莼羹。"陆机是吴郡吴县华亭（今上海市松江区）人，那里盛产莼菜，可以用来做汤，当年张季鹰为了喝上一口莼羹，官都不做了，可见陆机口中的莼羹多么美味。但在孟浩然看来，"莼羹何足传"，和自己的"槎头鳊"是没法比的。

孟浩然通过吃"槎头鳊"告诉我们岘潭的生态美和自己在岘潭的生活美。那么，他在万山潭边又会有怎样的审美感受呢？《万山潭作》会告诉你答案。曾经有学者称，《万山潭作》一诗，是诗的孟浩然，又是孟浩然的诗。

  垂钓坐盘石，水清心亦闲。
  鱼行潭树下，猿挂岛藤间。
  游女昔解佩，传闻于此山。
  求之不可得，沿月棹歌还。

（《全唐诗》，第1626页）

作者坐在水边的大石头上，静静地垂钓，乐在其中，清澈的潭水与作者闲适的心境相契合，让人觉得作者闲淡至极。接下来两句"鱼行潭树下，猿挂岛藤间"简直把万山潭的景写活了。"鱼行潭树下"乍一看很不合理，鱼怎么会在潭底的树下游动呢？潭底怎么还有树木生长呢？原来是岸边的树倒映在水中，鱼在潭中树的倒影间悠然自得地游动。"潭树"与"鱼行"虚实结合，相得益彰。更美妙的是，诗人虽没有正面描写树的倒影，但我们却可以领悟出树的倒影的静态美与游鱼的动态美相互映衬，突显出万山潭多样性的美。再说"猿挂岛藤间"，调皮的猿猴在潭中小岛的藤蔓间嬉戏打闹，有的还倒挂饮水，与"潭树"的静形成了鲜明的对照，"鱼行""潭树"的低与"猿挂""岛藤"的高，遥相呼应，拓展出空间美。

前四句写的是眼前之景，第三联作者则驰骋想象，进入当地的传说中。郑交甫曾经在万山游玩，巧遇两位游山的神女，羡慕不已，于是向神女索取佩带上的饰物，两位神女解下佩饰赠给了他。郑交甫接过来放在怀中，走了十来步，伸手向怀中一摸，神女赠的佩饰竟然不见了。郑交甫再回头看，两位神女也已经无影无踪，于是怅惘良久。这就是曹植《洛神赋》中所说的"感交甫之弃言兮，怅犹豫而狐疑"。这个美丽的神话故事为万山潭增添了一层浪漫的色彩，也成了拨动诗人们心弦的素材，于是作者说"游女昔解佩，传闻于此山"。

美是每个人所向往的，垂钓清水是美，鱼行潭树是美，猿挂岛藤是美，渴望遇到当年解佩的游女更是美。但是作者却留下遗憾了，因为"求之不可得"，好在作者没有痛苦得要死，而是划着小船唱着歌回去了，显得那么旷达！我们甚至可以想象，这一路上的感受会是多么诗意，明月悬空，银辉轻泻，歌声不绝，船桨划出层层涟漪，足以令人沉迷其中。从这首诗里，我们可以感受到万山潭环境的清幽，更可以从中体味到孟浩然悠闲、清静、旷达、淡泊的心境。

频见泛舟绿水间

随着孟浩然"沿月棹歌还",我发现孟浩然经常乘坐的交通工具是舟,单从他的诗歌的题目就能发现这个特点,比如《初春汉中漾舟》《耶溪泛舟》《自浔阳泛舟经明海》《南还舟中寄袁太祝》《武陵泛舟》《夏日浮舟过陈大水亭》《北涧泛舟》《初下浙江舟中口号》等。我统计了一下,孟浩然以"舟"为题的诗有11首之多,这一来和孟浩然所生活的地方及他所去的地方是水乡有关,二来也暗合了"仁者乐山,智者乐水"的古训。

上善若水,水在滋养万物的同时还为我们带来灵动之美。我们先来欣赏他的《初春汉中漾舟》一诗:

> 羊公岘山下,神女汉皋曲。
> 雪罢冰复开,春潭千丈绿。
> 轻舟恣来往,探玩无厌足。
> 波影摇妓钗,沙光逐人目。
> 倾杯鱼鸟醉,联句莺花续。
> 良会难再逢,日入须秉烛。

(《全唐诗》,第1624页)

孟浩然所在的襄阳介于南北之间,初春时节已是一片生机,雪融冰化,潭水显得那么清澈,驾上一艘小船在水面上穿梭游玩,根本就没有稍停的意思,因为百看不厌。当然,来这里泛舟游玩的并非孟浩然一人,不远处的船上,有一位美丽的女子,她的发钗与波光相互摇曳呼应。原来日已高上,在日光的照耀下,岸边的沙反射出刺眼的光芒。天热了,同游的人纷纷上岸,品着酒,赏着鱼戏,听着鸟鸣,再看看生树的杂花和乱飞的群莺,相信已经有人按耐不住洋溢的诗情了,于是大家玩起了联句游戏。透过诗句就能感受到,诗人这一天过得很充实,既有划船赏景的体力活儿，又有品酒联句的文化活动，玩得很嗨。孟浩然觉得这样难忘的日子是很难再遇到的，所以他想让快乐继续。怎么办呢？"日入须秉烛"，太阳落了没事，点上蜡烛继续嗨，一定要尽兴而归，这就是古人常说的"秉烛夜游"。这也说明一个问题，孟浩然对汉水边上的景色是多么喜欢！如果不喜欢，他早就找各种理由离开了。

在湖北有一个令人向往的神仙之地，那就是陶渊明笔下被武陵渔人发现的桃花源。武陵的山水风光很不错，这不孟浩然驾着小舟来了，而且还一路即兴唱着《武陵泛舟》：

武陵川路狭，前棹入花林。
莫测幽源里，仙家信几深。
水回青嶂合，云度绿溪阴。
坐听闲猿啸，弥清尘外心。

（《全唐诗》，第1645页）

孟浩然从陶渊明所说的武陵渔人误入桃花源写起，已然让人觉得作者已经化身成了那个巧入仙境的渔人，这个桃花源在远离人间的地方，即"不复出焉"的"绝境"，这就是作者第二联所说的"莫测幽源里，仙家信几深"。仙境自然与凡俗是不同的，这里"水回青嶂合，云度绿溪阴"，绿水环绕，白云飘飘，山峰壁立，一切显得那么幽静。坐在船头，静静地欣赏着超凡脱俗的景致，远处传来猿猴的鸣叫声，那叫声，不慌乱，不凄厉，不是长江三峡的猿啸，反而有点像孙登的啸声。不管是眼睛看到的静，还是耳朵听到的动，都是美的享受，所以作者在结尾处说"弥清尘外心"。这让我想起了自己曾经写过的一首诗："我是江湖一钓翁，眼前风景四时同。唯修心底宽天地，不论他人长短中。"这不就是"弥清尘外心"吗？好的风景会带来好的心境，这也可能是孟浩然留恋山水的原因吧。

孟浩然泛舟不分远近，近的可以在自家门口，这就是他的《北涧泛舟》："北涧流恒满，浮舟触处通。沿洄自有趣，何必五湖中。"(《全唐诗》，第1667页)"北涧"在哪里呢？就在孟浩然的园庐边上。这里河流纵横，没事划个船挺好的。远的可以到异乡，比如《耶溪泛舟》："落景余清辉，轻桡弄溪渚。澄明爱水物，临泛何容与。白首垂钓翁，新妆浣纱女。相看似相识，脉脉不得语。"(《全唐诗》，第1624页)"耶溪"又在哪里？在浙江会稽县（今绍兴市）若耶山下。当他看到"白首垂钓翁，新妆浣纱女"的时候，总有似曾相识的感觉，因为在他的家乡也会经常遇到。

有时，作者还会乘舟去看望朋友，欣赏一下朋友家周围的风景。这就是《夏日浮舟过陈大水亭》中说的"水亭凉气多，闲棹晚来过。涧影见松竹，潭香闻芰荷。野童扶醉舞，山鸟助酣歌。幽赏未云遍，烟光奈夕何"(《全唐诗》，第1646页)。从这首诗的措辞来看，这个朋友家的生态环境绝对可以用高大上来形容，特别是"涧影见松竹，潭香闻芰荷。野童扶醉舞，山鸟助酣歌"两联，简直让人挪不动脚步，再有"水亭凉气多"，夏日的炎热马上烟消云散，浑身通泰，怪不得作者直到太阳落山也没能欣赏一遍。

不过，作者有的时候也会遇到点小尴尬，那就是舟行水上却无处投宿，你看《宿建德江》是不是这种情况。

移舟泊烟渚，日暮客愁新。
野旷天低树，江清月近人。

(《全唐诗》，第1668页)

"建德江"在浙江。孟浩然为什么去那里呢？因为"科考"失败，心情郁闷，所以才去漫游吴越，目的是散心。可是他哪里知道，又遇到了前不着村后不着店的情况。作者把小船划到岸边，心里很失落，想想考试的往事，看看眼前的窘境，真的是不禁生愁。空旷的原野使远处的树显得更加低矮，或许在树的尽头便会有村落吧。这时，月亮已经高挂夜空，映在澄清的江水中，和舟中的作者是那么近。有得有失，或许只有失落的时候才会有与众不同的生活体验吧。这首诗里，有无处投宿的失落，却也不乏人与月相亲相近的慰藉。

田园佳作亦高歌

特殊的经历，让孟浩然只能过"白首卧松云"的生活，除了畅游山水，就是在田园生活中寻找幸福与快乐。而且作者还把这种生活状态写进了诗中，让我们跨越千年去体味他当时的愉悦，这不能不说是一件奇妙的事情。首先说他的园庐选址就已经表现出他对田园的热爱了，他的园庐叫"涧南"，那里应该就是孟浩然心灵栖息的港湾。他写了一首《涧南即事贻皎上人》，字里行间洋溢着压抑不住的幸福感。

> 弊庐在郭外，素产惟田园。
> 左右林野旷，不闻朝市喧。
> 钓竿垂北涧，樵唱入南轩。
> 书取幽栖事，将寻静者论。

(《全唐诗》，第 1636 页)

孟浩然的园庐在襄阳北郭外，是祖上留下的产业，这就是本诗中所说的"素产"，也是作者在《南山下与老圃期种瓜》中所说的"先人留素业"。这个地方在空旷的原野上，所以很难听到闹市上的喧嚣声，他在《田园作》中也强调过"弊庐隔尘喧，惟先养恬素"(《全唐诗》，第 1627 页)。换句话说，这是个偏僻的地方。不过偏僻有偏僻的好处，少了世俗的打扰，多了世外的清静，没事的时候可以到溪边钓个鱼，当然也可以唱着歌砍个柴，然后把自己隐居的事记录下来，拿着去和好朋友皎上人交流，这与"朝市喧"相比，无疑是与刘禹锡《陋室铭》中"谈笑有鸿儒，往来无白丁。可以调素琴，阅金经"的境界相合的。

既然说到了《南山下与老圃期种瓜》，那么我们就来看看孟浩然是怎么做的吧：

> 樵牧南山近，林间北郭赊。
> 先人留素业，老圃作邻家。
> 不种千株橘，惟资五色瓜。
> 邵平能就我，开径剪蓬麻。

（《全唐诗》，第1652页）

在涧南别墅的旁边，有一位擅长打理庄稼的老先生。作者决定向这位老先生学种东西，具体种什么呢？"不种千株橘，惟资五色瓜"。作者在这里用了两个典故。《三国志》记载，李衡曾经在武陵龙阳泛洲上种了上千棵柑橘，临死的时候交代儿子，这是给他们留下的财产；五色瓜又叫东陵瓜，汉初有个叫邵平的人，本来是秦朝的东陵侯，秦朝灭亡后就成了普通老百姓，在长安城东靠种瓜为生。这两个典故，前者是说经营产业，后者是讲喜欢隐居，看来孟浩然很向往邵平的那种生活。

其实，孟浩然对田园生活的喜好我们还可以通过那首人们耳熟能详的《过故人庄》来证明。当他接到朋友的邀请，欣然前往，一路上看着"绿树村边合，青山郭外斜"（《全唐诗》，第1651页），村庄周围是葱茏的绿树，郊野上斜枕着青翠的山峰，幽静秀美得充满了诗意。从这两句诗来看，朋友也应该是个志趣相投的人，就像他在《题张野人园庐》中说的那样，"与君园庐并，微尚颇亦同。耕钓方自逸，壶觞趣不空。门无俗士驾，人有上皇风。何处先贤传，惟称庞德公"（《全唐诗》，第1650页）。即便是寻常的邻居，也是"微尚颇亦同"的高士。

当和朋友相见，又是"开轩面场圃，把酒话桑麻"，没有官场上的寒暄客套，谈论无非是农事话题，谈得高兴了，两个人走到窗前，推开窗户，场圃上的所有情景都映入眼帘，心旷神怡。作者近乎从一个名震江湖的大诗人变成了地地道道的农民作家。所以,他临走的时候表示"待到重阳日,还来就菊花",等到重阳节那天,我再来和你一同饮酒赏菊。如果孟浩然是逢场作戏,那就不会为"续集"埋下伏笔。所以说,这是他发自内心的喜欢,不是装出来的。

　　孟浩然笔下的山水也不是装出来的,那是大自然的造化,孟浩然是用生命在亲近自然山水,所以当自然山水得到孟浩然的灵魂书写时,便有了灵魂的高度。

一生好入名山游

李白在唐代是"神"一样的存在，不仅被玄宗皇帝惊叹"轩然霞举"，而且被贺知章称为"谪仙人"，高道司马承祯也称，可与李白同游八极之表。就连那么稳重的大诗人杜甫对李白也把持不住，在《饮中八仙歌》中赞叹"李白一斗诗百篇，长安市上酒家眠。天子呼来不上船，自称臣是酒中仙"（《全唐诗》，第2259~2260页），所以李白就是盛唐的标杆人物，如果没有了李白，盛唐不知要逊色多少。余光中说李白"绣口一吐，就是半个盛唐"，这话不假！

如果您对李白有所了解就会知道，李白的潇洒不只体现在酒中，还体现在祖国壮丽的山水间。他在《庐山谣寄卢侍御虚舟》诗中说"五岳寻仙不辞远，一生好入名山游"（《全唐诗》，第1773页），李白通过诗歌向我们做了走遍大好河山的"直播"。其实，我在别的篇目中写有李白与名山大川的缘分，比如李白与洞庭湖、李白与华山、李白与庐山瀑布等，之所以还要作为专题来讲，就是因为李白的山水个性与众不同，我们将其他篇目中没有涉及的又非常有意义的山山水水随着李白走一遭。

梦游天姥诗仙影

李白诗中所涉及的山真不少,有泰山、峨眉山、天台山、终南山、焦山、庐山、天门山、木瓜山、敬亭山、黄山、岘山、天姥山、嵩山、华山等。看到这些山的名字,已经有一些诗句涌入我们的脑海,"海客谈瀛洲,烟涛微茫信难求"(《梦游天姥吟留别》),"天门中断楚江开,碧水东流至北回"(《望天门山》,《全唐诗》,第1839页)。下面我们就从《梦游天姥吟留别》谈起:

>海客谈瀛洲,烟涛微茫信难求。越人语天姥,云霓明灭或可睹。天姥连天向天横,势拔五岳掩赤城。天台四万八千丈,对此欲倒东南倾。我欲因之梦吴越,一夜飞度镜湖月。湖月照我影,送我至剡溪。谢公宿处今尚在,渌水荡漾清猿啼。脚着谢公屐,身登青云梯。半壁见海日,空中闻天鸡。千岩万转路不定,迷花倚石忽已暝。熊咆龙吟殷岩泉,栗深林兮惊层巅。云青青兮欲雨,水澹澹兮生烟。列缺霹雳,丘峦崩摧。洞天石扇,訇然中开。青冥浩荡不见底,日月照耀金银台。霓为衣兮风为马,云之君兮纷纷而来下。虎鼓瑟兮鸾回车,仙之人兮列如麻。忽魂悸以魄动,恍惊起而长嗟。惟觉时之枕席,失向来之烟霞。世间行乐亦如此,古来万事东流水。别君去时何时还?且放白鹿青崖间,须行即骑访名山。安能摧眉折腰事权贵,使我不得开心颜。

>(《全唐诗》,第1779~1780页)

从题目我们不难知道,这是一首记梦诗,也是一首游仙诗,换句话说,现实中李白并没有游天姥山。这首诗是李白在长安受挫,政治愿望得不到实现,从而渴望向神仙世界和山林间去寻求精神解脱。我们常说,日有所思夜有所梦,天姥山能出现在作者的梦境中,也足以说明作者对天姥山梦寐以求的执着心情了。

诗人开头从瀛洲说起,《列子·汤问》中讲,瀛洲"其上台观皆金玉,其上禽兽皆纯缟。珠玕之树丛生,华实皆有滋味,食之皆不老不死。所居之人,皆仙圣之种,一日一夕飞相往来者,不可数焉"[1],这里就是一个仙境。可是这个仙境虚无缥缈,不可寻求。相对瀛洲而言,现实中的天姥山则"云霓明灭或可睹",时隐时现,既突出了天姥山美若仙境,也蕴含了作者对天姥山的向往之情,极富传奇色彩,让读者也对天姥山充满了好奇心。

天姥山临近剡溪,传说登山的人听到过仙人天姥唱歌的声音,因此得名。天姥山号称奇绝,是越东灵秀之地,在李白看来,比五岳还挺拔,这是李白常用的夸张手法。天台山高耸云霄,可是也要拜倒在天姥山足下。在李白极富夸张的笔墨中,天姥山已经完全可以让读者想入非非了。接下来一幅幅瑰丽奇幻的景象出现在读者面前:诗人进入幻境,在月亮清光的照射下,他飞度镜湖,身影被月光投射到镜湖上,降落在当年谢灵运待过的地方。谢灵运有《登临海峤初发疆中作与从弟惠连可见羊何共和之》诗,其中说"暝投剡中宿,明登天姥岑"[2]。或许,当年谢灵运和诗人感受一样吧,眼睛看到的是"渌水荡漾"的美景,耳朵听到的是"清猿啼"的悠远。

谢灵运很聪明,他说天下的才能共一担,一担是十斗,曹子建一个人独占八斗,他自己得一斗,天下人共分一斗。这么有才的人登山自然有他的办法,他发明了一种登山鞋"谢公屐",这是和他喜欢"寻山陟岭,必造幽峻,岩嶂数十重,莫不备尽"(《南史·谢灵运传》)[3]的习惯有关的,也是经验的总结。"登蹑常着木屐,上山则去其前齿,

---

[1] 〔清〕张湛:《列子注》,上海:上海书店,1986年7月,第53页。
[2] 逯钦立:《先秦汉魏晋南北朝诗》,北京:中华书局,1983年9月,第1176页。
[3] 〔唐〕李延寿:《南史》,北京:中华书局,1975年6月,第540页。

下山去其后齿",鞋底安有两个木齿,上山去其前齿,下山去其后齿,便于走山路。放在今天,谢灵运就是一个拥有个人专利的发明家。

李白穿上谢灵运发明的木屐,登上谢灵运当年攀登过的青云梯,眼前奇景顿现:云梯盘旋,深山中光线幽暗,看到太阳从海中冉冉升起,听到天鸡高唱,这本来是白昼来临的景象,却又给人一种暮色降临的感觉。为什么会有这种错觉呢?原来是"千岩万转路不定",林木、石壁遮挡了光线,所以当他"迷花倚石"的时候才会有旦暮倏忽的感觉。暮色中熊咆龙吟,山谷震响,那气势,深林为之战栗,层巅为之惊动。是真的熊咆龙吟吗?是岩泉发出的巨大声响。再看云和水,也是充满阴郁,其实这是诗人心情压抑的情感转移造成的。

在令人惊悚不已的幽深暮色下,突然"丘峦崩摧",仙境"訇然中开",道教的洞天福地出现在眼前,据说神仙所住的地方都用黄金白银筑成。金银台与日月交相辉映,景色缤纷壮丽,令人惊心眩目。各位神仙以彩虹为衣,以长风为马,老虎为之鼓瑟,鸾鸟为之驾车。诗人的面子很大,当年秦始皇派人求仙,也是虚无缥缈,可是他竟然能够看到"仙之人兮列如麻",这是多么盛大而热烈的场面!换句话说,神仙们真给李白面子!李白的想象,气吞山河,足以让我们醉了!当然这和他长期漫游万壑千山的经历、阅读大量古代传说以及长安三年宫廷生活的见闻有关。明着是写神仙世界,又何尝不是对现实的表现呢?只不过是通过浪漫主义的想象表现出来罢了。

仙境虽美,毕竟对于凡人来说是虚幻的,所以诗人终于随着仙境的消逝返回现实。原来自己"惟觉时之枕席",还躺在枕席之上,刚才随心所欲的翱翔不过是个梦境。"世间行乐亦如此,古来万事东流水",这是具有普遍意义的总结,其中包含着诗人对人生的诸多失意和感慨。李白的这个梦游神山仙境的经历,很像唐代的传奇小说《枕中记》《南柯太守传》。有了这样醍醐灌顶的"经历",诗人仿佛找到了出路和心灵的慰藉，那就是"且放白鹿青崖间，须行即骑访名山"，去快意地徜徉山水，享受生命。

这首诗写的是山，因为确实有山中奇景变幻的描写；这首诗写的是梦，因为始终充斥着梦的浪漫；这首诗写的是心，因为作者是在心情压抑的时候为自己的心寻找慰藉的净土。这么看来，山水间可以让人找到自我的尊严。天姥山是李白梦寐以求的圣地，也是能让李白活成李白的地方。

西看明月忆峨眉

在四川峨眉市有一座驰名中外的峨眉山。李白在25岁之前，读书游学，曾经先后两次登上峨眉山，还留下了一些经典的作品，如《峨眉山月歌》《峨眉山月歌送蜀僧晏入中京》《登峨眉山》。可能有的人会觉得，不就三首诗吗？那你要知道，在《全唐诗》中，题目中包含"峨眉山"三个字的总共有四首，这么一对比你就能体会到李白对峨眉山的钟情程度了。我们下面就来看看他的极写峨眉之雄奇无匹，同时表达了自己对神仙世界向往的《登峨眉山》：

蜀国多仙山，峨眉邈难匹。
周流试登览，绝怪安可息。
青冥倚天开，彩错疑画出。
泠然紫霞赏，果得锦囊术。
云间吟琼箫，石上弄宝瑟。
平生有微尚，欢笑自此毕。
烟容如在颜，尘累忽相失。
倘逢骑羊子，携手凌白日。

（《全唐诗》，第1833页）

作者开头写还没有到峨眉山以前对峨眉山的向往。峨眉山是蜀地名胜，在诗人看来，在蜀地众多的仙山中，没有能和峨眉山相比的。作者初次登临峨眉山有什么感觉呢？李白被眼前峨眉山幽深的岩壑、险怪的群峰、变化无常的天气惊呆了。接下来，作者具体写峨眉山的险峻磅礴和秀丽风光，让人感到一登峨眉山马上就进入仙境，"彩错疑画出"，山间色彩斑斓错杂，人整个儿沉浸在紫霞翠霭之间，身心与天地融为一体，既赏宇宙间的奇妙，又得到了仙家的成仙妙术。《汉武内传》记载，西王母和上元夫人曾经送给汉武帝一些成仙的方法，汉武帝把它们放在一个用锦制成的袋子里，所以"锦囊术"就顺理成章成了成仙术。

在这样的仙境中，任何一个人都会欢快至极，李白的欢快是如何表现的呢？"云间吟琼箫，石上弄宝瑟"，在云霄吹奏琼箫，在石上弹奏宝瑟，箫声响彻群峰，瑟音声动林泉。作者完全摆脱了世间的烦恼，什么荣华富贵，什么权位名利，全都丢到了九霄云外，因为此事在他心中有的是"平生有微尚，欢笑自此毕"，只想学仙求道，快慰人生。特别是当自己的影子在晴光的折射下，出现在云影光环之间时，不禁有"尘累忽相失"羽化登仙的感觉。作者在最后还希望自己能够遇见峨眉仙人葛由，也就是诗中的"骑羊子"。《列仙传》记载，周成王时，葛由喜欢刻羊来卖。一天，他骑着自己刻的木羊进入西蜀绥山，绥山在峨眉山西南，蜀地很多王侯贵人也追着他进入山中，这些人都成了神仙。李白也渴望能够遇到骑羊子葛由，与他一起携手成仙，上凌白日。在这首诗里，我们看到了李白喜欢探幽访胜的情怀、好道求仙的性格和渴望高蹈尘世的境界。

峨眉山岩壑幽深，群峰险怪，连带峨眉山月也与众不同了，李白在《峨眉山月歌送蜀僧晏入中京》中说：

我在巴东三峡时，西看明月忆峨眉。

月出峨眉照沧海，与人万里长相随。

黄鹤楼前月华白，此中忽见峨眉客。

（《全唐诗》，第 1726 页）

据史料记载，唐肃宗至德二载（757），西京长安改为中京，到了上元二年（761），又恢复西京的名称。这么看来，这篇诗歌写于至德二载到上元二年之间，当时李白因为安史之乱中跟随永王李璘而被贬谪夜郎，走到半路上被赦免。李白于是去了江夏也就是今天的湖北武昌，正好遇见来自峨眉山的僧人晏禅师，勾起了对峨眉山月的回忆。毕竟年轻时的李白两度登峨眉山去寻道家真谛，那里的山岚雾霭，山高水流，日出月下，总是令他不能忘怀。所以在这首诗中，作者便表达了对故乡的思念与赞美，"月出峨眉照沧海，与人万里长相随"，语短情深，明明写的是"黄鹤楼前"月，心中想的却是故乡月，虽然同是一轮月亮，但自己心目中的月因为峨眉而变得厚重深沉了。大概这就是我们经常说的爱屋及乌吧。

我们不会忘记李白笔下那首脍炙人口的《峨眉山月歌》：

峨眉山月半轮秋，影入平羌江水流。

夜发清溪向三峡，思君不见下渝州。

（《全唐诗》，第 1726 页）

这是李白第一次出四川时写的诗，是舟中所见，还没有离开家呢就开始想家了。虽然诗中满是对家乡的依恋，但诗句却意气风发。因为那个时候，他踌躇满志，所以短短四句诗就为读者展现了一幅峨眉山—平羌江—清溪—三峡—渝州的千里江山图。在这幅江山图中，既有山水相依、秋月倒映的自然之美，又有依依惜别的人情之美。峨眉山是见证李白理想的地方，那是割舍不断的最初记忆，所以峨眉山的雄奇壮丽以及峨眉山月的清朗总是与李白万里相随。

泰山亦伴仙人游

李白除对天姥山和峨眉山有深厚感情外,对东岳泰山同样怀有深厚的感情。李白写有《游泰山六首》,从中我们可以看出,在李白笔下,泰山不仅是自然之山,而且是神妙之山。

四月上泰山,石屏御道开。
六龙过万壑,涧谷随萦回。
马迹绕碧峰,于今满青苔。
飞流洒绝巘,水急松声哀。
北眺崿嶂奇,倾崖向东摧。
洞门闭石扇,地底兴云雷。
登高望蓬瀛,想象金银台。
天门一长啸,万里清风来。
玉女四五人,飘飘下九垓。
含笑引素手,遗我流霞杯。
稽首再拜之,自愧非仙才。
旷然小宇宙,弃世何悠哉。

(《全唐诗》,第1823页)

天宝元年(742)四月,诗人登临泰山,从王母池开始,泰山诸峰一步一景,就像屏风一样次第打开。当年玄宗皇帝到泰山封禅登山的御道出现在眼前,蜿蜒曲折于峰峦山谷间。作者的思绪回到了当年玄宗封禅泰山时,千岩万壑、涧谷峰峦都在御辇的感染下驰骋起来,动感中充满着奔腾的时代气息。但时过境迁,当年的御道上布满了青苔,可见人们对泰山险峭的惧怕。作者移步换景,让读者随他领略沿途山水的奇险幽秘。过了中天门,石阶犹如天梯般地出现在面前,两侧悬崖峭壁,瀑布飞流,水声呼啸,山峦高耸,北望是千奇百怪的峰峦,向东倾斜的悬崖简直要坠落下去，让人神经紧绷，总是捏着一把汗。诗人的目光又转到了涧谷，"洞门闭石扇，地底兴云雷"，岩壁上有众多大大小小的山洞，而那些大石头却像一扇扇石门将山洞遮挡起来。山谷中的岚气凝结成一簇簇云团，在山间荡漾飘浮，山间的激流发出震耳欲聋的声响，就像是从地底下冒出来一般。

读着诗句，可能会有人出现幻觉，李白已经不再是大名鼎鼎的诗人，而是一位资深的泰山导游，引领着我们从不同角度去欣赏泰山千姿百态的奇景神韵。当年杜甫渴望"会当凌绝顶，一览众山小"（《望岳》，《全唐诗》，第2253页），但那只是渴望而已，李白却做到了，他在第三首中说"凭崖览八极，目尽长空闲"。当诗人"登高望蓬瀛"时，他看到的是"海色动远山"，是"海水落眼前，天光遥空碧"，是"黄河从西来，窈窕入远山"，是"银台出倒景，白浪翻长鲸"，是"千峰争攒聚，万壑绝凌历"，是"长松入云汉，远望不盈尺"。在这种情况下，整个人都不一样了，"精神四飞扬，如出天地间"，作者放纵想象，与浩瀚无垠的宇宙融为了一体。作者登上天门，压抑不住内心的兴奋，一声长啸，竟使"万里清风来"，这是何等伟岸的气魄！

以上写的是自然之山。那么，为什么说泰山还是神妙之山呢？因为李白在诗中用了大量的神话传说，把泰山幻化成了朦胧迷幻的仙境。当诗人登上南天门东望"瀛岛"时，已经开始"想象金银台"。前面我们说过，"金银台"是神仙居住的地方。随着诗人的一声长啸，不仅引来了万里清风，还使得"玉女四五人，飘飘下九垓"，四五个仙女飘下九天，"含笑引素手，遗我流霞杯"，笑吟吟地送给李白一杯流霞仙酒，这是只有仙人才有的待遇。李白是有自知之明的，"稽首再拜之，自愧非仙才"，与仙女们的"偶遇"，让李白稍显窘态。

李白是入过道箓的，也就是说，李白曾经是"在编"的道士，所以他寻仙问道也是分内的事，在泰山遇到几拨仙人也是修行所带来的机缘。这不，他在"清晓骑白鹿，直上天门山"时又遇到了一位"方瞳好容颜"的羽衣仙人。作者"扪萝欲就语"，想和羽衣仙人攀谈，没想到仙人"却掩青云关"，没有搭理他，而是"遗我鸟迹书，飘然落岩间"，赠给他一卷仙书后，随即便消逝在云霞之中了。诗人打开仙书，发现"其字乃上古，读之了不闲"，根本看不明白，那就等着向仙人请教吧，结果又"从师方未还"，让作者挺惆怅的。就在作者很惬意地欣赏山海美景时，不知又从哪里来了一位"绿发双云鬟"的青童，而且还"笑我晚学仙，蹉跎凋朱颜"。作者有种被打脸的感觉，思绪烦乱，想去和他理论吧，又"踌躇忽不见，浩荡难追攀"，仙童竟然倏忽逝去。

仙童的嘲笑让李白受到了刺激，决意要"清斋三千日，裂素写道经"，好好学习。果然，当"吟诵有所得"时出现了"众神卫我形。云行信长风，飒若羽翼生"的奇妙变化。因为自己也是仙人了，能够"攀崖上日观"，所以看到的景象自然不同于凡人了，"伏槛窥东溟。海色动远山，天鸡已先鸣。银台出倒景，白浪翻长鲸"，诗人看到朦胧之中仙山似乎在飘动，仙人居住的金银台倒映在水中，巨鲸搅起了冲天的海浪，耳畔听到天鸡的鸣叫。他还看到"山花异人间，五月雪中白"的奇异景象，虽然山间气温低，花会开得晚一点，但也不能晚至五月，更不能在雪中绽放，这显然不是人间景致了。李白变得越来越自信了，"终当遇安期，于此炼玉液"，修成"鹤上仙"，"高飞向蓬瀛"，而且"去无云中迹"。

既然成仙了，就要融入仙人群体，所以李白"朝饮王母池，暝投天门关"，这才有了群仙夜娱的一幕。作者"独抱绿绮琴，夜行青山间"，在幽静的夜晚，诗人怀抱名琴绿绮，独自漫步青山间，既欣赏了"山明月露白，夜静松风歇"的静谧，又见证了"仙人游碧峰，处处笙歌发"的仙界夜生活。月光下的仙界是"寂静娱清晖，玉真连翠微。想象鸾凤舞，飘飘龙虎衣"，宫观在苍翠中掩映，朦胧迷幻，鸾凤轻舞，龙虎飘摇，大家沉浸在自我陶醉的状态，情感自由驰骋，无拘无束。也难怪会"恍惚不忆归"，或者说不是作者忘记了来自何处，是真的不愿意归去。但无奈的是，天还是亮了，"明晨坐相失，但见五云飞"，仙境消失了，在晨光照耀下的五彩祥云中，作者又看到了泰山的秀姿。

李白是在游泰山，也是在求神仙，所以在描写泰山实际山水景物的过程中为我们虚构出了一个自由舒放的神仙世界。但是我们不得不说，诗人笔下的山水也好，仙境也罢，不只是他审美心理的表现，从这一组诗题注"从故御道上泰山"几个字不难推见，更是他内心世界的律动。李白志向高远，他渴望自己能够"申管、晏之谈，谋帝王之术，奋其智能，愿为辅弼，使寰区大定，海县清一"（《代寿山答孟少府移文书》）[1]，他希望自己能够在政治上有所建树，成为帝王的辅弼大臣。但是由于他傲岸的个性，不肯向权贵"摧眉折腰"，所以心底总是萦绕着矛盾、彷徨、无奈。如此来看，泰山对于李白而言，又成了心灵之山。

天台晓望见溟渤

李白的个性导致他在官场上处处受挫，虽然有待诏翰林的三年经历，但玄宗皇帝只是把他当成一个文学侍从之臣，根本就没有给他施展政治才能的机会。因为力士脱靴的往事，李白成了高力士的眼中钉、肉中刺，后来被赐金放还。无事一身轻，李白想起了自己的老朋友贺知章，当年贺知章称他为"谪仙人"，还解下金龟换酒。于是李白赶往贺知章的老家去看望老朋友，可是当时通信条件不发达，当他赶到四明山镜湖的时候，才知道老朋友已经仙逝。天台山距离四明山很近，于是作者才有了《天台晓望》：

---

[1] 〔唐〕李白：《李太白全集》，北京：中华书局，1977年9月，第1225页。

> 天台邻四明，华顶高百越。
> 门标赤城霞，楼栖沧岛月。
> 凭高登远览，直下见溟渤。
> 云垂大鹏翻，波动巨鳌没。
> 风潮争汹涌，神怪何翕忽。
> 观奇迹无倪，好道心不歇。
> 攀条摘朱实，服药炼金骨。
> 安得生羽毛，千春卧蓬阙。

(《全唐诗》，第1834页)

天台山在浙江中东部，四明山在浙江东部，所以作者说"天台邻四明"，这是很朴素的表达方法。天台山的最高峰是华顶山，李白在《梦游天姥吟留别》中说"天台四万八千丈"，那么作为天台山的最高峰自然就是四万八千丈的标志了，因为江浙一带是古代越族所居之地，所以说"高百越"。诗人登上华顶峰，"直下见溟渤"，看到了苍茫的大海，空中云彩翻腾如同大鹏翻飞的翅膀，海中巨浪搅动，水中的巨鳌被大浪吞没。旋风卷着巨浪，汹涌澎湃，神怪如闪电一样快速往来，真是惊心动魄。看到这奇异的景象，越发让李白有学道修心的想法了，于是他采下一种可以让人长寿的果实，准备炼制成延年益寿的丹药，通过服用丹药脱胎换骨，身长羽毛，逍遥自在地生活在蓬莱仙岛。

"五岳寻仙不辞远"，李白对求仙一向执着，哪怕是一座小山，也能让他有"仙人如爱我，举手来相招"（《焦山望寥山》，《全唐诗》，第1834页）的想法。这一来是和当时重道的社会风气相关，李唐帝王从意识形态的高度确定了道家文化的地位，这就是唐人封演在其《封氏闻见记》中指出的"国朝以李氏出自老君，故崇道教"[①]。二来和李白自己的学习经历有关，他在《感兴六首》其四中说"十五游神仙，

---

① 赵贞信：《封氏闻见记校注》，北京：中华书局，2005年11月，第2页。

仙游未曾歇"(《全唐诗》,第1864页)。另外,李白小时候生活的四川距离道家福地青城山很近,必然会受到一些影响,而且他确实在山中修炼过,也就是说,有过道家生活的经历。不管求仙访道是曾经的生活还是李白的精神追求,抑或是不得已所寻求的精神解脱,总之,仙道元素进入李白的诗中,让李白笔下山的风姿神韵变得更加迷离了。

青莲水畔意悠悠

因为篇幅原因,前面先了解了李白好入名山游的经历,以及那些名山在李白诗中的风姿,那些山已经被李白移情化。在诗中经常是山水不分家的,比如他在《望天门山》中说"天门中断楚江开,碧水东流至北回"(《全唐诗》,第1839页),在《夜泊黄山闻殷十四吴吟》中说"龙惊不敢水中卧,猿啸时闻岩下音"(《全唐诗》,第1845页),在《题舒州司空山瀑布》中说"断崖如削瓜,岚光破崖绿。天河从中来,白云涨川谷"(《全唐诗》,第1892页),山与水总是缠缠绵绵。李白不仅钟情青山,也对充满灵性的绿水一往情深,他在《清溪行》中动情地说"清溪清我心,水色异诸水"(《全唐诗》,第1728页)。既然如此,我们就来聊聊李白笔下的绿水。说到李白笔下的水,大家能想到的是"桃花潭水深千尺",我们就从一段"骗"出来的友情讲起。

桃花潭碧跃紫鳞

"桃花潭水深千尺"出自李白的《赠汪伦》,这是一首赠别诗,是汪伦为李白送行时,李白为了感谢汪伦的友情写的。那为什么说是"骗"出来的友情呢?清代袁枚写有《随园诗话》《随园诗话补遗》,其中《随园诗话补遗》中讲,汪伦是泾县的豪士,喜欢结交朋友,听说李白要到泾县游玩，就想认识一下，于是给李白写了一封信："听说您喜欢游玩，我这里有十里桃花。听说您喜欢饮酒，我这里有万家酒店。"李白接到汪伦的信非常高兴，全都说到自己心窝里了。十里桃花，那将是什么样的美景！万家酒店，岂不是能喝他个酣畅淋漓！就这样高高兴兴到了泾县与汪伦会合。

见到汪伦，李白就问："十里桃花在哪里？"汪伦笑着说："我说的桃花是桃花潭，距此处十里，并没有桃花。"李白又问："那万家酒店呢？"汪伦再次笑着说："万家酒店并不是上万家酒店，是有一家酒店，老板姓万。"李白虽然有些失落，但依旧感到汪伦很幽默。李白在汪伦的陪同下到桃花潭游玩，又在汪伦家住了些日子。临别时，汪伦送给李白很多礼物，并亲自为他送行，李白这才写下《赠汪伦》：

李白乘舟将欲行，忽闻岸上踏歌声。

桃花潭水深千尺，不及汪伦送我情。

（《全唐诗》，第1765页）

《全唐诗》收录的这首诗下有个小注："白游泾县桃花潭，村人汪伦常酝美酒以待白。"从这个小注来看，李白和汪伦原本是不认识的。后来出版的《李白集》《唐诗三百首》《全唐诗》注解，也都沿袭了这个观点。后来，安徽学者汪光泽和李子龙先后研读泾县《汪氏宗谱》《汪渐公谱》《汪氏续修支谱》，文献记载，汪伦又名汪凤林，是唐朝时的名士，与李白、王维等人关系很好，经常互赠诗文。开元天宝年间，汪伦曾任泾县令，任满辞官，就居住在桃花潭。这首诗是李白专门来访时写的，宋本《李太白文集》这首诗题下注"伦之裔孙至今宝其诗"，这首诗成了汪伦的传家宝。

我们回到这首诗上来。李白站在小船上，向岸上的人挥手告别，忽然有人踏地为节拍，原来是好朋友汪伦来为自己送行。李白觉得，桃花潭水纵然有三千尺深，也比不上汪伦对他的情谊深。这两句既写出了李白和汪伦之间不拘俗礼的友情,也表现了李白夸张浪漫的艺术特质。"桃花潭水深千尺",桃花潭水真的有那么深吗?这是李白常用的夸张技巧,比如"燕山雪花大如席"(《北风行》,《全唐诗》,第1688页)、"白发三千丈"(《秋浦歌》,《全唐诗》,第1724页)。李白写桃花潭是要告诉我们送行的地点,也是在借景抒情,突出汪伦对他的情谊。

桃花潭的美丽我们可以通过"桃花潭水深千尺"来想象,观鱼潭的景色在《观鱼潭》中也有体现:

> 观鱼碧潭上,木落潭水清。
> 日暮紫鳞跃,圆波处处生。
> 凉烟浮竹尽,秋月照沙明。
> 何必沧浪去,兹焉可濯缨。

(《全唐诗》,第1891页)

这个潭在哪里,作者没有告诉我们,但这并不影响潭的景色之美。第一句反复强调潭水多么清澈,先说"碧潭",又说"潭水清"。单看第一句,可能有人会推测时令是春天,芳草萋萋倒映在水中。可是接下来第二句说"木落潭水清",木落是树叶飘落,是秋天的景象。诗中第六句也说"秋月照沙明",时间在秋季已经很分明了。傍晚时分,鱼儿时而跃出水面,被夕阳余晖染成紫色;时而在水下游动,水面荡出一个个圆圆的波纹,生机勃勃。李白"五岁诵六甲,十岁观百家",诗中"圆波处处生"是有出处的,潘岳《河阳县作诗二首》有"游鱼动圆波"[①]。

暮霭浮起,飘入竹林渐渐散去,秋月升空,沙汀被月光照得一片洁白。屈原《渔父》中有:"渔父莞尔而笑,鼓枻而去,乃歌曰:'沧浪之水清兮,可以濯我缨;沧浪之水浊兮,可以濯我足。'遂去不复

---

① 〔唐〕李善等:《六臣注文选》,杭州:浙江古籍出版社,1999年3月,第471页。

与言。"[1]古人常用濯缨表达自己的高洁，作者却在这里说，何必要学屈原遇见的渔父那样，唱着《沧浪歌》归隐江湖呢？有这汪潭水就足够洗涤我的帽缨了。既有守洁不污、独善其身的品质，又有洒脱不羁、随遇而安的人格。

说到洒脱不羁，让我想起了被黄祖杀死的祢衡，他曾在长江的小洲上写过《鹦鹉赋》，于是这个小洲便得名"鹦鹉洲"，而这个鹦鹉洲曾经两次出现在李白的诗中。

江上洲传鹦鹉名

李白有两首诗歌以"鹦鹉洲"为题，一首《鹦鹉洲》，一首《望鹦鹉洲怀祢衡》，前者通过对鹦鹉洲的描绘吊古伤今，后者则直接是对祢衡的追忆。我们来看《鹦鹉洲》：

鹦鹉来过吴江水，江上洲传鹦鹉名。
鹦鹉西飞陇山去，芳洲之树何青青。
烟开兰叶香风暖，岸夹桃花锦浪生。
迁客此时徒极目，长洲孤月向谁明。

（《全唐诗》，第1838页）

诗题为"鹦鹉洲"，所以在一般人看来，这首诗的中心应该是洲上的景色，可是作者首句却写了鹦鹉这种鸟。好在李白诗艺高超，一下子把人引入了历史时空，为我们暗示了"江上洲传鹦鹉名"的来历。他在另一首《望鹦鹉洲怀祢衡》中说："魏帝营八极，蚁观一祢衡。黄祖斗筲人，杀之受恶名。吴江赋鹦鹉，落笔超群英。锵锵振金玉，句句欲飞鸣。"（《全唐诗》，第1848页）东汉时期祢衡恃才傲物，一般人很难入他的法眼，他甚至不把曹操放在眼里。《三国演义》中有"击鼓骂曹"的情节，

---

[1] 〔唐〕李善等：《六臣注文选》，杭州：浙江古籍出版社，1999年3月，第606页。

曹操很生气，就把他送给了刘表。刘表和手下对祢衡很尊重，但是祢衡对刘表有失恭敬，刘表觉得难以容忍，又把他送给了性情暴躁的江夏太守黄祖。祢衡在黄祖的长子黄射大宴宾客时即席挥毫写了一篇《鹦鹉赋》，文章写得"锵锵振金玉，句句欲飞鸣"。某日黄祖又大宴宾客，祢衡一点也不给黄祖留面子，黄祖大怒，下令杀了祢衡，将其葬在鹦鹉洲上。了解了这个历史典故就可知道，开篇的鹦鹉就不单指鸟了，而是一语双关。

第三句"鹦鹉西飞陇山去"也是一语双关，就字面意思来说，洲上的鹦鹉都飞到陇山去了。陇山是陕西、甘肃两省交界处，据说那里是鹦鹉的乐园。祢衡的《鹦鹉赋》中有"命虞人于陇坻，诏伯益于流沙。跨昆仑而播弋，冠云霓而张罗"[①]，所以李白这一句也是向祢衡致敬。言外之意是惋惜祢衡在这里被杀。鹦鹉虽然没了，可洲上的草木却依旧青翠茂盛，崔颢《黄鹤楼》中说"春草萋萋鹦鹉洲"（《全唐诗》，第1329页）。无论是青青的芳洲之树，还是萋萋的春草，都情韵幽深，余味无穷，表现了诗人对祢衡的无限怀念。

从第四句开始写鹦鹉洲的明媚春光，不过第三联"烟开兰叶香风暖，岸夹桃花锦浪生"写得更是当行本色：远远望去，鹦鹉洲上花团锦簇，水汽缭绕，迷离一片。在春风的吹拂下，鹦鹉洲上烟雾渐渐散去，兰草摇曳生姿，飘来阵阵馨香，令人陶醉。正是阳春时节，桃花肆意绽放，互相簇拥着，更是如同绚烂的晚霞。

这么好的景色，简单的语句就能表达得如此清楚，恐怕也只有诗仙李白才能做到。但这么好的景色，却没能让诗人高兴起来，"迁客此时徒极目，长洲孤月向谁明"。李白为什么称自己是"迁客"？因为他曾经在安史之乱中被流放，这首诗是被赦免之后到了江夏写的。李白曾经把自己比成张良、韩信，可是竟然被贬夜郎，可想而知他心

---

① 〔唐〕李善等：《六臣注文选》，杭州：浙江古籍出版社，1999年3月，第240页。

情有多么糟糕。来到鹦鹉洲，他又想到了才高被杀的祢衡，祢衡是他平生倾慕的人物，他曾经在《经乱离后天恩流夜郎忆旧游书怀赠江夏韦太守良宰》中称"顾惭祢处士，虚对鹦鹉洲"(《全唐诗》，第1751页)。再联想到自己的流离困顿，自己不就是第二个祢衡吗？哪里还有心思去欣赏眼前的美景呢？甚至可以说，眼前的景色越美，他的内心就会因为强烈的对比而越痛苦。

其实，李白笔下的水很多情况下是欢洽的，比如我们前面说到的《赠汪伦》和《观鱼潭》。接下来我们讲一下李白笔下欢洽的绿水。

欢洽诗仙随绿水

什么时候最欢洽？一个犯了错误的孩子本来要心惊胆战地接受很严厉的惩罚，可是惩罚他的人突然告诉他，惩罚取消了，我想孩子一定会欢呼雀跃。李白的欢洽就表现在被赦免返回的途中，《朝发白帝城》和《荆门浮舟望蜀江》写于这个时候，从这两首诗里我们不仅可以感受到山水的秀丽，也能感受到诗人内心的愉悦。先看《早发白帝城》：

> 朝辞白帝彩云间，千里江陵一日还。
> 两岸猿声啼不尽，轻舟已过万重山。

(《全唐诗》，第1844页)

唐肃宗乾元元年(758)，李白因为永王李璘案被贬夜郎。当走到夔州白帝城时，遇到皇帝大赦，李白被无罪释放，于是乘舟东下江陵。

白帝城地势较高，所以作者说"彩云间"，为下一句"千里江陵一日还"的迅疾之势做好铺垫；早上乘船出发，天空云霞翻卷，曙光灿烂，作者心情愉悦。江陵是今湖北荆州，白帝城在重庆奉节，两者的空间距离还是相当远的。郦道元在《三峡》中说"有时朝发白帝，暮到江陵，其间千二百里"，即便借助水势和风速，朝发暮至也是够快的，这里或许有李白擅长的夸张手法，目的是形容归心似箭，突出当时被赦的兴奋心情。

  从白帝城到江陵，沿长江需途经三峡，"两岸连山""重岩叠嶂"七百里，景色优美。特别是春冬之时"素湍绿潭，回清倒影。绝𪩘多生怪柏，悬泉瀑布，飞漱其间"，这里历来是诗人们着笔歌颂的地方。可是诗人无心欣赏，只用了"两岸猿声啼不尽，轻舟已过万重山"。为了形容船快，作者除了用猿声和两岸重山作烘托，还用了一个"轻"字，顺流而下，船行迅疾，这就和逆流而上形成了鲜明的对照。李白被贬经过三峡时，写了一首《上三峡》，其中说"三朝上黄牛，三暮行太迟。三朝又三暮，不觉鬓成丝"（《全唐诗》，第 1843 页），明显心情凝重，船行迟缓，过个三峡能把头发急白。三峡两岸多猿，这在郦道元的《三峡》中也有交代，"常有高猿长啸，属引凄异。空谷传响，哀啭久绝"①。所以李白的"两岸猿声啼不尽"也是实写，猿啼声并非一处，船行迅速，所以处处相连，有了无休无止的感觉。这最后两句，既是写沿途风景，又是因物感兴的心情表达，令人回味悠长。

  《早发白帝城》中，李白因为高兴过头忘记欣赏沿途风景，那么下面这首《荆门浮舟望蜀江》就不一样了，他为我们描绘出了壮丽河山的自然美，甚至可以称之为"长江行舟图"。

    春水月峡来，浮舟望安极。
    正是桃花流，依然锦江色。
    江色绿且明，茫茫与天平。
    逶迤巴山尽，摇曳楚云行。
    雪照聚沙雁，花飞出谷莺。
    芳洲却已转，碧树森森迎。

---

① 转引自袁行霈等：《中国文学作品选注》（第二卷），北京：中华书局，2007年6月，第163页。

流目浦烟夕,扬帆海月生。

江陵识遥火,应到渚宫城。

(《全唐诗》,第1843页)

诗的前六句写李白在船上望长江的感受:站在船上,眼前是一望无际的蜀江,江水从三峡奔腾而下,虽正值春汛,但江水依旧清澈喜人,表达了对故乡的眷恋。锦江是岷江的支流,流经成都市区,也称"府南河",因为成都以蜀锦闻名,所以城为"锦官城",江称"锦江"。"江色绿且明,茫茫与天平"两句把蜀江勾画得水色与天空交相辉映,因为是春季,岸上花木倒映,加上水深,所以会出现春水碧于天的景象,也就是诗人说的"江色绿且明",阳光照耀着荡漾的碧波,江水也显得分外明净了。上句写明丽如画的静态,下句写烟波浩渺的动态,滚滚的江水与天相接,一望无垠,这不仅是客观的开阔视野,也是作者当时胸襟的写照。

从"逶迤巴山尽"到"碧树森森迎"写江上的景物:随着船行,怡人的风光进入诗人视野。连绵的巴山逐渐消失,天上飘浮着摇曳多姿的白云;江边白沙如雪,群雁在和煦的日光下栖息;岸上百花争艳,黄鹂在花丛中鸣唱穿飞;江中的沙洲上芳草萋萋,树木繁茂苍翠,一派生机。在这几句诗中,诗人的眼睛看山、看水、看云、看鸟、看花、看草,不停地转换,画卷绚丽明媚,心情奔放喜悦。李白在结尾又为我们展现了一幅画:天色渐晚,玉兔东升,炊烟袅袅,暮霭沉沉,眼前是明月照大江,遥望灯火一片的江陵。江陵又名"渚宫城",因春秋时楚成王在江陵修建渚宫而得名,这样的结尾显得分外厚重,给人广阔的想象空间。

湖映天光溪水闲

说到李白笔下的水,我们不能不提李白的《秋登巴陵望洞庭》和《姑孰十咏》中的"姑孰溪""丹阳湖"。八百里洞庭经常会进入人们的诗中,这里先来了解一下诗仙眼中的洞庭湖:

清晨登巴陵,周览无不极。
明湖映天光,彻底见秋色。
秋色何苍然,际海俱澄鲜。
山青灭远树,水绿无寒烟。
来帆出江中,去鸟向日边。
风清长沙浦,山空云梦田。
瞻光惜颓发,阅水悲徂年。
北渚既荡漾,东流自潺湲。
郢人唱白雪,越女歌采莲。
听此更肠断,凭崖泪如泉。

(《全唐诗》,第 1838 页)

首句写一个秋天的早晨,诗人登山远眺洞庭湖的美景。"明湖映天光,彻底见秋色",因为是居高临下,所以湖光山色尽收眼底,湖水清澈,天空净朗,交相辉映,诗人赞叹"秋色何苍然,际海俱澄鲜"。接着诗人工笔刻画洞庭之美,"山青灭远树,水绿无寒烟",这两句是静态美,山青水绿,远处的山和树简直浑然一体。因为秋高气爽,所以湖上的水汽没有那么浓,这就是诗人所说的"无寒烟"。诗歌讲究动静结合,"来帆出江中,去鸟向日边",湖上忽然有船帆经过,那一定是从江上驶来的,鸟儿从天空划过,飞向太阳升起的地方。从"山青"到"去鸟"都是写湖上的景色,周围的景色怎么样呢?"风清长沙浦,山空云梦田","长沙浦"指由长沙而入洞庭湖的湘水,水净风清;"云梦田"指云梦泽，大致包括今天湖南益阳、湘阴以北，湖北江陵、安陆以南，武汉市以西地区，云梦泽的田野蒙上一层白霜，所以显得空明。

诗人往往是比较敏感的，当他看到浩瀚奔流的洞庭水时，也会像孔夫子那样发出"逝者如斯夫"的感叹，抒发怀才不遇、时不我待的情感。于是，无论是郢人唱高雅的《白雪歌》，还是越地女子唱《采莲曲》，都不能使诗人高兴起来，反而"听此更肠断，凭崖泪如泉"。究竟为什么"泪如泉"，诗人没有说，或许是因为眼前的景象想到自己的某段经历了吧。

李白《姑孰十咏》，描写了姑孰境内的十个代表性景观，其中前两个景观便是写水，题作《姑孰溪》《丹阳湖》。先看前者：

爱此溪水闲，乘流兴无极。
漾楫怕鸥惊，垂竿待鱼食。
波翻晓霞影，岸叠春山色。
何处浣纱人，红颜未相识。

(《全唐诗》，第1850页)

《全唐诗》中这组诗题下小注称"一作李赤诗"。李赤自比李白，给自己取名叫李赤，可是《全唐诗》中没收录李赤其他的作品，所以这一组诗能不能归到他名下也就成了问题。姑孰是东晋城池，故址在今安徽当涂，李白曾不止一次去那里游玩。李赤是吴郡举子，吴郡是今天的苏州，所以我们在这里将这首诗归到李白名下。

姑孰城南临姑孰溪，因为这里溪水很安静，李白对这里喜爱有加，每次到这里游玩，总是兴致很高。李白在这里划船，"漾楫怕鸥惊"，唯恐惊扰了还没从睡梦中醒来的水鸟；垂钓，"垂竿待鱼食"，他将钓竿垂下，平心静气等待鱼儿上钩；赏景，在垂钓期间，诗人眼中满是山光水景，溪中朝霞倒映，岸边春山叠翠。娴静的鸟、游动的鱼、朝霞、绿波、春山，美得和谐。忽然，李白看到一位美丽勤劳的浣纱姑娘，却感到遗憾,因为"红颜未相识",自己竟然不认识她。这结尾两句不禁让人想到《诗经》中的那位"伊人":"蒹葭苍苍,白露为霜。所谓伊人,在水一方。"[1]

《丹阳湖》与《姑孰溪》相比,语句就活泼很多了:

> 湖与元气连,风波浩难止。
> 天外贾客归,云间片帆起。
> 龟游莲叶上,鸟宿芦花里。
> 少女棹归舟,歌声逐流水。

(《全唐诗》,第1850页)

水面广阔,水天相接,湖面波涛荡漾,不时有商船经过,显得忙忙碌碌。莲叶上有千岁龟,据《史记·龟策传》讲"龟千岁乃游莲叶之上";芦花荡里栖息着水鸟,各得其所;少女划着船唱着歌,渐行渐远。给人的感觉,一切都是动的,湖水是动的,商船是动的,龟是动的,鸟是动的,划船唱歌的少女也是动的,所以整个湖面上充满了生气。

李白写水的诗歌还有很多,比如《金陵望汉江》《渌水曲》《清溪行》《游南阳白水登石激作》《游南阳清泠泉》《春日游罗敷潭》等。不同的水在李白笔下有不同的性格,不同的心情又让不同的水具有了不一样的风姿。所以,当我们跟随李白徜徉山水间时,也是在透过山水与他进行跨时空的交流。

---

[1] 程俊英等:《诗经注析》,北京:中华书局,1991年10月,第346页。

清江一曲抱村流

杜甫是大名鼎鼎的"诗圣",他心里总是想着"致君尧舜上,再使风俗淳"(《奉赠韦左丞丈二十二韵》,《全唐诗》,第2251页),帮着皇帝出谋划策,实现自己的政治理想。因为他坚信,自己是有这份能力的,他在《奉赠韦左丞丈二十二韵》中说:

读书破万卷,下笔如有神。

赋料扬雄敌,诗看子建亲。

李邕求识面,王翰愿卜邻。

自谓颇挺出,立登要路津。

读书多,才能高,可以和历史上的大文学家扬雄、曹植相抗衡,李邕和王翰这样的大咖都情愿主动与自己交往。可是,理想和现实往往是不能画等号的,更何况梦想也不等同于理想。

杜甫这一辈子过得很悲催,早年为了当官"朝扣富儿门,暮随肥马尘",即便这样也没有实现愿望。终于在他向玄宗皇帝献了《三大礼赋》之后,皇帝赏了他个小官。可惜的是,官服还没有暖热,"安史之乱"爆发了。后来,杜甫跑到了灵武,找到了刚登基不久的肃宗。肃宗见杜甫"麻鞋见天子,衣袖露两肘"(《述怀一首》,《全唐诗》,第2272页),一是有感于他的忠心,二是可怜他,就给了他个拾遗官。原本就是个安慰,可是杜甫当真了,在其位谋其政,直言敢谏,在救房琯时得罪了皇帝,被贬为华州司功参军。

或许是经历了太多的不如意,杜甫没有到华州上任,携家带口去了四川。在朋友的帮助下建了流传后世的浣花溪草堂,也就是我们经常说的成都草堂。在这里,他暂时结束了忧饥忧寒的流离状态,他在《酬高使君相赠》诗中说"故人供禄米,邻舍与园蔬"(《全唐诗》,第2445页),总算过了几天相对安生的日子。定居草堂这段时期,杜甫写了很多表现绿水青山的诗歌,让我们看到了他生活环境的美好和他生命中最幸福的一段时光。

好一处风水宝地

老百姓都渴望安定的生活,特别是经历了战乱的人,能有个窝是再幸福不过的事情了。杜甫到了四川,不仅有了安居之地,而且还是块藏风聚气的风水宝地,如果用当下一个时髦词来形容的话,那应该是"生态美"。听听老杜是怎么说的吧,《卜居》:

浣花流水水西头,主人为卜林塘幽。
已知出郭少尘事,更有澄江销客愁。
无数蜻蜓齐上下,一双鸂鶒对沉浮。
东行万里堪乘兴,须向山阴上小舟。

(《全唐诗》,第2431页)

作者首先告诉我们,这块安居之地的位置在浣花溪的西头。这里溪水蜿蜒,草木葱郁,环境相当幽静,令人沉醉,是一个适合养生的地方。住在这里,对于杜甫来说是有好处的。一个好处是"少尘事",因为在郊外,所以不至于每天拜访的朋友络绎不绝。毕竟杜甫当时名气大,经历过大场面,所以少不了会有人结交拜访。二是"销客愁",浣花溪很清澈,流水悠悠,有利于杜甫静心休养,漂泊那么久了,无论是谁都会身心俱疲。杜甫需要静下来，以前不管身份高低，都整天替天下百姓担心，替身处高位的达官贵人操心。现在安定下来了，即便是写诗，眼前的景色也会让自己远离那些烦心事。

水边蚊虫滋生，吸引来无数的蜻蜓自由自在地上下飞舞。这让我想起来小时候，当时还生活在农村，自然环境好，每到夏季傍晚时分，蜻蜓成群结队在门前飞舞，小朋友们举着扫帚追逐捕捉，笑声响遍整个村庄。捕到蜻蜓之后，放在屋子中让它吃蚊子。不知道杜甫有没有看到调皮的孩子也在举着扫帚捕捉蜻蜓，单就这个场景就已经说明自然生态之好了。写完"空军"，作者又把目光转到了"海军"上，溪水中有一对鸂鶒鸟，这种鸟很像鸳鸯，五颜六色的，喜欢成双成对出现，随着水波一起一伏，显得悠闲自在。蜻蜓也好，水鸟也罢，或上下飞舞，或相对沉浮，都在动，更衬托了林塘的幽静，这个幽静是富有生气的静。谁如果能在今天有这么一块安居之地，简直太让人羡慕了，想必杜甫生活得相当舒心。

杜甫确实舒心了，还不小心把自己心里的小秘密说了出来，"东行万里堪乘兴，须向山阴上小舟"，等我哪一天兴致来了，坐小船从门前出发，顺长江直下万里，到山阴去看看。杜甫前半生过得规规矩矩，他羡慕王徽之那样潇洒，雪夜访戴，乘兴而去，尽兴而归。王徽之是大书法家王羲之的儿子，字子猷，性情洒脱。一次夜里下大雪，他睡醒打开窗户，四周洁白银亮，于是起身漫步徘徊，喝着小酒，嘴里还吟诵着左思的《招隐诗》。忽然他想到了好朋友戴逵，当时戴逵远在曹娥江上游的剡县，王徽之马上乘小船前往。经过一夜总算到了，可到了戴逵家门前，王徽之又转身返回了。别人觉得，这不是吃饱撑的吗？王徽之解释说："我本来是乘兴来看朋友的，兴致没了自然要返回，为什么一定要见呢？"可见杜甫多么渴望潇洒自在甚至有点任性的生活。

朋友圈里晒幸福

房子盖好之后，杜甫发现自己的生活环境更漂亮了，原本苦大仇深的老杜一次又一次地去描写浣花草堂周围那亮眼的风景。这里既有"圆荷浮小叶，细麦落轻花"（《为农》，《全唐诗》，第2432页），荷叶刚刚浮出水面，麦子也正在扬花，清新又充满丰收的希望；又有"风含翠筱娟娟静，雨裛红蕖冉冉香"（《狂夫》，《全唐诗》，第2432页），轻风吹拂，翠竹轻摇，经过细雨滋润的荷花格外娇艳，微风吹送着清香，显得宁静而又生机勃勃；这里还有"蔼蔼花蕊乱，飞飞蜂蝶多""隔巢黄鸟并，翻藻白鱼跳"（《绝句六首》，《全唐诗》，第2487页），各色花蕊竞相绽放，蜜蜂、蝴蝶飞舞其间；树上的黄鹂鸟通过歌声互相传情达意，水面上"啪"的一声，原来是一条鱼跃出了水面。

有一首诗相对集中地描写了草堂的环境，我们一起看看，《田舍》：

田舍清江曲，柴门古道旁。
草深迷市井，地僻懒衣裳。
榉柳枝枝弱，枇杷树树香。
鸬鹚西日照，晒翅满鱼梁。

（《全唐诗》，第2433页）

清江环绕，草木茂盛，榉柳迎风摇曳，枇杷果香气四溢，鸬鹚在夕阳下扑棱着翅膀，欣赏着自己一天的收获。这正是党和国家"乡村振兴战略"的体现，既有"生态宜居"，又有"产业兴旺"，还有"生活富裕"。这样的环境简直太适合修身养性了。

最激动的时刻莫过于房子刚盖好，终于有了安身之处。就像我们打拼多年，终于拿到了新房钥匙，忍不住拍张照片到朋友圈里去晒晒幸福。杜甫也来晒他的幸福了，《堂成》：

背郭堂成荫白茅，缘江路熟俯青郊。

桤林碍日吟风叶，笼竹和烟滴露梢。

暂止飞乌将数子，频来语燕定新巢。

旁人错比扬雄宅，懒惰无心作解嘲。

(《全唐诗》，第2433页)

杜甫首先介绍房子所处的位置和环境，郭外江边，白茅遮掩，到处都是青翠的草木，竹木遮天蔽日，让强烈的阳光也显得无奈，因为在水边，远远望去好像有一层轻烟笼罩着。飞鸟似乎也懂作者的心情，乌鸦带着几只小鸟停落在房顶，不禁让人联想到"爱屋及乌"这个成语；小燕子叽叽喳喳，或许它们商量着在诗人的新房里安家。就在不久前，诗人像"绕树三匝，无枝可依"的乌鹊一样，带着老婆孩子到处奔波，现在总算有个安乐窝了，在这么怡人的环境里想想那颠沛流离的痛苦日子，喜悦的眼泪不免会在眼眶里打转。当年，自己曾在诗中和扬雄叫板，现在竟然成了邻居，这也是一件得意的事情。为什么这么说呢？扬雄的草玄堂故址在成都少城西南角，和杜甫的浣花草堂地缘上接近。高适就曾经把杜甫的新房子比作扬雄宅，不过杜甫明白，人家扬雄当年写《太玄经》和《解嘲》，是为了发泄怀才不遇的愤懑之情，我杜甫只不过是来这里避乱养生了。

目的明确了，心也就安稳了，眼前的风光也就更加明媚了。所以，他才在春暖花开的时候，写出《江畔独步寻花七绝句》，以表达自己对眼前生活和环境的喜爱。诗人沿着江边散步，走一处写一处，和我们今天看到美景就拍照或直播是一个道理。

杜甫描写的第一处是江边花海，"江上被花恼不彻"（《江畔独步寻花七绝句》其一，《全唐诗》，第2452页），"稠花乱蕊畏江滨"（《江畔独步寻花七绝句》其二，《全唐诗》，第2452页），这个"恼"不是生气的意思，是说江边的花太惹人喜爱了，花蕊纷繁，包围着江岸，倒映在江中，水光花色，虚虚实实，简直让人心花怒放。第二处是江边人家，

"江深竹静两三家,多事红花映白花"(《江畔独步寻花七绝句》其三,《全唐诗》,第2452页),在红白相间的花丛中,有两三家住户,竹林掩映,大有曲径通幽的妙趣。第三处是塔前桃花,"桃花一簇开无主,可爱深红爱浅红"(《江畔独步寻花七绝句》其五,《全唐诗》,第2452页),作者到了黄师塔前,已经有些困了。就在这时,作者看到一簇无主的桃花,正开得烂漫,有深红有浅红,令人应接不暇。

走着走着,诗人走到了黄四娘家附近,他不禁惊呆了,枝头上好热闹的场面:

黄四娘家花满蹊,千朵万朵压枝低。
留连戏蝶时时舞,自在娇莺恰恰啼。

(《全唐诗》,第2452页)

在通往黄四娘家的小路上,繁花满枝,沉甸甸地把枝条都压弯了,景色描写生动传神。特别是"压枝低"三个字让我们能想象到枝头上一层层一簇簇的花朵在尽情展示着春天的浪漫与热情,展示自己的娇媚,迎来了杜甫的参观,更吸引着蝴蝶在花丛中蹁跹飞舞,蝴蝶的点缀巧妙地把春意闹的情趣渲染了出来。鲜花可爱,飞舞的蝴蝶同样可爱,眼前的美景早已让诗人沉醉其中,脚步不自觉地慢了下来。正在出神的时候,耳边又传来黄莺悦耳的叫声,猛然间将沉醉花丛蝶舞的诗人唤醒。不过这一醒,也让诗人显得理性了,"只恐花尽老相催"(《江畔独步寻花七绝句》其七,《全唐诗》,第2452页),花败了时间也随之流逝了,而且"繁枝容易纷纷落",开得越绚烂越容易败落,这就是盛极必衰的道理。既然如此,何不"嫩蕊商量细细开"?既是对眼前景色的欣赏,也是通过"嫩蕊"为别的赏花人讲人生的道理。

老杜的幸福生活

生活在如诗如画的山水之间,是一件很惬意的事情,心情舒畅了,邻里关系自然也就好了,生活质量自然就提高了。《旧唐书·杜甫传》记载,杜甫曾"与田夫野老相狎,荡无拘检",他的《寒食》中确实有"田父要皆去,邻家问不违",看来草堂周围的邻居给诗人留下了非常亲切的感觉,每邀即去,有问必答。在这类诗歌中,《南邻》很有代表性:

> 锦里先生乌角巾,园收芋粟不全贫。
> 惯看宾客儿童喜,得食阶除鸟雀驯。
> 秋水才深四五尺,野航恰受两三人。
> 白沙翠竹江村暮,相对柴门月色新。

(《全唐诗》,第 2435 页)

"锦里先生"不知何许人也,只知道是生活在锦里的一位生活并不富裕但能安贫乐道的人。他和杜甫都喜爱简朴的田园生活,所以交往很默契。两个人在一起看看孩子们嬉闹,孩子们也习惯了杜甫的到来,完全没有怯生生的感觉;看看院子里鸟雀觅食,鸟雀也不怕人,在院子里自由自在找吃的;或者来到河边,坐上小船,一起玩个"漂流"。这样的闲适时光,两个人自得其乐。从结尾"白沙翠竹江村暮,相对柴门月色新"可以看出,两个人一直依依不舍,就这么待到了玉兔东升。这邻里关系和谐融洽,亲切可喜。

杜甫的邻居多是普通老百姓,即便如此,杜甫也没有觉得自己高人一等,而是与他们亲密交往,从《遭田父泥饮美严中丞》诗中就可以看出。如果说诗人是主动访问"锦里先生"的话,那么这一次却是"步屣随春风""朝来偶然出",经过田翁家而被主人"邀我尝春酒"的。更有趣的是,这一"尝"竟然忘了时间,"自卯将及酉",甚至到了月亮东升还没有离去，热情的主人仍"高声索果栗"，拉住想起身的诗人，虽然其"指挥过无礼"，但主人的真诚确实挺让人感动的，所以对于诗人来说"未觉村野丑"。

在成都草堂时期，最能表现杜甫幸福感的诗歌差不多要算这首《江村》了：

> 清江一曲抱村流，长夏江村事事幽。
> 自去自来堂上燕，相亲相近水中鸥。
> 老妻画纸为棋局，稚子敲针作钓钩。
> 多病所须唯药物，微躯此外更何求。

(《全唐诗》，第2433~2434页)

夏天酷热难耐，没有春秋天的舒适感，所以大多数人不愿意过夏天。可是杜甫却说"长夏江村事事幽"，怎么个"事事幽"呢？作者开始向我们炫耀自己的幸福感了：小燕子在屋里自在地飞进飞出。据说蜀地有一种风俗，小燕子刚来的时候，如果谁能用筷子投到小燕子，那是吉祥的象征，所以春天的时候小燕子总得提防着有"暗器"袭击。现在多好，没有人招惹它们。水中的鸥鸟也很自在，耳鬓厮磨就像一对对恩爱的情侣，人不打扰它们，它们也不警惕人们。这既是自然本身的和谐，也是人与自然之间的和谐。

接下来写自己的家人，老妻用纸画了个棋盘，开始和诗人对弈消夏。当年《月夜》中那个"香雾云鬟湿，清辉玉臂寒"（《全唐诗》，第2403页）的妻子已经变成"老妻"了，可见两个人这么多年来相互扶持不离不弃，妻子没有因为老杜一辈子过得窝窝囊囊而抱怨，没有因为跟着到处漂泊而不满。"老妻"两个字让读者品味出什么叫"老来伴"，那是无须用语言表达的温情与亲情。小孩子就地取材把针做成了钓鱼钩，一个"敲"字能让我们想象到小孩儿专注天真的样子。一家老小都能各得其乐，这无疑就是最简单最有韵味的幸福。经历长期离乱之后，重新获得天伦之乐，这是值得欣喜和珍惜的！

感受幸福的时间长了，智商好像会降低似的，有时候杜甫跟孩子一样天真，不是惊叹大自然的奇妙，就是埋怨造物欺人。如《绝句漫兴九首》其二：

> 手种桃李非无主，野老墙低还似家。
> 恰似春风相欺得，夜来吹折数枝花。

（《全唐诗》，第2451页）

诗人亲手在院子里栽种了几棵桃李，结果晚上被大风吹折几枝。这下诗人不干了，不依不饶地偏说本就没有感情的春风欺负自己，故意吹折他的花枝，而且不厌其烦地再三声明，桃李是自己亲手种植的，并非没有主人的野花；我的院墙虽然低矮，但那也是我的家。一个瘦巴巴的老先生看起来就像一个执拗的小朋友，一个劲儿地与春风理论，就差开个评论请"网友们"来支持自己了。

刚和春风理论完，诗人又和小燕子杠上了，这就是《绝句漫兴九首》其三：

> 熟知茅斋绝低小，江上燕子故来频。
> 衔泥点污琴书内，更接飞虫打着人。

（《全唐诗》，第2451页）

前面几首诗说"频来语燕定新巢""自去自来堂上燕"，看到燕子就亲切。现在却讲小燕子干吗欺负我杜甫，不仅故意不停地飞来打扰我的宁静，而且将筑巢的泥土丢到我的书上，更过分的是把虫子打到我身上，真有点"得寸进尺"了！人与小燕子斤斤计较，足见诗人孩子般的天真了。这是杜甫诗歌创作的高明之处，在避免平铺直叙的同时，使诗歌显得极为风趣。

定居四川的原因

杜甫为什么非要到四川安家呢？归结起来有两个原因，一是地利，二是人和，而人和又是最主要的原因。

先说地利。现在我们坐飞机到四川，从空中俯瞰大地你会发现，这里山川纵横，交通不方便，不会有大的战事发生，非常利于休养生息。即便是中原发生战乱，也基本不会波及那里。所以"安史之乱"一爆发，唐玄宗带着人就往四川跑，也是考虑到那里安全；后来唐僖宗为了躲避黄巢之乱也是跑到了四川。《大慈恩寺三藏法师传》卷一中说"时天下饥乱，唯蜀中平静"，说明四川相对安全。当然，安全是相对的，宝应元年（762）七月十六日，这里也发生过小的动荡，徐知道发动叛乱，杜甫为此避乱梓州、阆州。

安定的地理条件，让那里经济发达，《旧唐书·陈子昂传》中讲："蜀为西南一都会，国家之宝库，天下珍货，聚出其中。"[1] 经济发达了，人就容易生存。当年，李白的父亲带着一大家子从西域迁到四川也是考虑到这个原因。

再说人和。有时候我到哪里去讲课，先看手机通讯录，看看那里有没有熟人，如果有朋友了动力就会大很多。杜甫去四川，恐怕也是看了"通讯录"的，知道四川有不少好朋友，到那里会有个照应。在家靠父母，出门靠朋友，杜甫到了四川确实得到朋友们的鼎力相助。仇兆鳌《杜诗详注》中《王十五司马弟出郭相访兼遗营茅屋赀》注引陶开虞的话讲："初营成都草堂，有裴、严二中丞，高使君为之主；有徐卿，萧、何、韦三明府为之圃；有王录事、王十五司马为之营修。大官遣骑，亲朋展力，客居正复不寂寥也。"[2] 从这段话里来看，帮杜

---

[1]（后晋）刘昫等：《旧唐书》，北京：中华书局，1975年5月，第5022页。
[2]（清）仇兆鳌：《杜诗详注》，北京：中华书局，1979年10月，第731页。

甫的人还真不少。

杜甫是个懂得感恩的人，把别人对他的好尽可能用诗歌进行记录，如《王十五司马弟出郭相访兼遗营茅屋赀》《萧八明府堤处觅桃栽》《从韦二明府续处觅绵竹》《凭何十一少府邕觅桤木栽》《凭韦少府班觅松树子》《又于韦处乞大邑瓷碗》《诣徐卿觅果栽》。王十五给他送来了盖房的钱，"忧我营茅栋，携钱过野桥"（《全唐诗》，第2432页），这就解决了资金问题。他又从萧明府那里要来了桃树，"奉乞桃栽一百根，春前为送浣花村"（《全唐诗》，第2448页）；从韦明府处要了绵竹，"江上舍前无此物，幸分苍翠拂波涛"（《全唐诗》，第2448页）；从何少府处寻得桤木，"草堂堑西无树林，非子谁复见幽心。饱闻桤木三年大，与致溪边十亩阴"（《全唐诗》，第2448页）；从韦少府处觅得松树苗，"欲存老盖千年意，为觅霜根数寸栽"（《全唐诗》，第2448页）；还从徐卿那里找来了果树，"草堂少花今欲栽，不问绿李与黄梅"（《全唐诗》，第2449页）；这样绿化问题也就基本不是问题了。不过，从这几首诗里也能看出来，杜甫这辈子真是生活困顿，连瓷碗都需要从朋友那里"乞"得，"君家白碗胜霜雪，急送茅斋也可怜"（《全唐诗》，第2448页）。每有所得，杜甫都很欢心，可是作为千年之后的读者，却为杜甫的日子感到扎心。有这些朋友帮衬真是杜甫的幸事，正是靠着"故人供禄米"（《全唐诗》，第2445页）才暂时解决了"恒饥稚子色凄凉"（《全唐诗》，第2432页）的温饱问题，要不真不知道日子该怎么过！

在成都时期，杜甫最应该感谢的朋友是严武，《新唐书·杜甫传》记载："会严武节度剑南东西川，往依焉。"说得很明白，去四川就是投奔严武的。严武与杜甫是世交，所以严武对杜甫很关照。作为无业游民的老杜，能在草堂安居，严武起了关键作用，杜甫曾经在《严中丞枉驾见过》中说"元戎小队出郊坰，问柳寻花到野亭"（《全唐诗》，第2450页），当地的父母官一来拜访，以后谁还敢欺负老杜。

严武知道杜甫爱喝一口，所以经常会差人送点酒过去，有时也会带上酒菜到草堂与杜甫对饮。严武想给杜甫安排个职位，且不说实现政治理想，至少有个稳定收入。不过杜甫只想过安生日子，于是以"懒性从来水竹居""幽栖真钓锦江鱼"（《奉酬严公寄题野亭之作》，《全唐诗》，第2456页）为由拒绝了。虽然没有答应，但杜甫感念严武为自己好，多次写诗夸严武把自己作为知己。后来严武继续动员杜甫"试回沧海棹，莫妒敬亭诗"（《酬别杜二》，《全唐诗》，第2907页）。终于，严武第二次镇蜀的时候，杜甫没有再推辞，而是接受了他安排的节度参谋、检校工部员外郎，这也是杜甫这辈子混得最好的职位了。

在其位谋其政，杜甫就跟在了严武的身边，或为严武出谋划策，或陪着严武赋诗划船，反正不管公事还是私事，两个人几乎形影不离，还真有点"蜜月期"的味道。俗话说，距离产生美。两人在一起时间长了，难免会暴露自身的一些缺点。《旧唐书·严武传》记载，严武这个人"穷极奢靡，赏赐无度"，杜甫写诗讽谏，见不起作用，慢慢地就又产生了归隐之心。他在《院中晚晴怀西郭茅舍》中说"浣花溪里花饶笑，肯信吾兼吏隐名"（《全唐诗》，第2483页），又在《到村》中讲"稍酬知己分，还入故林栖"（《全唐诗》，第2483页），这让严武挺烦心的。

其实，杜甫和严武也不是一路人。《新唐书》和《太平广记》记载，严武从小就相当凶悍，有命案在身。或许，杜甫对严武的污点是有所了解的，所以有时会表现出对严武的厌恶。《旧唐书·杜甫传》中就记载"尝凭醉登武之床，瞪视武曰：'严挺之乃有此儿！'"杜甫一次借着醉酒，站在严武的床上，瞪着严武说："严挺之竟然有你这样的儿子！"《旧唐书》中说"武虽急暴，不以为忤"[1]，严武没有当回事。

---

[1] 〔后晋〕刘昫等：《旧唐书》，北京：中华书局，1975年5月，第5054页。

我觉得这有点过于美化严武了,就冲严武小时候的做派,他肯定饶不了杜甫。果然,《新唐书·杜甫传》中说:"武亦暴猛,外若不为忤,中衔之。一日欲杀甫及梓州刺史章彝,集吏于门。武将出,冠钩于帘三,左右白其母,奔救得止,独杀彝。"[1]严武对杜甫侮辱自己一直耿耿于怀,表面上装作原谅杜甫,实际上一直在寻找机会。有一天,严武瞅准机会要杀杜甫和梓州刺史章彝,他出门时,帘子三次钩住他的帽子,严武身边的人赶紧告诉他的母亲,严母出面,这才救了杜甫的命。

杜甫还有一件事让严武很恼火。《旧唐书·杜甫传》记载:"严武过之,有时不冠,其傲诞如此。"[2]严武去浣花草堂拜访杜甫,杜甫连个帽子都不戴,这让严武觉得杜甫对自己不恭敬。穿衣戴帽不仅是为了遮风挡寒,在古代还是一种礼仪,着正装是对人的一种尊重。杜甫在严武面前表现得太随意了,给人的感觉是没有把严武当回事。

杜甫不尊重严武,严武对杜甫亦然。杜甫比严武大十几岁,怎么着也是个哥哥,但是严武在给杜甫写诗时却称呼杜甫为"杜二",比如《酬别杜二》《巴岭答杜二见忆》,直接称呼人家的排行,这是很不尊重人的。可能有的人会说,高适不也有《人日寄杜二拾遗》《赠杜二拾遗》吗?别忘了高适在"杜二"后面还有两个字"拾遗"!

不管怎么说,杜甫和严武闹掰了,杜甫的日子从此也不好过了,又出现了"痴儿未知父子礼,叫怒索饭啼门东"(《百忧集行》,《全唐诗》,第2308页)的尴尬局面。祸不单行的是,杜甫的茅屋又被狂风暴雨弄破了,老婆孩子热炕头的幸福日子一去不返。永泰元年(765)四月,严武去世,孤苦无依的杜甫离开了成都。在返乡途中,杜甫写了著名的《登高》,"艰难苦恨繁霜鬓,潦倒新停浊酒杯"(《全唐诗》,第2468页),或许在吟诵这两句诗时,他脑海里回想的是草堂的幸福生活!

---

[1] (宋)欧阳修等:《新唐书》,北京:中华书局,1975年2月,第5738页。
[2] (后晋)刘昫等:《旧唐书》,北京:中华书局,1975年5月,第5055页。

春来江水绿如蓝

"上有天堂,下有苏杭",杭州自古以来就是文人笔下的胜景。大诗人白居易曾经担任过杭州刺史,任职期间写了不少歌咏杭州的诗歌,比如我们熟知的《钱塘湖春行》,把杭州西湖写得美不胜收。他甚至在《杭州回舫》中有这么两句"自别钱塘山水后,不多饮酒懒吟诗"(《全唐诗》,第5009页),这明显是得了"相思病"的症状,可见白居易对杭州是心心念念。

在白居易笔下,杭州的景色是这样的,"望海楼明照曙霞,护江堤白蹋晴沙"(《杭州春望》,《全唐诗》,第4959页);杭州的生活是这样的,"山寺月中寻桂子,郡亭枕上看潮头"(《忆江南词三首》其二,《全唐诗》,第5196页);杭州的记忆是这样的,"日出江花红胜火,春来江水绿如蓝"(《忆江南词三首》其一,《全唐诗》,第5196页)。读这样的诗歌,眼前总会浮现一幅流动的画卷,让人马上有动身去体验杭州美景的冲动。我今天就借由白居易的诗歌和白居易在杭州的故事带领大家到杭州神游一番。

乐天为何去杭州

白居易是怎么到的杭州?我们先来了解一下这个问题。

白居易是个很有政治良心的官员，他的《卖炭翁》《观刈麦》《红线毯》等诗歌反映出他很关心老百姓。确实，他一向提倡诗歌写作应该为当时的社会现实服务，应该为身处底层的老百姓呼喊，所以他看到老百姓被欺压就写成诗歌进行讽刺，搞得很多当官的看到白居易就恨得牙根痒痒。

在这样的环境中，可以想见他的仕途一定不会一帆风顺，后来因为宰相武元衡遭人暗杀，白居易抢在谏官前向朝廷表达了自己的意见，触犯了官场潜规则，所以被贬到江州做司马去了。在那里白居易给我们写了《琵琶引》，"同是天涯沦落人，相逢何必曾相识"（《全唐诗》，第4822页）流传千古。这次贬官对白居易打击很大，他提醒自己以后要"面上灭除忧喜色，胸中消尽是非心"（《咏怀》，《全唐诗》，第4889页）。

元和十五年（820），唐宪宗被宦官谋杀，新继位的唐穆宗就把白居易召回了长安。不过，穆宗皇帝是个喜欢游乐、不以国家大事为重的人，他召回白居易是因为喜欢他的文学才华，白居易就是朝廷歌舞升平的一个点缀。可是当时朝廷上皇帝疏远忠臣，削弱军力，朝中"牛李党争"闹得正欢实着呢。这就是白居易在《杭州刺史谢上表》中所说的"方隅不宁，朝廷多事"[1]。

长庆二年（822），白居易觉得"当陛下旰食宵衣之日，是微臣输肝写胆之时"，上书论当时河北的军事，连着写了几篇罢兵状，言辞恳切，但是皇帝没有当回事。白居易觉得与其在朝中当摆设，不如到地方上干点实在事，于是请求到外地任职。就这样，白居易很快被任命为杭州刺史。年过半百的白居易来到杭州当市长了，马上就被杭州美丽的山水吸引了，看看他在《余杭形胜》中是怎么说的：

---

[1] 谢思炜：《白居易文集校注》，北京：中华书局，2011年1月，第1340页。

余杭形胜四方无，州傍青山县枕湖。

绕郭荷花三十里，拂城松树一千株。

梦儿亭古传名谢，教妓楼新道姓苏。

独有使君年太老，风光不称白髭须。

(《全唐诗》，第 4961 页)

诗歌总写杭州独具的风物形胜，有青山，有湖水，有绕城的荷花，有青翠的松树，有灵隐山畔的梦谢亭，有西湖边上的南齐名妓苏小小墓，既有自然山水，又有历史人文。其他都好理解，"梦谢亭"是怎么回事？原来，天竺寺杜明禅师夜里做了个梦，梦见有贤者来访，第二天大诗人谢灵运把儿子送来寄养，杜明禅师因此建"梦谢亭"。白居易看到这些，反而有些不好意思了，觉得自己年龄大了，有点对不住余杭形胜。

白居易在官场的失意一扫而空，他精神大振，挥毫写下了《杭州刺史谢上表》。在《杭州刺史谢上表》中，白居易向朝廷表示"唯当夙兴夕惕，焦思苦心，恭守诏条，勤恤人庶，下苏凋瘵，上副忧勤"，一定会尽心竭力，把杭州治理好，不辜负皇帝对他的信任与厚爱。从此，白居易开始了与杭州山水的千古之恋，为我们写下了诸如"灯火万家城四畔，星河一道水中央"(《江楼夕望招客》，《全唐诗》，第 4961 页)、"风翻白浪花千片，雁点青天字一行"(《江楼晚眺景物鲜奇吟玩成篇寄水部张员外》，《全唐诗》，第 4962 页)等名篇佳句。

一半勾留是此湖

西湖是杭州的名片，特别是宋朝大文豪苏轼的《饮湖上初晴后雨》两句"欲把西湖比西子，淡妆浓抹总相宜"，更是让西湖充满了神秘感。白居易对西湖的喜爱是溢于言表的，闲暇之时总爱到湖边散步，或到湖中泛舟。甚至他说自己之所以舍不得离开杭州，一半原因就是

留恋西湖美景,这就是他那首《春题湖上》:

> 湖上春来似画图,乱峰围绕水平铺。
> 松排山面千重翠,月点波心一颗珠。
> 碧毯线头抽早稻,青罗裙带展新蒲。
> 未能抛得杭州去,一半勾留是此湖。

(《全唐诗》,第5003页)

白居易的父亲曾经在杭州萧山任职,所以白居易从小对杭州就不陌生,他在《吴郡诗石记》中说:"时予始年十四五,旅二郡,以幼贱不得与游宴,尤觉其才调高而郡守尊,以当时心,言异日苏、杭苟获一郡足矣。"[①]白居易十四五岁时旅居苏杭,当时韦应物和房孺分别在苏、杭任职,二人都很豪放,又很有文学才能,但那时年龄小,人家不和白居易一起玩。所以白居易当时就有一个愿望,长大之后要到苏、杭二州任职。现在如愿以偿了,当上杭州市长了,"则苏、杭之风景,韦、房之诗酒,兼有之矣",简直想什么就有什么!所以他在《舟中晚起》中吟唱道:"且向钱唐湖上去,冷吟闲醉二三年。"(《全唐诗》,第4952页)

白居易来到湖边,看到了"似画图"的西湖春景。西湖三面环山,有南高峰、北高峰、葛岭等,中间环绕着平静的西湖水面。可以想见,山石嶙峋,树木葱茏,倒映在平静的水面上,已然是一幅绝佳的西湖山水图了。你怎么知道山上树木葱茏呢?白居易亲口说"松排山面千重翠",山上苍松挺拔,使青山显得更加青翠。傍晚时分,月上东山,西湖显得尤其安静,月亮倒映水中,显然就是一颗明珠。其实,写到这里已经不失为一首漂亮的写景诗了,但是白居易又把目光转向了田间。早稻田里绿油油的,像一张碧绿的毯子,稻苗像刚抽出的线头,毛茸茸的,新抽芽的蒲苇恰似青罗裙上的飘带。把稻苗比喻成线头,

---

① 谢思炜:《白居易文集校注》,北京:中华书局,2011年1月,第1837页。

把新蒲比喻成飘带，精妙新奇，这比喻越发使西湖的景色旖旎绝伦了！其实，这也是对白居易任职杭州刺史的肯定，这和白居易重视农业生产、改善水利是分不开的。结尾处，诗人说"未能抛得杭州去，一半勾留是此湖"，为什么自己没有离开杭州呢？一半原因是因为西湖。一下子把自己对西湖的喜爱表现无遗。

为什么白居易会说"未能抛得杭州去，一半勾留是此湖"呢？难道就是为了煽情？就是为了让读者为他点赞？不。白居易是真的喜爱这里，我们可以从两个方面得知，一是白居易喜欢这里的美景，二是白居易在西湖付出了心血。

最爱湖东行不足

说起白居易对西湖美景的喜爱，我们必须提到他那首《钱塘湖春行》。题目中"钱塘湖"的"塘"有的版本上也写作"唐"。这是他对西湖美景的零距离感受，通过所见景物，真切而细腻地抒发了他徜徉美景时的喜悦，更能让我们感受到他在"钱塘郡""闲忙恰得中"（《初到郡斋寄钱湖州李苏州》，《全唐诗》，第4953页）的雅致闲情。为了跟随白居易畅游西湖美景，我们把这首诗引录下来：

孤山寺北贾亭西，水面初平云脚低。
几处早莺争暖树，谁家新燕啄春泥。
乱花渐欲迷人眼，浅草才能没马蹄。
最爱湖东行不足，绿杨阴里白沙堤。

（《全唐诗》，第4957页）

白居易是长庆二年（822）十月到的杭州，长庆四年（824）五月被任命为太子左庶子分司东都，从时间上来推算，这首诗最有可能是他到杭州的第一个春天所作。因为陌生所以新奇，因为新奇所以才看得仔细。

这首诗题目里有三个关键词，第一个是"钱塘湖"即西湖，第二个是"春"，第三个是"行"。第一句看似与西湖无关，实则是点出西湖的方位，在"孤山寺北贾亭西"。孤山在西湖的里外湖之间，寺是南北朝时陈文帝建的，这样就让明媚的山水一下子有了历史的厚重感。唐朝贞元年间，贾全出任杭州刺史，在西湖建了个亭子，人们把这个亭子称为"贾亭"或"贾公亭"。两个地名出现在同一句诗中，马上给人一种诗人边走边看的感觉，充满了动感。说完了湖的方位，主角西湖也就该露出真容了，春水初涨，水面与堤岸齐平，看不出哪里是岸哪里是水，西湖更加一望无际。白云舒卷，倒映在碧波荡漾的湖水中，远远望去，水天相接，究竟是水映蓝天白云，还是二者本就一体？诗人如梦如幻，读诗的人也是惘然愕然。

对于春的感受，鸟儿或许比人更加敏感。你看那湖边的树上，黄莺在卖弄歌喉，用它清脆的歌声传播着春回大地的喜悦，不禁让人联想到杜甫的名句"两个黄鹂鸣翠柳"（《绝句四首》其三，《全唐诗》，第2487页）。勤劳的燕子也开始了新春的忙碌，它们穿过花丛，贴水飞行，衔泥筑巢。白居易如果生活在今天，或许，他会哼唱起那首儿歌："小燕子，穿花衣，年年春天来这里。我问燕子你为啥来，燕子说，这里的春天最美丽！"接下来，诗人开始具体写湖边花草的美丽绚烂了：因为是早春时节，还不是姹紫嫣红开遍的时候，所以只有那些耐不住寂寞的花朵东一团、西一簇地开放，显得毫无章法。春草也是刚刚长出，虽然不至于像韩愈说的那样"草色遥看近却无"（《早春呈水部张十八员外二首》其一，《全唐诗》，第3864页），但也就是刚刚能遮住马蹄。

黄莺的鸣唱，燕子的忙碌，花的乱，草的浅，都是给人清新之感的新春气象，洋溢着勃勃生机。是不是想起了康乐公谢灵运的《登池上楼》"池塘生春草，园柳变鸣禽"？所以，美是需要发现美的眼睛的！白居易就有发现美的眼睛，他看到了西湖的美，慢慢地从对朝政的不满中走了出来，专心关注着眼前。诗人在最后说，自己最喜爱的莫过于湖东的白沙堤。为什么这么说呢？白沙堤横卧在钱塘湖中间，走在白沙堤上，不仅可以总览湖光山色，而且从远处透过丝丝垂柳、隔着湖水看还有凌波踏浪的感觉。一不小心，赏景的人就成了凌波微步的洛神，成了别人眼中的景致，想想心里都美滋滋的！

白居易对西湖的喜爱还可以通过《答微之见寄》中的"钱湖不羡若耶溪"（《全唐诗》，第5002页）来体现。元稹，字微之，是白居易的朋友，被任命为浙东观察使。浙东距离杭州不远，元稹上任时还经停杭州去看望了白居易，两个人经常诗歌唱和。元稹写了一首《寄乐天》，开头两句说："莫嗟虚老海壖西，天下风光数会稽。"（《全唐诗》，第4601页）"天下风光数会稽"？少来！白居易自然不答应，在回信中说：

> 可怜风景浙东西，先数余杭次会稽。
> 禹庙未胜天竺寺，钱湖不羡若耶溪。
>
> （《全唐诗》，第5002页）

要说风景好，杭州肯定比你的会稽好，你那里的禹庙赶不上我杭州的天竺寺，我这里的钱塘湖肯定能超过你那里的若耶溪。虽然是和元稹开玩笑，但也从一个侧面表现了白居易满满的自信，更证明了他对西湖、对杭州由衷的喜爱。

一湾湖水救凶年

白居易请求到杭州做官，并不是为了一味躲清静，虽然说过"且向钱唐湖上去，冷吟闲醉二三年"，那不过是自己一时不痛快发个牢骚罢了，主要目的还是更好地践行服务民生的承诺。在服务百姓方面，白居易主要做了两件事：一是修筑白堤，二是疏浚六井。这两件事又相互关联。

白居易在《钱塘湖石记》中说："此州春多雨，秋多旱。若堤防如法，蓄泄及时，即濒湖千余顷田无凶年矣。"[①]《钱塘湖春行》中所说"水面初平云脚低"，看着是美景，也是潜在的危险，"若霖雨三日已上，即往往堤决"，一旦决堤，老百姓的生命和财产安全都会受到损失，所以白居易把兴修水利当成了第一要务。他的做法是"修筑湖堤，高加数尺"，带领杭州百姓把湖岸加高数尺，这样就"水亦随加"，增加了西湖的蓄水量。既减少了春季的水患，又解决了秋季的干旱，应该说有百利而无一害。

可是反对者认为，白居易的做法会对西湖里的鱼虾造成伤害，影响菱角的种植，白居易站在老百姓的角度进行了反驳，"且鱼龙与生民之命孰急，菱芡与稻粱之利孰多"，可见白居易非常强调执政为民。白居易任满离开时写了一首《别州民》，其中结尾说"唯留一湖水，与汝救凶年"（《全唐诗》，第5007页），这就是白居易当杭州市长最大的政绩。人们把白居易修筑加高的堤亲切地叫"白堤"或者"白公堤"，和他笔下的"绿杨阴里白沙堤"的"白沙堤"不是一回事，因为"白沙堤"在白居易到之前就已经有了，所以他才在《杭州春望》中说"谁开湖寺西南路，草绿裙腰一道斜"（《全唐诗》，第4959页）。

还有反对修筑湖堤的人认为，一放湖水城内的六个水井就没有水了。白居易在《钱塘湖石记》中秉着科学精神进行了反驳："湖底高，井管低，湖中又有泉数十眼，湖耗则泉涌，虽尽竭湖水，而泉用有余，况前后放湖，终不至竭，而云井无水，谬矣。"湖底比井底高，怎么会影响井水呢？再者，湖中有数十个泉眼，湖水不足的时候，泉眼就会自动往外冒水，这也说明不会影响井水。况且我们前后放湖水，也没有见井水枯竭嘛。这六个水井是当年李泌任杭州刺史时挖的，是杭

[①] 谢思炜：《白居易文集校注》，北京：中华书局，2011年1月，第1842页。

州百姓吃水的主要依靠。六井确实和湖相通，可是"往往堙塞"，因为管道淤积造成水流不通畅，这是症结的真正所在，我们把它清理疏通不就解决问题了？把准了脉，问题也就迎刃而解了。

白居易在西湖付出了大量心血，所以他对西湖是充满感情的，这里是自己挥洒汗水的地方，是他实现人生价值的地方，也是他慨叹"烟波澹荡摇空碧，楼殿参差倚夕阳"（《西湖晚归回望孤山寺赠诸客》，《全唐诗》，第4958~4959页）的地方。要离开了，大家在西湖边为他送行，他写了《西湖留别》一诗：

征途行色惨风烟，祖帐离声咽管弦。
翠黛不须留五马，皇恩只许住三年。
绿藤阴下铺歌席，红藕花中泊妓船。
处处回头尽堪恋，就中难别是湖边。

（《全唐诗》，第5007页）

场地是精心选择、布置的，"绿藤阴下铺歌席，红藕花中泊妓船"，场面是让人感动的，"征途行色惨风烟，祖帐离声咽管弦"，白居易本人也是依依不舍的，"处处回头尽堪恋，就中难别是湖边"，但是"皇恩只许住三年"。白居易为杭州百姓留下了一道白堤、一湖救命水、一篇执政为民的《钱塘湖石记》。老百姓心中都有一杆秤，当大家知道好市长白居易要离开时，恋恋不舍，"耆老遮归路，壶浆满别筵"（《别州民》，《全唐诗》，第5007页），老百姓扶老携幼，箪食壶浆，倾城为他送行，那是一个令人动容的场面！

此生最忆是杭州

离开杭州之后，白居易仍对那里魂牵梦绕念念不忘，他曾经在《寄题余杭郡楼兼呈裴使君》诗中说"官历二十政，宦游三十秋。江山与风月，最忆是杭州"（《全唐诗》，第5228页），又在他那首著名的《忆江南词三首》其二中说"江南忆，最忆是杭州"（《全唐诗》，第5196页）。为什么会这样呢？"北郭沙堤尾，西湖石岸头。绿觞春送客，红烛夜回舟"（《寄题余杭郡楼兼呈裴使君》，《全唐诗》，第5228页），"山寺月中寻桂子，郡亭枕上看潮头"（《忆江南词三首》其二，《全唐诗》，第5196页），是因为杭州不仅景美，而且生活悠闲。杭州的美景我们在前面已经有了解了，不过基本停留在西湖，这里再来看一首《杭州春望》，是对杭州春景的全面描写。作者把杭州春日最有特征的景物融汇在一首诗中，为读者呈现出一幅既雅致又富有生活情趣的图画：

> 望海楼明照曙霞，护江堤白蹋晴沙。
> 涛声夜入伍员庙，柳色春藏苏小家。
> 红袖织绫夸柿蒂，青旗沽酒趁梨花。
> 谁开湖寺西南路，草绿裙腰一道斜。

（《全唐诗》，第4959页）

白居易不愧是个玩家，很懂得居高临远的道理，他是站在望海楼上远眺杭州春景的。当时建筑普遍不高，望海楼在杭州算是很突出了，据《太平寰宇记》载，望海楼高有十丈。白居易清晨登上望海楼，纵目远望，太阳缓缓升出水面，霞光万道，照射着钱塘江，护江堤上的白沙在阳光的照射下反射出耀眼的银光。

接下来白居易把目光转向城内：他看到了伍员庙和秦楼楚馆。伍员就是伍子胥，本来是春秋时楚国人，因为父亲和哥哥被楚平王杀害，后来跑到吴国，并帮助吴国打败了楚国和越国。因为劝吴王夫差拒绝越国求和并停止伐齐而被疏远并最终被杀害。民间传说，伍子胥因为怨恨吴王，死后魂魄变成了钱塘江的波涛，所以白居易说"涛声夜入伍员庙"，显得很壮烈。下句则是柔婉了，"苏小"是南齐时钱塘名妓苏小小，"苏小家"代指秦楼楚馆，用"柳色春藏"来修饰，既扣住了杭州春景，又暗合烟花之地的特点，也写出了杭州的繁华景象。

第三联写杭州的风物人情，"红袖"代指织绫的姑娘，"柿蒂"则是指绫上所织出来的花纹，据白居易自己称"杭州出柿蒂花者尤佳"。白居易不愧是杭州市长，很懂得宣传推广，不失时机地在诗中植入广告。刚宣传完"柿蒂绫"，又开始介绍梨花春美酒了。酒旗招展，正是品酒的好时节。他为什么说"沽酒趁梨花"？是因为"其俗，酿酒趁梨花时熟，号为'梨花春'"。原来，这是杭州的风俗，不仅要把握好酿酒的时节，还为美酒赢得了一个雅致的名字。闭目一想，如雪般的梨花飘飞，酒旗迎风招展，打扮漂亮的姑娘们三五成群徜徉其间，真是景美、人美，令人沉醉。

诗歌的结尾处又回到了西湖上。"湖寺"指孤山寺，"西南路"即白沙堤。怎么称"草绿裙腰一道斜"呢？白居易原注说："孤山寺路在湖洲中，草绿时，望如裙腰。"要不说诗人敏感呢，观察生活很仔细，这个绝妙的比喻写出了春天白沙堤烟柳葱翠的迷人景象，更让人联想到了裙子，进而把美丽的西湖想象成了妩媚秀丽的少女！整幅画面以柳色、青旗、碧水、草绿等构成的青色为底，用白沙、梨花、红裙、彩绫为点缀，借着朝日霞光，把杭州的春景错落有致地进行了描摹。更有趣的是，作者在推介杭州春景的同时，还没有忘记这里的历史及风物人情，从而使这幅画既有视觉上的冲击力，又有文化上的深沉感、厚重感，内涵也更加丰富了起来。

跟随着白居易的《杭州春望》再一次领略了杭州的全景后，我们还是回到"山寺月中寻桂子，郡亭枕上看潮头"（《全唐诗》，第5196页）吧，这是白居易特喜欢的生活。

先说白居易的寻桂之旅。杭州的桂花全国闻名，今天已经成了杭州的市花。据说，初唐时期，宋之问去杭州灵隐寺祈福，正值桂花盛开，花香四溢，宋之问就写下了那首著名的《灵隐寺》，诗中有"桂子月中落，天香云外飘"（《全唐诗》，第653页），成为描绘桂花的经典之笔。这段往事也被后人誉为"诗以桂名，寺因诗传"，从而成就了杭州与桂花的一段佳话。到了白居易，他也说"山寺月中寻桂子"，不过他去的"山寺"不仅仅有灵隐寺，还有天竺寺，他曾有《留题天竺、灵隐两寺》，其中说"在郡六百日，入山十二回。宿因月桂落，醉为海榴开"（《全唐诗》，第5007页）。自古名山僧占多，灵隐寺背靠北高峰，天竺寺就在天竺山上，所以都可以叫"山寺"。

白居易有《东城桂三首》，其中第一首是这样的：

子堕本从天竺寺，根盘今在阖闾城。
当时应逐南风落，落向人间取次生。

（《全唐诗》，第5023页）

他在诗的后边自己加了注解："旧说，杭州天竺寺每岁秋中，有月桂子堕。"天竺寺每到中秋时就会有月中落桂子的怪事，所以诗歌上来就是一句"子堕本从天竺寺"。宋朝钱易《南部新书》中记载："杭州灵隐山多桂，寺僧云：'此月中种也。'至今中秋望夜，往往子坠，寺僧亦尝拾得。"杭州灵隐寺有很多桂树，和尚说是用月中的桂子种出来的。每到中秋夜里，月中就会落下桂子，灵隐寺的和尚也有捡到的。白居易说"当时应逐南风落，落向人间取次生"，是风吹落了月中的桂子，是这样吗？唐朝段成式《酉阳杂俎》中记述，月宫里有一棵高五百丈的桂树，下面有一个人每天负责砍伐。这个砍树人是西河修道人吴刚，因为他在修行中犯了错误，所以被罚砍树。或许是因为被罚，心中不爽，砍树时用力过大，将桂树上的桂子震落人间了吧。当然还有别的解释，看看皮日休怎么说的，他有一首《天竺寺八月十五日夜桂子》：

玉颗珊珊下月轮，殿前拾得露华新。
至今不会天中事，应是嫦娥掷与人。

（《全唐诗》，第7097页）

皮日休认为"应是嫦娥掷与人",或许这是孤寂的月宫仙子做的无聊的事情吧。白居易虽然是个现实主义诗人,但有的时候真的很浪漫,竟然和嫦娥开起了玩笑。在《东城桂三首》第三首中说:"遥知天上桂花孤,试问嫦娥更要无。月宫幸有闲田地,何不中央种两株。"(《全唐诗》,第5023页)天上就那一棵桂树,太少了,既然有的是闲田地,为什么不在月宫中央再种两棵呢?

欣赏完了山寺桂子,再来体会一下"郡亭枕上看潮头"。白居易有一首《郡亭》诗,其中有两句"况有虚白亭,坐见海门山"(《全唐诗》,第4759页),原来"郡亭"就是虚白亭。据白居易的《冷泉亭记》"先是,领郡者,有相里君造虚白亭",原来虚白亭是以前的"领郡者"建造的。既然说"郡亭枕上看潮头",钱塘江的潮什么样子呢?白居易写了一首《潮》:

早潮才落晚潮来,一月周流六十回。

不独光阴朝复暮,杭州老去被潮催。

(《全唐诗》,第5006页)

以潮起潮落的规律比喻人的时光一去不复返,诗中没有记载钱塘江潮汹涌澎湃的气势。我们来看看姚合的《杭州观潮》:

势连沧海阔,色比白云深。

怒雪驱寒气,狂雷散大音。

浪高风更起,波急石难沉。

鸟惧多遥过,龙惊不敢吟。

(《全唐诗》,第5677页)

钱塘江潮如万马奔腾,声音之大,风浪之高,波涛之急,令人瞠目结舌,数千斤的大石头在波涛中翻卷如弹丸,那壮观的气势不禁让人想到李白的"涛似连山喷雪来"(《横江词六首》其四,《全唐诗》,第1720页),想到罗隐的"怒声汹汹势悠悠,罗刹江边地欲浮"(《钱塘江潮》,《全唐诗》，第7556页）。南宋周密的《观潮》是这样描写钱塘江潮的：

> 浙江之潮，天下伟观也。自既望以至十八日为最盛。方其远出海门，仅如银线，既而渐进，则玉城雪岭，际天而来，大声如雷霆，震撼激射，吞天沃日，势极雄豪。

据说，赵构逃到杭州后，半夜听到潮声，误以为金兵追到了，吓得翻身起床就要逃跑。历史上还形成了观潮节，每年八月十八日，人山人海，今时今日甚至发展成了杭州的旅游项目。我想，白居易肯定是领略过钱江潮的磅礴气势的，只是心平了，浪也就静了。

杭州的经历，让白居易既切身感受到了"春来江水绿如蓝"的杭州美景，又切切实实做出了政绩，为杭州百姓留下了能救凶年的湖水，也为自己的晚年留下了难忘的回忆。如果你遇见白居易，问他："你觉得何处风景最好？"他肯定会说："江南忆，最忆是杭州。"你问他："为什么？"他必然会回答："东南山水，余杭郡为最。"（《冷泉亭记》）

山水龙门醉乐天

白居易卸任杭州市长之后，被任命为太子左庶子，分司东都。说是太子的老师，实际上没有实际职务，就是个虚衔。分司东都也是一样，基本上也属于闲职，进入养老状态了。不过，这也不错，让白居易和洛阳结了缘，所以白居易晚年的生活主要就是在洛阳度过的。白居易这一辈子写了那么多诗，其中有九百多首和洛阳有关系，这足以说明洛阳在白居易生命中的重要性。

洛阳与杭州相比，虽然没有如少女般的旖旎风光，但也有很多值得留恋的地方，如"桥畔月来清见底，柳边风紧绿生波"（罗邺《洛水》，《全唐诗》，第7513~7514页）的洛水，"是时春向深，两岸草如积"（韦述《晚渡伊水》，《全唐诗》，第1118页）的伊水，"津桥春水浸红霞，烟柳风丝拂岸斜"（雍陶《天津桥望春》，《全唐诗》，第5926页）的天津桥，"花寒懒发鸟慵啼，信马闲行到日西"（白居易《魏王堤》，《全唐诗》，第5089页）的魏王堤，这些都是让人陶醉的地方。看一下白居易的《天津桥》吧：

津桥东北斗亭西，到此令人诗思迷。

眉月晚生神女浦，脸波春傍窈娘堤。

柳丝袅袅风缲出，草缕茸茸雨剪齐。

报道前驱少呼喝，恐惊黄鸟不成啼。

(《全唐诗》，第5099页)

从诗中可以感受到白居易写的是天津桥春天的景象，柳丝袅袅迎风飘摆，经过春雨滋润的草更加青翠了，桥下水波荡漾，晚上月牙倒映水中。因为天津桥在洛水上，当年"八斗才"曹植写过《洛神赋》，所以人们又给洛河赋予"神女浦"的美称。古代官员出行前呼后拥，达到一定级别还有仪仗队，一路随行，显得威严。可是白居易却交代仪仗队不要咋咋呼呼的，动静小点，别吓着唱歌的黄鹂鸟。这就是诗人说的"到此令人诗思迷"，可以感受到白居易对这里是多么的喜爱了。

不过，白居易真正喜欢的地方是龙门，他说："洛都四郊，山水之胜，龙门首焉。"(《修香山寺记》)[①] 我们就来讲讲白居易的龙门情结。通过综合阅读白居易关于龙门的诗歌，我将白居易对龙门的喜欢归结为四个方面，也就是说，龙门对于白居易来说是四种地方，分别是：第一，游赏地，这里是白居易经常游玩的地方；第二，功德地，白居易在这里做了不少让人铭记的功德；第三，命名地，白居易根据龙门一处景致为自己取了别号；第四，归葬地，白居易死后埋在龙门香山。下面逐一来讲。

龙门是乐天游赏地

龙门的美景经常会成为白居易诗歌描写的主题，在白居易的笔下，我们会发现龙门美得令人窒息。比如他在《五凤楼晚望》诗中说"龙门翠黛眉相对，伊水黄金线一条"(《全唐诗》，第5069页)，白居易把龙门的东山和西山比作两条眉毛，"黛眉"在古代往往是专指女性眉毛的，一下子让人觉得龙门就是一个娇羞的少女；伊水在柔和的夕

---

① 谢思炜：《白居易文集校注》，北京：中华书局，2011年1月，第1869页。

照下金光灿灿，就像一条闪闪发光的金线。这样的比喻简直绝了！这么美的地方，白居易自然会经常去欣赏。他来到龙门山下，写了一首《龙门下作》：

  龙门涧下濯尘缨，拟作闲人过此生。
  筋力不将诸处用，登山临水咏诗行。

（《全唐诗》，第5045页）

诗人开口就说想在龙门当个隐士，"濯尘缨"出自屈原的作品《渔父》，屈原被贬，在沅江遇到一个打鱼的老先生，渔翁劝屈原不要管那么多闲事，不如随自己隐于江湖逍遥自在。当然屈原是不会答应的，渔翁就唱着"沧浪之水清兮，可以濯我缨；沧浪之水浊兮，可以濯我足"离开了。白居易这句诗有两个用意：第一，说明龙门的水很清澈，可以用来洗帽缨；第二，自己要像渔父那样过隐居生活，因为自己这一辈子"兼济独善难得并"（《秋日与张宾客舒著作同游龙门醉中狂歌凡二百三十八字》，《全唐诗》，第5111页），既然"不能救疗生民病"，那就"即须先濯尘土缨"吧，所以他第二句才会说出"拟作闲人过此生"。怎么过呢？其他事能省点力气就省点力气，这样好积攒体力去"登山临水咏诗行"。

  白居易是个言行一致的人，他真没少到龙门游玩，不仅自己来，而且陪朋友参观。《题龙门堰西涧》描写了他自己游玩的感受：

  东岸菊丛西岸柳，柳阴烟合菊花开。
  一条秋水琉璃色，阔狭才容小舫回。
  除却悠悠白少傅，何人解入此中来。

（《全唐诗》，第5171页）

秋天的伊水别有一番韵味，东岸是盛开的菊花，能让人想起"采菊东篱下"的陶渊明，西岸是枝叶尚未凋零的柳树，又能让人再次想到"宅边有五柳树"的陶渊明。陶渊明当年辞官归隐，过着恬淡的生活，自己此时此刻不也是如此吗？小船悠悠，碧波澄澈，白居易用"秋水"一来是为了扣住秋天，二来也是暗用《庄子·秋水》中"秋水时至，百川灌河；泾流之大，两涘渚崖之间，不辨牛马"[①]，用来形容水面宽阔；"琉璃色"是形容水的清澈。河水窄处也就只能容小船通过，说明诗人在水上划行挺远的，从宽阔的水中央到了狭窄的小沟渠。沉浸在这样的美景中，诗人不无得意地说："这样的美景又有谁能欣赏呢？恐怕只有我白少傅了。"看来，不跟团旅游看得就是细致，感受就是不一样。

白居易有诗《同王十七庶子李六员外郑二侍御同年四人游龙门有感而作》《秋日与张宾客舒著作同游龙门醉中狂歌凡二百三十八字》，从题目中不难发现是"组团"出游的。第一首诗中的王十七就是王鉴、郑侍御叫郑俞，二人和白居易都是同年考中进士，李六员外身份未知；第二首诗中的张宾客是张九龄的曾侄孙张仲方，舒著作叫舒元舆。第二首诗中也是描写秋天出游的，"秋天高高秋光清，秋风袅袅秋虫鸣。嵩峰余霞锦绮卷，伊水细浪鳞甲生"（《全唐诗》，第5111页），秋高气爽，虫声唧唧，山上云霞变幻，河中涟漪层层。作者和朋友下马上船，又看到了下面的情景：

荷衰欲黄荇犹绿，鱼乐自跃鸥不惊。
翠藻蔓长孔雀尾，彩船橹急寒雁声。

（《全唐诗》，第5111页）

荷叶已经有枯萎的迹象了，但是河中的水草依然生机勃勃，鱼儿跃出水面，鸥鸟自在游弋，青翠的水藻在水波中散开，看上去像孔雀尾一样漂亮，摇船的橹发出吱呀吱呀的声响，听起来像极了大雁的鸣叫。我们在通过白居易的诗句欣赏龙门秋景的同时，不得不赞叹白居易是个语言大师。

"不如展眉开口笑，龙门醉卧香山行"（《全唐诗》，第5111页），

---

① 〔清〕郭庆藩：《庄子集释》，北京：中华书局，1961年7月，第561页。

龙门东山也就是香山，是白居易最钟意的地方，他有大量的诗歌是写香山的。为了能够老年过清闲日子，白居易决定到"乱藤遮石壁，绝涧护云林"的香山下卜居，因为他觉得"若要深藏处，无如此处深"（《香山下卜居》，《全唐诗》，第5170页），这里是最好的"息心"之处。白居易在香山确实过上了神仙般的日子，他在《香山避暑二绝》中说：

　　六月滩声如猛雨，香山楼北畅师房。
　　夜深起凭阑干立，满耳潺湲满面凉。

(《全唐诗》，第5169页)

白居易住在香山寺畅禅师的房间，夜里听着河水迅猛的声音犹如疾风暴雨，让这酷热难耐的六月也有了舒爽的凉意。半夜醒来，他披衣起床，凭栏站立，一股凉风扑面而来，不远处的伊河传来潺湲的流水声。为什么开始是"如猛雨"，现在则变成了"潺湲"声呢？一是夜深风静，水流平稳了；二是天热，开始容易心情烦躁，慢慢地心态平和了，听到的声音也就不一样了，这里有移情的成分在。

　　纱巾草履竹疏衣，晚下香山蹋翠微。
　　一路凉风十八里，卧乘篮舆睡中归。

(《全唐诗》，第5169页)

白居易头顶纱巾，脚穿草鞋，身上穿着用竹疏布做的衣服，显得浑身轻快潇洒。这里的"纱巾"指的是当时的书生巾。竹疏布就是用竹子做原料织成的布。诗人晚上到香山下散步，"一路凉风十八里"，舒适感十足，一路走来，凉风吹面，暑气全消。白居易毕竟上了年纪，又走了那么远的路，困意上来，躺在被家人抬着的"篮舆"中进入了梦乡。"篮舆"是古代供人乘坐的交通工具，人抬着走，有点像轿子，现在一些景区还会见到。这日子过得，不能说不幸福吧？

　　但是夏天毕竟热，有时会让人心情烦躁，这种情况下白居易是怎么度过的？他在《香山寺石楼潭夜浴》中作了回答：

106

炎光昼方炽，暑气宵弥毒。
摇扇风甚微，褰裳汗霢霂。
起向月下行，来就潭中浴。
平石为浴床，洼石为浴斛。
绡巾薄露顶，草屦轻乘足。
清凉咏而归，归上石楼宿。

（《全唐诗》，第 4995 页）

夏日的白天太热了，纵然不停地摇着蒲扇也感觉不到丝丝凉意，身上依旧大汗淋漓。到了傍晚，诗人决定乘着月色来到潭中沐浴冲凉。大自然对诗人很眷顾，已经为他准备好了一切，大块平滑的石头可以作为躺下休息的浴床，低洼的石坑可以作为浴盆或洗脚盆。经过炎日的照晒，潭水变成了温泉，更有利于解除身上一天的困乏。夜月高悬，潭水清澈，一天的疲劳在夜浴中不知不觉消退了。诗人出浴之后，裹上薄薄的头巾，穿上草鞋，浑身轻快，一路哼着小调回到住处。这日子过得，怎一个爽字了得！所以我说这里是白居易的游赏地。

龙门是乐天功德地

为什么说龙门是白居易的功德地呢？他在龙门到底都做了什么功德呢？主要有两个：一个是修缮香山寺，另一个是开凿八节滩。

先讲修缮香山寺。香山寺是洛阳龙门东山上的一座寺院，始建于北魏熙平元年（516）。武则天称帝后也对香山寺进行过修缮，还曾经登上石楼观赏景色，留下了"香山赋诗夺锦袍"的故事。白居易钟爱香山寺，他曾经在《香山寺二绝》其二中发誓说"他生当作此山僧"（《全唐诗》，第 5142 页），又在《五年秋病后独宿香山寺三绝句》其一中说"还向畅师房里宿"（《全唐诗》，第 5207 页）。可是到了白居易分司东都时，香山寺已经很破败了,这就是他在《修香山寺记》中说的"香山之坏久矣,楼亭骞崩,佛僧暴露"[①],这种情况让出家人很伤心,白居易也感到痛心,因此一直想找个机会对香山寺进行修缮。但是这么大的工程不是闹着玩的,需要花费很多钱。

或许是上天的安排,大和五年(831),元稹在武昌得了急病,临死之前希望能请到挚友白居易为自己写墓志。家人自然尽可能满足元稹的遗愿,找到了白居易,送给白居易六七十万的润笔。白居易和元稹关系很铁,答应"予念平生分,文不当辞,赟不当纳",写墓志没有问题,润笔坚决不收。但元稹的家人又坚持要给。白居易心情平复之后,决定用这笔钱修缮香山寺。其实元稹也多与出家人来往,如果地下有知,一定会为白居易的这个决定点赞的。

有钱好办事,"始自寺前亭一所,登寺桥一所,连桥廊七间。次至石楼一所,连廊六间。次东佛龛大屋十一间。次南宾院堂一所,大小屋共七间。凡支坏、补缺,全溃覆漏,朽墁之功必精,赭垩之饰必良。虽一日必葺,越三月而就",从《修香山寺记》这段文字不难发现工程还是相当大的。

修缮后的香山寺,重现"关塞之气色,龙潭之景象,香山之泉石,石楼之风月",使"往来者耳目,一时而新"。修缮工程完成后,白居易忍不住写了一首《重修香山寺毕题二十二韵以纪之》。"再莹新金刹,重装旧石楼"究竟是怎样的呢?

  四望穷沙界,孤标出赡州。
  地图铺洛邑,天柱倚嵩丘。
  两面苍苍岸,中心瑟瑟流。
  波翻八滩雪,堰护一潭油。
  台殿朝弥丽,房廊夜更幽。

---

① 谢思炜:《白居易文集校注》,北京:中华书局,2011年1月,第1870页。

千花高下塔，一叶往来舟。

岫合云初吐，林开雾半收。

(《全唐诗》，第 5138~5139 页)

香山寺地势很高，远远望过去，伊水中流，两岸苍茫，远处八节滩波浪如雪，洛阳堰里碧波温润，寺院的台殿更漂亮了，房廊也没有雨水下漏了，塔下是百花盛开，水中是小舟悠悠，白云初吐，山间的雾气慢慢散去。诗人看到这种情形，发自内心地说："便合穷年住，何言竟日游。可怜终老地，此是我菟裘。""菟裘"就是指告老退隐的地方。白居易准备常年住在这里，把这里当成自己的隐居地、终老地。

开成五年（840）九月，年近古稀的白居易又促成了香山寺经堂建设，不仅写了一篇《香山寺新修经藏堂记》，而且写有《题香山新经堂招僧》：

烟满秋堂月满庭，香花漠漠磬泠泠。

谁能来此寻真谛，白老新开一藏经。

(《全唐诗》，第 5207 页)

从字句中不难感受到诗人的喜悦情与成就感！后来，白居易还把他在洛阳写的近千首诗结集成了《洛下游赏宴集》十卷，也存放在了香山寺经藏堂中。

再来说开凿八节滩。白居易晚年成了香山寺的常客，经常住在那里。一年冬天的深夜，诗人刚睡着，就听到隐隐约约有啼饥号寒的声音，他本以为年龄大了出现了幻听现象，可是后来连续几夜都是这样。白居易再也坐不住睡不稳了。第二天，他让仆人搀扶着顶风冒雪去查看，终于在伊河的八节险滩看到了一幅触目惊心的景象，八节滩怪石嶙峋，水流湍急，艄公们在刺骨的水中缓缓拖着船前进，一不小心还会出现船毁人伤的悲剧。这就是白居易说的"东都龙门潭之南有八节滩、九峭石，船筏过此，例及破伤。舟人楫师推挽束缚，大寒之月，裸跣水中，饥冻有声，闻于终夜"（《开龙门八节石滩诗·序》，《全唐诗》，第5236页）。

白居易是个有良心的官员，他决定开凿八节滩，为百姓造福。心动了就行动，但一分钱难倒英雄汉，白居易想到了募捐，反复向洛阳的有钱人讲述八节滩的危害，希望大家能出资开凿。白居易为民谋福利的精神感动了很多人，于是在香山寺进行了募捐活动，善男信女、豪门富商纷纷伸出援手，当然白居易也捐出了不少家资。就这样经过两年，开凿八节滩的资金基本凑齐了。

白居易决定，冬季凿石挖河，因为冬天伊河水量小，通行船只少，便于施工。伊河附近的船工、百姓、石工，听说白居易的壮举，纷纷自带工具投入劳作，"贫者出力，仁者施财"。那火热场面用白居易的《开龙门八节石滩诗二首》其一形容就是"铁凿金锤殷若雷，八滩九石剑棱摧。竹篙桂楫飞如箭，百筏千艘鱼贯来"（《全唐诗》，第5237页），劳动场面气势宏伟，景象繁忙。

当时白居易已经73岁高龄了，即便这样也不辞劳苦三天两头到现场察看。经过大家的努力，八节滩内的怪石终于被清除了，水流变得平缓，险滩变成了通衢，行船安全了，艄公再也不用在刺骨的冰水中拖船了。白居易高兴，写了《欢喜二偈》，其中第一首有这样两句，"心中别有欢喜事，开得龙门八节滩"（《全唐诗》，第5240页），这确实是值得高兴的一件事。从这两句诗也能感觉到，白居易是全心全意为百姓着想的。白居易还写了《开龙门八节石滩诗二首》，正式通船那天被刻在河边的巨石上，其中第二首说：

> 七十三翁旦暮身，誓开险路作通津。
> 夜舟过此无倾覆，朝胫从今免苦辛。
> 十里叱滩变河汉，八寒阴狱化阳春。
> 我身虽殁心长在，暗施慈悲与后人。

（《全唐诗》，第5237页）

这首诗写自己晚年的壮举及开凿险滩带给人们的好处，险滩变成通途之后，船不翻了，人不受苦了，当年的"鬼门关"变成了老百姓的福地。我白居易即便是死了，对老百姓的那颗爱心还会随八节滩长留人间。白居易的善举让当地百姓感动，后来在他去世下葬时，远近的船民和老百姓都赶过来为他送葬。

龙门是乐天命名地

白居易晚年给自己取了个别号，叫"香山居士"。古人有个习惯，经常会在名、字之外，再取个号，有的还不止一个，名和字都是有讲究的，而号经常和名字没有什么关系。就拿白居易来说，白居易的名是"居易"，这两个字来自《礼记·中庸》"君子居易以俟命"[1]；白居易的字是"乐天"，出自《周易·系辞上》"乐天知命，故不忧"[2]。而"香山居士"这个号，并不像他的名、字那样出自儒家典籍，而是和龙门有很大的关系。

《旧唐书·白居易传》中记载："会昌中，请罢太子少傅，以刑部尚书致仕。与香山僧如满结香火社，每肩舆往来，白衣鸠杖，自称香山居士。"[3] "香山僧"就是香山寺的和尚，龙门东山就叫香山，其中有寺就叫香山寺。大诗人李白还曾经夜宿香山寺。白居易就更不用说了，对香山和香山寺更是有一份独特的感情，他是唐代以香山和香山寺为题写诗最多的人。我们来看一下他的《香山寺二绝》其一：

空山寂静老夫闲，伴鸟随云往复还。
家醞满瓶书满架，半移生计入香山。

（《全唐诗》，第 5142 页）

---

[1] 杨天宇：《礼记译注》，上海：上海古籍出版社，2004年7月，第695页。
[2] 黄寿祺等：《周易译注》，上海：上海古籍出版社，2004年7月，第500页。
[3] 〔后晋〕刘昫等：《旧唐书》，北京：中华书局，1975年5月，第4356页。

这是第一首，表现出诗人对香山的喜爱。空山寂静，除了有孤云野鸟，就剩下一个漫步山间的老先生了，这位老先生就是白居易自己。他这次到香山并非一日游，"家酝满瓶书满架"，又是自酿的好酒又是自己喜爱的书，而且酒够量——满瓶，书够多——满架。除了酒和书，接下来写道，"半移生计入香山"，什么是"生计"？赖以度日的职业，对于白居易来说读读书、写写诗、喝喝酒就是他晚年的职业。这么说，他一半日子都要在香山度过。"生计"还有一个意思，就是生活用度，那就更了不得了，一半的生活用度都搬进了香山，这简直就是搬家！看来，白居易想打"持久战"，准备将后半生都在香山度过。

  爱风岩上攀松盖，恋月潭边坐石棱。
  且共云泉结缘境，他生当作此山僧。

(《全唐诗》，第5142页)

这是第二首，写诗人的香山生活。爱风岩和恋月潭都是香山的景点，白居易要么到爱风岩的茂密松树下听风乘凉，要么到恋月潭边坐到石头上赏月吟诗，清风吹襟，银辉下彻，与清风明月相伴，世俗的烦恼一扫而空，确实够潇洒自在了。诗人突然冒出个大胆的想法，下辈子就在这里出家当和尚了。白居易下辈子有没有在香山出家当和尚我们不知道，这辈子在香山寺跟着如满法师学佛倒是成了事实。他在《欢喜二偈》其二中讲"今朝欢喜缘何事，礼彻佛名百部经"（《全唐诗》，第5240页），看来还是一个很刻苦的好学生。

  白居易对龙门香山有这么浓厚的情感，索性给自己取了个别号"香山居士"。"居士"就是在家修行的人。会昌二年（842），71岁高龄的白居易请人在香山寺为自己画像，当时叫"写真"。他还写了一首《香山居士写真诗》：

  昔作少学士，图形入集贤。
  今为老居士，写貌寄香山。

鹤毳变玄发，鸡肤换朱颜。

前形与后貌，相去三十年。

勿叹韶华子，俄成蟠叟仙。

请看东海水，亦变作桑田。

(《全唐诗》，第5222~5223页)

想当年自己年轻的时候"照片"被挂在集贤院，集贤院是唐代的官署名，是有学问的人才能待的地方。慢慢地由"少学士"变成了"老居士"，照片也换地方了，现在挂进了香山寺。自己年轻时是个帅小伙，头发乌黑，面色红润，那颜值没得说，再看看现在，头发白了，皮肤松了，真是三十年河东三十年河西，已经没法看了。在这首诗里，诗人慨叹时光过得太快，不过好在诗人还能在龙门香山找到自己的乐趣，也是很不错了。

龙门是乐天归葬地

白居易对龙门香山和香山寺的喜爱，已经达到了登峰造极的程度。在他的诗中，我们可以看到"反照转楼台，辉辉似图画。冰浮水明灭，雪压松偃亚"(《菩提寺上方晚望香山寺寄舒员外》，《全唐诗》，第5124页)的美景，还能感受到他"岸草歇可藉，径萝行可攀。朝随浮云出，夕与飞鸟还"(《晚归香山寺因咏所怀》，《全唐诗》，第5117页)的率性生活。更不可思议的是，白居易死后还埋葬在香山北端的琵琶峰上。宋朝的蔡襄在游龙门香山寺时，专门写了一首《过白乐天坟》，其中两句说白居易"生爱香山游，死亦香山葬"。这是不虚的！

白居易钟爱香山景色，他又发现香山上的琵琶峰酷似琵琶，而白居易又是一个酷爱琵琶的人，《全唐诗》中以"琵琶"为题的诗歌共30首，白居易一个人写了7首，特别是那首《琵琶引》不仅把一个"过气儿"的演员又带火了,更让我们在"大弦嘈嘈如急雨,小弦切切如私语。嘈嘈切切错杂弹,大珠小珠落玉盘。间关莺语花底滑,幽咽泉流水下滩。水泉冷涩弦凝绝,凝绝不通声暂歇。别有幽愁暗恨生,此时无声胜有声。银瓶乍破水浆迸,铁骑突出刀枪鸣。曲终收拨当心画,四弦一声如裂帛"(《全唐诗》,第4821页)诗句中感受到了琵琶撼人心魄的美妙。据说,白居易死后,琵琶女长途跋涉来到白居易墓前,最后弹奏一曲,摔碎琵琶,上吊身亡。

还有一个说法。据白居易的后人说,这个琵琶峰只有一个棺材大小的地方是黄土,其他地方都是石头,因此叫作"一棺地",棺材的"棺"谐音当官的"官",于是"一棺地"也就成了绝官地。白居易不希望自己的后代再当官了。这和一般人的思路不一样,一般人希望自己子孙官运亨通,白居易怎么反其道而行之呢?白居易在官场摸爬滚打几十年,尽管抱负远大,但官场黑暗难以施展才能,抱负越大失望越大,干脆断了子孙的念想。

白居易提倡薄葬,他在《醉吟先生墓志铭并序》中交代妻子和侄子们:"吾之幸也,寿过七十,官至二品,有名于世,无益于人,褒优之礼,宜自贬损。我殁,当敛以衣一袭,送以车一乘,无用卤簿葬,无以血食祭,无请太常谥,无建神道碑;但于墓前立一石,刻吾《醉吟先生传》一本可矣。"诗人反复强调"一","衣一袭""车一乘""立一石""《醉吟先生传》一本",可见白居易是个知足常乐的人。他曾经写过一首《寄张十八》,其中开头几句说:

饥止一箪食,渴止一壶浆。

出入止一马,寝兴止一床。

此外无长物,于我有若亡。

(《全唐诗》,第4738页)

饿了就是一碗饭,渴了就是一壶水。出去只能骑一匹马,晚上睡觉只能睡一张床。生活就是这么简单。他还有一首《狂言示诸侄》，其中说："一裘暖过冬，一饭饱终日。勿言舍宅小，不过寝一室。何用鞍马多，不能骑两匹。"（《全唐诗》，第5132页）看来白居易是熟知《老子》第四十六章中"祸莫大于不知足；咎莫大于欲得。故知足之足，常足矣"[①]这几句话的。这就是抱元守一的智慧。

总而言之，龙门的山水景色是白居易的最爱，龙门不仅是白居易身体的休闲地、心灵的皈依地，而且是其尸骨的归葬地。这可是真的与龙门化为一体了！

---

① 陈鼓应：《老子注译及评介》，北京：中华书局，1984年5月，第244页。

龙门山水多佳话

前面我们说了白居易对龙门的情感，两句"龙门翠黛眉相对，伊水黄金线一条"（《全唐诗》，第5069页）让人感受到白居易对龙门山水发自内心的喜爱。不仅白居易对龙门山水情有独钟，那些到过洛阳的文人墨客也在龙门游赏赋诗。比如那个很傲慢的拿着白居易名字做文章的顾况就有"始上龙门望洛川，洛阳桃李艳阳天"（《洛阳行送洛阳韦七明府》，《全唐诗》，第2949页），还有白居易的偶像韦应物说"都门遥相望，佳气生朝夕""花树发烟华，淙流散石脉"（《龙门游眺》，《全唐诗》，第1973页），窦庠在《龙门看花》中也说"无叶无枝不见空，连天扑地径才通。山莺惊起酒醒处，火焰烧人雪喷风"（《全唐诗》，第3047页）。即便是那些平日里高高在上的帝王看到龙门也会倍加青睐。于是，龙门成了东都洛阳的一个重要文化符号，成了帝都文化的象征。

据文献记载，就是龙门风光促成了隋炀帝杨广对洛阳的都城建设。唐朝李吉甫的《元和郡县图志》记载：

> 初，炀帝尝登邙山，观伊阙，顾曰："此非龙门耶？自古何因不建都于此？"仆射苏威对曰："自古非不知，以俟陛下。"帝大悦，遂议都焉。[1]

---

[1] （唐）李吉甫：《元和郡县图志》，北京：中华书局，1983年6月，第130页。

一次，杨广登上邙山游玩，看到伊阙很像龙门。伊阙就是我们今天说的龙门，因为伊水从东西两座山中间穿过，就像一个天然的门阙，所以叫伊阙。于是隋炀帝随口问了一句："历史上那么多王朝为什么不在这里建都？"当时仆射苏威跟在隋炀帝身边，赶紧回答说："不是历史上的帝王不知道，就是专门等您来建都呢！"皇帝听了龙颜大悦，马上下令，把营建洛阳作都城这件事提到议事日程上来，而且还专门下了一道圣旨《营东都诏》。隋洛阳城始建于隋大业元年（605），《隋书》中记载这件事说"三月丁未，诏尚书令杨素、纳言杨达、将作大匠宇文恺营建东京"①，到了"二年春正月辛酉，东京成"②，修建速度之快，令人赞叹。

香山赋诗夺锦袍

自从洛阳成了都城，龙门更加引人瞩目了。武则天经常带领群臣到龙门赏景赋诗。为了调动大臣们参与的积极性，同时增加趣味性，武则天举办了有奖竞赛，为此发生了一个令人哭笑不得的故事。这个故事见于《旧唐书·宋之问传》和《唐诗纪事》，故事的名字叫"香山赋诗夺锦袍"，香山就是龙门东山。

《旧唐书·宋之问传》记载："则天幸洛阳龙门，令从官赋诗，左史东方虬诗先成，则天以锦袍赐之。及之问诗成，则天称其词愈高，夺虬锦袍以赏之。"③一次，武则天带领群臣到洛阳龙门游玩，武则天看到眼前优美的景色，就让大家写诗纪念。为了激发大家的创作热情和娱乐气氛，武则天宣布，谁先写好就赐给谁一领锦袍，这就等于有奖品了。是对诗歌写作能力的肯定，更是一种荣耀，毕竟是女皇奖励的。

---

① 〔唐〕魏征：《隋书》，北京：中华书局，1973年8月，第63页。
② 〔唐〕魏征：《隋书》，北京：中华书局，1973年8月，第65页。
③ 〔后晋〕刘昫等：《旧唐书》，北京：中华书局，1975年5月，第5025页。

这次比赛东方虬先写好了，于是武则天就按照约定把锦袍奖励给了他。东方虬很得意，披上锦袍回到了自己的座位上。可是东方虬还没有坐稳，宋之问的诗也写好了。武则天一看宋之问的诗文理俱美，形式和内容达到了完美的统一。大家都觉得宋之问的诗歌比东方虬的更高一筹，于是武则天又把锦袍从东方虬身上扯下来赏给了宋之问。这对于东方虬来说很打脸，对于武则天来讲很任性。可能一些大臣也会想："陛下，不就一件锦袍吗？至于这样尴尬吗？是您自己说的谁先写好奖给谁，怎么还能临时改变规则呢？以后还能不能好好玩耍了？"不过，这些话是我替大臣们想到的。

宋之问写的什么呀？至于让金口玉言的皇帝陛下耍赖说话不算话吗？据《唐诗纪事》中所记，这首诗是宋之问的《龙门应制》，"应制"就是根据皇帝命令写文赋诗的文学创作活动。

宿雨霁氛埃，流云度城阙。
河堤柳新翠，苑树花先发。
洛阳花柳此时浓，山水楼台映几重。
群公拂雾朝翔凤，天子乘春幸凿龙。
凿龙近出王城外，羽从琳琅拥轩盖。
云罕才临御水桥，天衣已入香山会。
山壁崭岩断复连，清流澄澈俯伊川。
雁塔遥遥绿波上，星龛奕奕翠微边。
层峦旧长千寻木，远壑初飞百丈泉。
彩仗蜺旌绕香阁，下辇登高望河洛。
东城宫阙拟昭回，南陌沟塍殊绮错。
林下天香七宝台，山中春酒万年杯。
微风一起祥花落，仙乐初鸣瑞鸟来。
鸟来花落纷无已，称觞献寿烟霞里。

歌舞淹留景欲斜，石关犹驻五云车。
鸟旗翼翼留芳草，龙骑骎骎映晚花。
千乘万骑銮舆出，水静山空严警跸。
郊外喧喧引看人，倾都南望属车尘。
嚣声引飏闻黄道，佳气周回入紫宸。
先王定鼎山河固，宝命乘周万物新。
吾皇不事瑶池乐，时雨来观农扈春。

(《全唐诗》，第 627~628 页)

《全唐诗》里存东方虬诗只有四首，其中三首写王昭君的，一首写春雪的，看来都不是这次参赛作品，那我们就不能通过比较为东方虬翻案了。不过当时随行的人中还有武三思，他也写了一首《奉和春日游龙门应制》："凤驾临香地，龙舆上翠微。星宫含雨气，月殿抱春辉。碧涧长虹下，雕梁早燕归。云疑浮宝盖，石似拂天衣。露草侵阶长，风花绕席飞。日斜宸赏洽，清吹入重闱。"（《全唐诗》，第 866~867 页）

武三思的诗与宋之问的诗相比，明显就不是一个重量级的，没有可比性。武三思的诗说得好听点叫"短小精悍"，说得难听点叫"才情不足，稀里糊涂"。宋之问是和沈佺期号称"沈宋"的诗人，是开宗立派的"宗师级"人物。单就宋之问这首《龙门应制》来说，它写出了武则天出游的声势之大、车马随从之多，"千乘万骑銮舆出，水静山空严警跸。郊外喧喧引看人，倾都南望属车尘"，大队人马护送皇帝出游，龙门景区将所有人清空了，大家远远看着皇帝的车队，尘土飞扬。写了宴游期间大家兴趣之高，"微风一起祥花落，仙乐初鸣瑞鸟来。鸟来花落纷无已，称觞献寿烟霞里。歌舞淹留景欲斜，石关犹驻五云车"，雅乐高奏，大家互相敬酒祝贺，到了傍晚时分大家还舍不得离开。写出了龙门迷人的自然景色，"山壁崭岩断复连，清流澄澈俯伊川。雁塔遥遥绿波上，星龛奕奕翠微边。层峦旧长千寻木，远壑初飞百丈泉"，两山相对壮美非常，中间伊水清澈，静静流淌，龙门东山上的佛塔倒映水中，西山上佛龛密集，山上古木林立，流瀑飞泉。

更写出了对武则天正统性的肯定，"嚣声引飈闻黄道"，"黄道"本是太阳的轨道，古人常用太阳比喻皇帝，因此这里也就成了帝王之道；"先王定鼎山河固，宝命乘周万物新"，"鼎"是王朝正统的象征，《左传·宣公三年》载："成王定鼎于郏鄏。"这里的"成王"指周成王，"郏鄏"就是洛阳，武则天当了皇帝后，把洛阳改为神都，国号武周。这么看来，宋之问确实用心良苦，极力歌颂武则天当皇帝是正统的、应该的。

这次出游明明是穷奢极欲，可是宋之问却用"吾皇不事瑶池乐，时雨来观农扈春"结尾，点明皇帝不像当年西王母与周穆王那样奢侈，而是为了体察民情。这样一来，让原本的欢宴充满了道德力量。这首诗写得确实高明，真真假假虚虚实实全写到了，不洒汤不漏水，虽然能看出来其中有不少阿谀奉承的地方，但就是让人看了舒服。

诗歌写得好和人品是没有关系的，宋之问的人品远没有他的诗歌好。宋之问为了讨好武则天，曾经一心一意媚附武则天的男宠张易之，不仅将自己写的诗歌文章署名张易之，而且"为易之奉溺器"，就是为张易之提夜壶。后来武则天退位了，张易之被杀，那些曾经和张易之眉来眼去有暧昧关系的人，便被远贬他乡。宋之问被贬到了泷州，就是现在的广东省罗定市。被贬的岁月里，宋之问简直是度秒如年，最终决定逃回洛阳。

宋之问逃到洛阳之后，藏在张仲之的家中，张仲之对朋友很够义气。但是张仲之和宋之问的关系就像农夫和蛇一样，宋之问没有知恩图报，反而给张仲之带来了灭门之祸。当时武三思骄横用事，虐害忠良，张仲之与驸马都尉王同皎等人商量谋杀武三思以安王室，结果被知情的宋之问告了密。还没等张仲之等人动手呢，武三思来了个先下手为强。后来因为告密有功，宋之问被提拔为鸿胪主簿，但也是因为这件事，"天下丑其行",宋之问被钉在了耻辱柱上。

文人墨客纷纷来

龙门山水为宋之问赢得了锦袍,这个故事也为龙门山水带来了不一样的人文情趣,使这里被赋予了经典性,从此愿意来这里游玩的人更多了。这就是我们接下来要讲的"文人墨客纷纷来"。

李峤是个厉害角色,首先写文章是一把好手,与苏味道、杜审言、崔融合称"文章四友",老年时更是被称为"文章宿老"。他写的那首《风》我们都不陌生:"解落三秋叶,能开二月花。过江千尺浪,入竹万竿斜。"(《全唐诗》,第729页)其次是他在武后、中宗年间,三次被拜为宰相。他写过一首《清明日龙门游泛》,其中有:

晴晓国门通,都门蔼将发。
纷纷洛阳道,南望伊川阙。
衍漾乘和风,清明送芬月。
林窥二山动,水见千凫越。
罗袂胃杨丝,香桡犯苔发。
群心行乐未,唯恐流芳歇。

(《全唐诗》,第689页)

出门游玩的人们一大早来到城门口,路上的行人络绎不绝,大家纷纷向龙门进发。诗人坐在小船上,春风吹拂,水波荡漾,在这阳春三月里,到处都洋溢着花香。泛舟伊水之上,隔着山林上的草木感觉两岸的山都在向后退去,让人忽然有一种错觉,到底是船在动还是山在动?西山上有很多佛龛,倒映在清澈的伊水中,水波荡漾,让人担心这些佛龛会不会摔落下来。柳絮随风飘扬,衣袖也被沾惹,船桨一不小心就划到了如美女秀发般的水草。大家都很珍惜这眼前的春景!这是身游,也是神游。

张九龄也是个厉害人物，七岁就会写文章了，我们在讲王维的时候曾经提到过张九龄，这是一个具有远见卓识的政治家，直言敢谏，选贤任能，是开元盛世最后一位贤相。张九龄有一首《龙门旬宴得月字韵》：

> 恩华逐芳岁，形胜兼韶月。
> 中席傍鱼潭，前山倚龙阙。
> 花迎妙妓至，鸟避仙舟发。
> 宴赏良在兹，再来情不歇。

（《全唐诗》，第 570 页）

什么是"旬宴"呢？据《册府元龟·帝王部·享宴第二》记载，开元十八年（730）三月，皇帝命侍臣和百官每隔十天找个风景名胜聚一下，这个开支由朝廷支付。这首诗写于开元二十年（732），写的是大家春天在龙门宴饮的情景。在春暖花开的季节，大家在龙门欢聚一堂，这本身就是一件值得高兴的事情。面对壮丽的龙门伊阙，在靠近水的地方张席开筵，还有花枝招展的乐伎助兴，美景美人，酒足饭饱，乘舟荡漾，那热闹劲儿使得鸟儿避之唯恐不及。真让人有身临其境的感觉！

李颀虽然没有前两位名头大，但他圈内的朋友却相当厉害，他是王维、高适、王昌龄的诗友。他曾经在龙门西峰迎接自己的朋友刘十八，写了一首《龙门西峰晓望刘十八不至》：

> 春台临永路，跂足望行子。
> 片片云触峰，离离鸟渡水。
> 丛林远山上，霁景杂花里。
> 不见携手人，下山采绿芷。

（《全唐诗》，第 1345~1346 页）

从题目中"晓望"二字可以看出诗人和刘十八关系不一般，否则不会大早上过去迎接。诗人站在高台上，翘首企盼，但刘十八怎么都不见人影。在这种情况下，诗人没有生气，没有抱怨朋友，而是去用心欣赏龙门晨景。第一句中"春台"二字已经可以说明诗人的心态了，这个词语出自《老子》第二十章"众人熙熙，如享太牢，如春登台"[1]，所以春台本身就代表着心态与心境。有这样的心态，他看到的景色自然与众不同：龙门山上白云朵朵，低垂的白云几乎要碰到了山峰，小鸟在水面上飞行；往远处看，山上林木茂密，杂花盛开。既然等不到朋友，诗人决定到山下水边，去采一束香草。诗作不经意间透露了龙门极好的生态环境和诗人平和的心境。

李白的盛名无人不知，他用自己对生命的热情，为李唐王朝增色不少。甚至有人认为，李唐王朝如果没有李白，将会黯然失色。这个自带光芒的诗仙李白曾经在龙门住过，还用诗歌记录了当时的情状，如《秋夜宿龙门香山寺奉寄王方城十七丈奉国莹上人从弟幼成令问》（节选）：

> 水寒夕波急，木落秋山空。
> 望极九霄迥，赏幽万壑通。
> 目皓沙上月，心清松下风。
> 玉斗横网户，银河耿花宫。

（《全唐诗》，第1767页）

秋天的晚上，龙门景色自然是清冷萧瑟的。水流激激，听声音似乎就觉得水寒刺骨，山上的树木已经落叶了，显得光秃秃的，与春夏相比，失去了生命力。秋高气爽，天高云淡，纵横的沟壑在夜幕下显得更加幽静。月亮静静地照着岸边的砂石，松树在秋风中摇摆，透过门户可以看到北斗横挂，银河明亮。"网户"指门上、窗户上刻的方格，多而像罗网才这样称的；"花宫"指诗人住宿的香山寺，佛陀说法使天

---

[1] 陈鼓应：《老子注译及评介》，北京：中华书局，1984年5月，第140页。

降花雨，所以把寺院称作"花宫"。李白让我们感受到了不一样的龙门风光，清冷、萧瑟、静谧！

当然，写龙门的并非就这几个人，在描写龙门山水的诗人中，号称"五言长城"的刘长卿确实值得点赞。我们来了解一下"刘长卿夜游龙门"。

刘长卿夜游龙门

刘长卿是一位比较奇葩的诗人，他每次写诗，都是只写名字不写姓氏。别人觉得奇怪，问他为什么这样。刘长卿一本正经地说："天下人没有不知道我的，写全名太费墨，没有那个必要。"就这么自信，就这么任性！辛文房在《唐才子传》中评价刘长卿"诗调雅畅，甚能炼饰，其自赋伤而不怨，足以发挥风雅"[1]，这个评价是不低的！权德舆很喜欢刘长卿的诗歌，尤其是他的五言诗，为此还送他个响当当的名号"五言长城"。

刘长卿年轻的时候在洛阳生活过很长一段时间，他对龙门的景色完全可以用"流连忘返"这个词来形容，而且他的"流连忘返"不是随便说的，他写过《龙门八咏》，把看到的、想到的写进了诗歌。读这些诗歌你会发现，刘长卿的这些诗表现出两大特点：一是表现佛教文化，二是表现夜的寂静。

先说表现佛教文化。这个我们就得结合龙门的文化特点来说了。韦应物曾经在《龙门游眺》一诗中有"精舍绕层阿，千龛邻峭壁"（《全唐诗》，第1973页），意思是说龙门是个佛教圣地。的确，龙门石窟在中国历史上是极负盛名，据说卢舍那大佛还是武则天出资捐助修建的，而且这尊佛从侧面看与武则天很像。刘长卿在对我们进行"现场直播"

---

[1] 傅璇琮：《唐才子传校笺》（第一册），北京：中华书局，1987年5月，第323页。

的时候,非常注重对这一文化特征的展现。

刘长卿东渡伊水后首先来到安葬福公遗骨的"福公塔"前,福公究竟是谁我们很难考证;再往前走,便是存放隋朝和尚慧远遗骨的"远公龛";再向前走,离香山寺越来越近,"隐隐见花阁,隔河映青林"(《石楼》,《全唐诗》,第1524页),著名的建筑物"石楼"在林木的掩映下若隐若现,石楼是武则天和白居易都很喜欢的地方。"下山"时诗人仍不忘欣赏龙门山崖间的佛寺,"木落众峰出,龙宫苍翠间"(《下山》,《全唐诗》,第1524页),这里的"龙宫"便指佛寺;西渡伊水的途中,诗人又把目光盯在了龙门山崖的窟龛上,一句"千龛道傍古"(《水西渡》,《全唐诗》,第1524页),非常客观地写出了龙门山崖间窟龛之多和年代之久。

在描写佛教景物时,刘长卿是很谨慎的,他刻意选用了佛家语言,这便是以禅入诗的具体表现之一。我们这里以《远公龛》为例:

  松路向精舍,花龛归老僧。
  闲云随锡杖,落日低金绳。
  入夜翠微里,千峰明一灯。

(《全唐诗》,第1524页)

第一句中的"精舍"就是指佛寺。第二句中的"花龛"指刻有图画的塔龛,"老僧"指佛家人物老和尚。第三句"闲云随锡杖"中的"锡杖"指僧人出行时所拿的法器,因为这种法器头上有锡环,一震动会有声响,所以又叫"声杖""鸣杖"。第四句中的"金绳"也是佛家语。这些词语的选用,进一步突出了龙门浓郁的佛教文化特点。

再来说表现夜的寂静。"静"是佛教文化中美的一种重要体现,从《阙口》"秋山日摇落"(《全唐诗》,第1523页)、《水东渡》"夜泉发清响""稍见沙上月"(《全唐诗》,第1523页)、《远公龛》"入夜翠微里,千峰明一灯"(《全唐诗》,第1524页)、《渡水》"日暮下山来，千山暮钟发"（《全唐诗》，第1524页）等句子来看，刘长卿把游赏的时间安排在了晚上。我因为参加过河南省宗教界爱国人士研修班而与河南宗教界的朋友认识，还开了一门课"中原名寺诗旅"，所以经常会到寺院进行调研，夜宿寺院便成了家常便饭。感受真的与白天不一样，白天游人如织，晚上格外安静。我想夜晚的龙门也应该是这样吧。刘长卿在太阳快要落山的时候到达龙门山口，在月亮初升的时候开始东渡伊水，入夜时分欣赏了远公龛，深夜中又听了山寺钟声，然后又趁着夜色下山返回，并在渡河时对水中的月影欣赏了一番。诗人选择这样的游玩时间，不仅避免了白天的喧嚣，也可以沉浸在静谧的佛教文化氛围之中。

在刘长卿这次诗旅中，曲径通幽不仅表现在自然形式上，也表现在人文景观的烘托上。香山寺在龙门东山半腰，需要渡过伊水才能到达，所以伊水就是造成香山寺曲径通幽最重要的自然形式。特别是《阙口》中"秋水急波澜"（《全唐诗》，第1523页）一句，使人大有望而止步的打算。在渡伊水的途中，游人面对的并不是毫无生机的荒山恶水，而是"山叶傍崖赤，千峰秋色多"（《全唐诗》，第1523页）等独具特色的画面，使人们在审美的同时增强了对香山寺胜景的心理期待。接下来的"福公塔""远公龛"作为人文景观，为香山寺的即将出现增添了情趣。当香山寺的标志性建筑石楼"千呼万唤始出来"时，却"隐隐见花阁，隔河映青林"（《全唐诗》，第1524页），依旧是"犹抱琵琶半遮面"。《远公龛》中"松路向精舍，花龛归老僧"句，常青的松柏夹路而生，"花龛"掩映其中，显得幽静深邃，又是曲径通幽！

从诗中用词不难看出，刘长卿这次活动是在秋季。自从宋玉《悲秋赋》"发表"之后，中国古代的文人便形成了强烈的悲秋传统。但是，在这次龙门之旅中，刘长卿却一反传统的悲秋情绪，让我们领略到一种富于气势的秋意。比如《阙口》的首句"秋山日摇落"（《全唐诗》，第1523页）看似充满萧瑟之气，其实不然：红日渐渐西沉，发出柔和的光芒，映衬着满山红叶，是很壮观的一幅"满山红"！尤其下面再来一句"秋水急波澜"，更使气象高远阔大，用一个"急"字来形容水流的速度，不禁让人联想到庄子笔下波澜壮阔、一眼望不到边的秋水。杜牧《山行》中的"停车坐爱枫林晚，霜叶红于二月花"（《全唐诗》，第5999页）表达了对寒山秋色的喜欢，但与刘长卿的"山叶傍崖赤，千峰秋色多"（《水东渡》，《全唐诗》，第1523页）相比，不仅时间上晚多了，而且格局上显然要小。如果脱离了诗题，杜牧的诗句显得写意，需要借助想象才能完成对诗意的补充。而刘长卿先用"崖"突出红叶所处位置的险峻，给人以层次感和立体感，让人精神为之一振，自然而生一种向上的力量；接着又以"千峰"强调红叶到处都是，"千峰"实际上已经包含"多"的意思了，但诗人不避重复，又用"多"字收句，更进一层。也就是说，既有"崖"的纵，又有"峰"的横，那气势就是一个霸气！

　　刘长卿在诗里还来了另一个反传统。情景交融是山水诗的常见艺术手法，但刘长卿却将情与景分开。诗人主要是站在客观的立场上描绘人事景物，即便有主观感觉的传达，目的也主要是反映他所看到的景物或听到的声响。比如《水东渡》中用写实的笔法展示了满山红叶之后，又用清雅洗练的笔调描绘了山泉所传来的声响和渡水时所看到的水面微波。其中两句"夜泉发清响，寒渚生微波"，虽然"清响"和"寒渚"包含了诗人的主观感受，但"清响"意在传达泉水流淌时所发出的清脆悦耳的声音，而"寒渚"的"寒"也正切合了时节特点，诗人渡水时正是秋季，更何况还是晚上呢？所以，"寒"不是诗人独特的心理感受，而是季节带给每个人的共同感受。

　　总之，龙门山水以它独特的魅力吸引着文人墨客，文人墨客又用绚丽的诗笔为龙门山水增添了别样的韵味。

华山自是神仙界

碧山长冻地长秋，日夕泉源聒华州。
万户烟侵关令宅，四时云在使君楼。
风驱雷电临河震，鹤引神仙出月游。
峰顶高眠灵药熟，自无霜雪上人头。

（《全唐诗》，第8295页）

这是李洞的《华山》诗。说到华山，我们能联想到金庸小说里的"华山论剑"，这是一个充满故事的地方。从诗中"鹤引神仙出月游""峰顶高眠灵药熟"两句，我们已经可以感觉到这里是神仙世界了。

华山为什么叫华山呢？张说《西岳太华山碑铭》中讲："西岳太华山者，当少阴用事，万物生华，故曰华山。"[①]《水经注·渭水注》中又说："其高五千仞，削而成四方，远而望之，又若华状。"[②]古代"花""华"两字通用，因此"华山"就是"花山"。华山被称为"西岳"也不是人们心血来潮随便叫的，最早见于《尔雅·释山》"泰山为东岳，华山为西岳"[③]。"西岳"这一称呼据说是因周平王东迁，华山在

---

① 〔唐〕《张燕公集》，影印《四库全书》本第1065册，台北：台湾商务印书馆，1986年3月，第794页。
② 〔魏〕郦道元《水经注》，影印《四库全书》本第573册，台北：台湾商务印书馆，1986年3月，第308页。
③ 胡奇光等：《尔雅译注》，上海：上海古籍出版社，2004年7月，第271页。

东周王国的西边，因此叫"西岳"。秦朝建都咸阳，西汉王朝建都长安，都在华山之西，所以华山不再被称为"西岳"。直到东汉迁都洛阳之后，华山又恢复了"西岳"之称。《尚书·虞夏书·禹贡篇》记载，华山是"轩辕黄帝会群仙之所"。"华山论剑"无非是江湖排排座次，而黄帝在此与各部落酋长会盟，那可是决定天下太平的事，更加高大上。

唐诗里有很多和华山有关的人文故事，这些故事揭示了什么样的精神？又为华山增添了怎样的底蕴呢？

周王战马放华山

成语"马放南山"用来形容天下太平，不再打仗，它和华山联系紧密，因此还叫"归马华山"。故事见于《尚书·周书·武成》："王来自商，至于丰。乃偃武修文，归马于华山之阳，放牛于桃林之野，示天下弗服。"[1]这里有一段大历史。唐代白行简写过一首《归马华山》诗，白行简是大诗人白居易的弟弟，白居易的诗歌水平那是一流的，白行简怎么样呢？他的这首诗写出了什么大历史呢？他想在诗中表达什么呢？

> 牧野功成后，周王战马闲。
> 驱驰休伏皂，饮龁任依山。
> 逐日朝仍去，随风暮自还。
> 冰生疑陇坂，叶落似榆关。
> 蹀躞仙峰下，腾骧渭水湾。
> 幸逢时偃武，不复鼓鼙间。

（《全唐诗》，第5305页）

商纣王时期，穷兵黩武，社会矛盾加剧。商纣王"好酒淫乐，嬖于妇人"，

---

[1] 李民等：《尚书译注》，上海：上海古籍出版社，2004年7月，第209页。

花费巨资建鹿台、矩桥，造酒池肉林，致使国库空虚；宠信爱妃妲己以及飞廉、恶来等一帮佞臣，妄杀王族重臣比干，囚禁箕子，造成各诸侯国纷纷离叛。周国趁机发展，姬昌在渭水边找到垂钓十年的姜子牙，请他帮助发展军事和经济，同时对外宣传德政，积极调停各国之间的矛盾，慢慢奠定了周国的盟主地位，就这样"天下三分，其二归周"①。

姬昌去世之后，周武王姬发承继父亲的大业。时机成熟之后，周武王在姜子牙和周公旦的辅佐下，率领各诸侯国在牧野展开灭商大战，这就是《诗经·大雅·大明》中说的"牧野洋洋，时维鹰扬。凉彼武王，肆伐大商"②。虽然"殷商之旅，其会如林"，纣王的总兵力超过了诸侯联军，但是纣王组织的主要是奴隶和战俘，这些人早已恨死纣王了，哪会给他卖命打仗？于是商朝士兵纷纷阵前倒戈。纣王见大势已去，逃回朝歌，在鹿台自焚，武王大获全胜。历史上称这场战争为"牧野之战"，这是以少胜多的著名战例。所以白行简诗开头便是"牧野功成后，周王战马闲"，两句诗概括了一段轰轰烈烈的历史。这便是吴融《东归望华山》诗中"南边已放三千马"的历史背景。

这些被放归大自然的战马生活得自由自在，河边饮水吃草，山中快意奔驰，再也不用趴在槽上时刻等待出征的命令了。虽然现在也是早出晚归，但那是"逐日朝仍去，随风暮自还""蹩蹀仙峰下，腾骧渭水湾"，无拘无束。"蹩蹀"是小步走、徘徊的意思，"腾骧"是飞奔的意思，都体现出一种沉浸和平生活的幸福感。但是战马还曾经出现过错觉，"冰生疑陇坂，叶落似榆关"，将华山错认成当年出征经过的地方，当成了曾经挥洒汗水的边关。"榆关"原指"榆林关"，也就是后来的山海关，这里泛指边关。在"蹩蹀仙峰下，腾骧渭水湾"

---

① 〔汉〕司马迁：《史记》，北京：中华书局，1959年9月，第1478页。
② 程俊英：《诗经译注》，上海：上海古籍出版社，2004年7月，第412页。

的过程中，战马才慢慢意识到原来自己已经"转业"或者"退役"了，"幸逢时偃武，不复鼓鼙间"，已经远离了战争。

汉乐府《战城南》有两句诗"枭骑战斗死，驽马徘徊鸣"，揭露了战争带给人们的灾难，因此"归马华山"是对和平的歌颂。不过对于白行简来说，并不只是歌颂和平那么简单，他把自己比作战马。如果能像战马一样幸福遨游于原野不是挺好吗？可现实中，他深受白居易奋发有为思想的影响，一心想在政治上干出点名堂，却难以得到重用，落得与战马同悲的结局。所以，"归马华山"还有思想麻痹的危险，这是应该警惕的，白行简也正是深刻认识到了这一点，所以他才希望得到朝廷重用。

白行简想当官而不得，有人原本有很好的机会却不知道珍惜，非要在华山上做神仙夫妻。这就是我下面要讲的浪漫故事。

吹箫引凤上华山

这个故事中的男一号叫萧史，女一号叫弄玉。萧史不仅是颜值担当，而且才艺突出，擅长吹箫；弄玉是秦穆公的女儿，身份高贵，而且也有才艺特长，喜欢吹笙。在了解这个浪漫故事之前，先来看大诗人李白的一首诗《凤台曲》：

尝闻秦帝女，传得凤凰声。
是日逢仙子，当时别有情。
人吹彩箫去，天借绿云迎。
曲在身不返，空余弄玉名。

（《全唐诗》，第1710页）

这首诗以刘向《列仙传》中的一个故事为蓝本："萧史善吹箫，教秦穆公女作凤声。公为作凤台，令夫妻止其上。一旦，皆随凤飞去。"①

秦穆公有个女儿叫弄玉，长得很漂亮，也很聪明，喜欢音乐，尤其喜欢吹笙。秦穆公爱女心切，在宫内筑凤楼让她居住，楼前建个高台叫凤台。弄玉每天在上面吹奏，据说，弄玉吹笙就像凤凰啼鸣，所以李白说"传得凤凰声"。一天晚上她又在吹奏，隐隐约约感觉有人在与自己合奏。她以为是幻觉，可是后来接连几天都是如此，只要自己一吹奏，就有和声。这天夜里，弄玉做了个梦，一个很帅气的小伙子来到自己身边说："我是太华山的主人，你我二人有姻缘，每天晚上就是我与你合奏的。"说完，他就开始吹箫，箫声悠扬，弄玉芳心已动，于是主动吹笙合奏。这就是"是日逢仙子，当时别有情"。

弄玉醒来后，赶紧把梦里的情形告诉父亲。秦穆公也正要给女儿张罗婚事，于是派大臣孟明到华山寻访。孟明奉命，根据"帅气"和"会吹箫"两个特点寻找，最后找到一位叫萧史的小伙子。孟明带萧史拜见秦穆公，秦穆公很满意，让女儿弄玉一看，正是梦中之人。秦穆公请萧史展示才艺，萧史也不客气，箫声响起，清风徐来，又过了一会儿，彩云飘浮；继续吹奏，奇迹出现了，白鹤成对起舞，百鸟和鸣。秦穆公便将弄玉嫁给了萧史，二人琴瑟和谐，整天沉浸在音乐的世界里。

一天晚上，二人又在月下吹奏，凤台上竟飞来一龙一凤。萧史说自己是天上的神仙，现在是华山之主，虽然二人成就了美好姻缘，但不能久住人间。世俗中讲"嫁鸡随鸡，嫁狗随狗"，更何况是嫁了个神仙呢，弄玉当然愿意到神仙世界去生活了。于是，萧史乘龙，弄玉乘凤，飘然离去。极富浪漫主义精神的李白是很愿意相信这个故事的，要不他也不会在诗中说"人吹彩箫去，天借绿云迎"。据说，就在那天夜晚，在太华山能听到凤鸣的声音，原来是二人飞到了华山明星崖。

另有一个说法是，弄玉和萧史本是凡世中人，一个是秦穆公的女儿，

---

① 〔宋〕李昉：《太平御览》，北京：中华书局，1960年2月，第751页。

一个是秦穆公的女婿。因为二人整天吹奏,把周围的年轻男女感染得过于浪漫了,当时秦穆公正一心发展国力,所以这种过于活泼的现象惹得那些劳心劳力的大臣很不满意。萧史和弄玉也察觉出来了,于是二人一商量,既然在国家建设这个问题上帮不上忙,不如离开,别给秦穆公找麻烦,到一个别人找不到的地方自由自在,何乐而不为呢?二人打定主意,不告而别。秦穆公找不到女儿和女婿了,这才编了这个美丽的故事。

诗仙屡记华山缘

我们用李白的《凤台曲》引出了萧史、弄玉与华山的故事,其实李白与华山的缘分挺深的,他数次写诗歌咏华山,如《西岳云台歌送丹丘子》《江上答崔宣城》《古风》等。概括起来,李白与华山的关系可以分为两种:一是用华山送礼,二是在华山求仙。

用华山送礼。李白是著名的浪漫主义诗人,我们不妨学学他是怎么用华山送礼的。李白有《西岳云台歌送丹丘子》,说明他是写过《西岳云台歌》或者在西岳云台写过什么东西的,他把写好的文字作为赠送丹丘子的礼物。我们来看看这首想象丰富、波澜壮阔的诗歌:

  西岳峥嵘何壮哉,黄河如丝天际来。
  黄河万里触山动,盘涡毂转秦地雷。
  荣光休气纷五彩,千年一清圣人在。
  巨灵咆哮擘两山,洪波喷箭射东海。
  三峰却立如欲摧,翠崖丹谷高掌开。
  白帝金精运元气,石作莲花云作台。
  云台阁道连窈冥,中有不死丹丘生。
  明星玉女备洒扫,麻姑搔背指爪轻。

我皇手把天地户，丹丘谈天与天语。

九重出入生光辉，东来蓬莱复西归。

玉浆倘惠故人饮，骑二茅龙上天飞。

(《全唐诗》，第1717页)

诗人开篇慨叹华山的雄伟突兀，登山远望，黄河就在眼前，接着又写黄河惊天动地的汹涌澎湃之势，再写声如巨雷的漩涡，河水在光线的照射下色彩绚烂，不禁让人对黄河肃然起敬。当然黄河并不都是狂野的一面，当它从遥远的天际过来时竟然细如发丝，显得有些飘忽。不过别忘了，这首诗的主题是华山，所以诗人写黄河只是为了突出华山的高耸雄壮。诗人真是思绪飞扬，忽然一下子来到大禹治水的时代。据说当年华山与对岸的首阳山是一个整体，正好挡住了河水，大禹请巨灵神帮忙，巨灵神一斧子劈出一条水路，这才让河水能够"洪波喷箭射东海"。谢榛在《四溟诗话》中称赞李白的运笔是"疾雷破山、颠风簸海"！三峰很有眼色，慌忙后退，这才免了倾覆之灾，但是在翠崖丹谷上还是留下了河神的掌印。与巨灵神的霸道相比，白帝充满了人情味，他运用元气把劈开的华山变成了莲花，这朵莲花永远盛开在白云之上。在诗人浪漫的想象中，在神话故事的衬托下，华山与黄河成了人间奇观，显得壮美无比。

如果说诗人写黄河是为了突出华山的话，那么写华山则是为了引出朋友元丹丘，因为就在这"云台阁道连窈冥"的地方，住着自己的好朋友元丹丘。元丹丘已经修成不死的仙体，明星为他洒扫，麻姑为他瘙痒。明星和麻姑都不是一般人，《太平广记》卷五十九引《集仙录》中有介绍"明星玉女者，居华山，服玉浆，白日升天"[①]，麻姑更是见过东海三度为桑田的人物。李白可真厉害，就为了夸自己的朋友，把仙界的大佬搬过来为元丹丘服务。即便如此还不作罢，还赋予元丹丘

---

① 〔宋〕李昉等：《太平广记》，北京：中华书局，1961年9月，第362页。

出入九天、快速来往蓬莱的能力。结尾处李白还有个小小的请求,如果元丹丘能得到"玉浆",千万别忘了让他尝一口,他也渴望能够"骑二茅龙上天飞",表现出对神仙世界的向往。这首诗如果能拍成电影,那一定是国际大片。

在华山求仙。李白曾经出家当过道士,所以他在诗歌中经常会上天入地,表现出求仙的想法。如在《江上答崔宣城》中有"寻仙下西岳"之语,又在《古风》中和明星仙子一起拜访过卫叔卿:

> 西岳莲花山,迢迢见明星。
> 素手把芙蓉,虚步蹑太清。
> 霓裳曳广带,飘拂升天行。
> 邀我登云台,高揖卫叔卿。
> 恍恍与之去,驾鸿凌紫冥。
> 俯视洛阳川,茫茫走胡兵。
> 流血涂野草,豺狼尽冠缨。

(《全唐诗》,第1673页)

这首诗分为两部分,前面写游仙,后面写现实。诗人首先告诉我们他游仙的地点是西岳华山莲花峰。莲花峰是华山三大主峰之一,因为山上有巨石状如莲花,所以叫莲花峰。李白在莲花峰遇到的仙子是哪一位呢?"迢迢见明星","明星"是为元丹丘洒扫的明星仙子。在人们印象中,仙子都是很美的。"素手把芙蓉,虚步蹑太清",仙子皮肤白皙,手持莲花,举止高雅。"素手"是化用了《古诗十九首》"纤纤出素手"[1],这是借代的艺术手法,就是用仙子的肌肤美来代指人美;因为是莲花峰,所以仙子手里拿着莲花。仙子出现的时候体态轻盈,"霓裳曳广带,飘拂升天行",仙子穿着云霓做的衣服,"霓裳"是道家的盛装,显得雍容娴雅,洒脱不俗,体现了仙子超凡脱俗的精神风貌。

---

[1] 隋树森:《古诗十九首集释》,北京:中华书局,2018年6月,第22页。

李白遇见这位仙子的时候，她正在"飘拂升天行"，这也照应了她"虚步蹑太清"的轻盈美。诗人对这位仙子的描写可以说是全方位的，越是这样越表现出李白对她的喜爱。

明显仙子没有一个人"飘拂升天行"，而是"邀我登云台，高揖卫叔卿"，明星仙子邀请诗人一起到云台峰拜访卫叔卿。在这里，不是诗人厚着脸皮央告仙子，而是仙子主动邀请他，看来李白确实是仙界的有缘人。《神仙传》中对卫叔卿有介绍，他曾经拜访过汉武帝，乘云车驾白鹿，羽衣星冠，面色如童子。但是汉武帝表现得有些失礼，于是卫叔卿很失望地飘然离开。这么一个有个性的神仙是不是和李白有点像？都是"天子不得而臣"的傲岸性格。李白现在去拜访他，不正说明他是个仙界有缘人吗？从"高揖卫叔卿"这句来看，诗人是很渴望这次拜访的。"恍恍与之去，驾鸿凌紫冥"写诗人与卫叔卿一见如故，驾鸿遨游天空。这种想象如梦如幻，恐怕只有李白的浪漫才能驾驭得了。

但就是在天空遨游时诗人发现了人间悲剧，"俯视洛阳川，茫茫走胡兵。流血涂野草，豺狼尽冠缨"，从这几句看，诗歌应该是写在"安史之乱"叛军攻占洛阳期间。李白还曾经写过一首《扶风豪士歌》描写洛阳的惨状：

洛阳三月飞胡沙，洛阳城中人怨嗟。
天津流水波赤血，白骨相撑如乱麻。

（《全唐诗》，第1717页）

既是借东都说长安，又表达了自己纠结的心情。为什么这么说呢？诗人一面陪着神仙遨游，一面还惦记着下界的老百姓，表现出对国家命运的关注。

你看李白对华山念念不忘，其实他在华山还闹出过尴尬。《唐才子传》中说，李白在京城长安混得不怎么好，因为得罪了不该得罪的人被赐金放还。李白心里不痛快，打算到华山拜访一下朋友，登高远望，排解一下内心的郁闷。于是"乘醉跨驴"，骑着驴喝得醉醺醺的，当经过华阴县县衙门口的时候，被"保安"看到了。他们不认识李白，就拦住了他。

李白是整天和达官贵人称兄道弟的人，自然不把县令放在眼里。县令很生气，问他："你是谁啊？从县衙门前过敢不下驴？"李白写了一段话递了上去，没有写姓名，县官一看写的是："曾令龙巾拭吐，御手调羹，贵妃捧砚，力士脱靴。天子门前，尚容走马；花阴县里，不得骑驴。"① 这几句话很给力，写了李白这辈子最得意的几件事：有一回我喝醉了，皇帝亲自为我擦嘴，亲手给我准备醒酒汤，贵妃杨玉环给我捧砚台，高力士给我脱鞋子。我在朝廷还能骑马呢，怎么到华阴县里连个驴都不能骑呢？县官这下明白了，此人就是大名鼎鼎的李白，得罪不起，赶紧放行。李白哈哈大笑，扬长而去！

韩愈华山故事多

韩愈与华山之间也有不得不说的故事，鲍溶曾经在华山与韩愈分别，韩愈曾经借华山女揭露宗教的欺骗性。李肇的《唐国史补》、王谠的《唐语林》讲，韩愈登华山还被吓哭过，甚至连遗书都写好了。为了满足大家的"八卦"心理，我们先来讲韩愈被吓哭这回事。

华山绝顶放悲声。王谠《唐语林》卷四"栖逸"篇有这么一段文字："韩愈好奇，尝与客登华山绝顶，度不可下返，发狂恸哭，为遗书。华阴令百计取之，乃下。"② 韩愈是一个好奇的人，很喜欢关注那些奇崛险怪的山。但是好奇害死猫，这次韩愈把自己给吓住了。

---

① 傅璇琮：《唐才子传校笺》第一册，北京：中华书局，1987年5月，第389页。
② 周勋初：《唐语林校证》，北京：中华书局，1987年7月，第402页。

贞元十八年（802）春，韩愈任四门博士，告假回洛阳带着家属去游华山。上去的时候他也没有什么感觉，可是等到了华山绝顶的时候，害怕了，山势陡峭，怪石嶙峋，这也太高太险了！这怎么下去呢？韩愈于是哇哇大哭起来，还写好了遗书。要么被饿死在山顶，要么下山途中一脚踩空被摔死，反正在他看来是活不了了。华阴县令听说后，马上组织人员千方百计进行搜救，终于让韩愈安全下山。

韩愈是个什么样的人物？那是被苏轼称为"忠犯人主之怒"的人，曾经炮打唐宪宗，劝宪宗不要信佛，可是现在面对华山却战战兢兢，可见华山有多么险要。是不是李肇等人故意写故事编排韩愈呢？还真不是，韩愈自己诗歌中有记录——《答张彻》：

> 洛邑得休告，华山穷绝陉。
> 倚岩睨海浪，引袖拂天星。
> 日驾此回辖，金神所司刑。
> 泉绅拖修白，石剑攒高青。
> 磴藓澾拳局，梯飚飐伶俜。
> 悔狂已咋指，垂诫仍镌铭。

（《全唐诗》，第3780页）

这几句诗写的就是在山上惊心动魄的经历。这里危险到什么程度？走着走着没路了，"绝陉"就是相连的山岭中间断绝的意思；站到山顶上能看到大海波浪翻滚，一伸手就能碰到天上的星星；"日驾"就是太阳，"回辖"即回车，羲和驾着太阳神乘的六条龙拉的车子，到了华山都要返回的；白帝为西方之神，西方五行为金，所以白帝又是金神，他在华山主管刑罚；眼前瀑布奔流，山峰高耸，路面湿滑，山路陡峭，山风呼啸，总之就是俩字"危险"。看到这种情形，韩愈"悔狂已咋指"，吓得直咬手指，"垂诫仍镌铭"，告诫自己以后注意安全，打死也不上华山了。韩愈这次登华山确实够囧的！韩愈在华山见到了鲍溶，鲍溶写有《夏日华山别韩博士愈》,不过这首诗里已经没有了惊心动魄,反而平添了"碧霞气争寒,黄鸟语相诱"(《全唐诗》,第5522页)的惬意。

揭露宗教的欺骗性。另一件值得说的事是韩愈写了一首《华山女》,诗人在诗中大力批判了宗教的欺骗性。我们来看看这首诗:

街东街西讲佛经,撞钟吹螺闹宫庭。
广张罪福资诱胁,听众狎恰排浮萍。
黄衣道士亦讲说,座下寥落如明星。
华山女儿家奉道,欲驱异教归仙灵。
洗妆拭面著冠帔,白咽红颊长眉青。
遂来升座演真诀,观门不许人开扃。
不知谁人暗相报,訇然振动如雷霆。
扫除众寺人迹绝,骅骝塞路连辎軿。
观中人满坐观外,后至无地无由听。
抽簪脱钏解环佩,堆金叠玉光青荧。
天门贵人传诏召,六宫愿识师颜形。
玉皇颔首许归去,乘龙驾鹤来青冥。
豪家少年岂知道,来绕百匝脚不停。
云窗雾阁事恍惚,重重翠幕深金屏。
仙梯难攀俗缘重,浪凭青鸟通丁宁。

(《全唐诗》,第3823~3824页)

韩愈所处的唐宪宗时代,佛道教盛行。宪宗是对佛教情有独钟,而李唐王朝从建立初期就尊奉老子为太上玄元皇帝,所以当时佛道教在社会上影响很大,以至于出现了打着宗教幌子敛财的人。韩愈与李白不一样,对成道求仙一点也不感冒,多次揭露宗教的欺骗性。

诗人开篇就为读者展现出了京城长安佛教讲经的盛况,又是撞钟,又是吹法螺,闹哄哄的。和尚们通过报应轮回宣扬信佛的好处,有的甚至带着诱惑和吓唬,听讲者人山人海,就像水面上的浮萍一样从这个台子转到那个台子。简单四句话,就把当时佛教对人们的影响渲染出来了。

为了信众与利益,道士们也不甘示弱,登坛讲道,但是"座下寥落如明星",听众少得可怜。怎么才能打败和尚扳回局面呢?到华山上请高人,"华山女儿家奉道,欲驱异教归仙灵",于是一位在华山世代修道的年轻女道长出现了,她成了道家战胜"异教"的杀手锏。因为佛教是从外国传入的,所以当时被称为"异教"。这位年轻道姑盛装出现,"洗妆拭面著冠帔,白咽红颊长眉青",涂脂抹粉,描画双眉,开始"升座演真诀"。这位道姑确实很懂得策划,她一方面"观门不许人开扃",给人道家秘诀不外传的神秘感,另一方面偷偷派人散布消息。这招儿果然取得了突出的成效,长安城里震动了,以至于"扫除众寺人迹绝,骅骝塞路连辎軿。观中人满坐观外,后至无地无由听",那些青睐佛教的人全转场到了原本冷清的道观,街上车马众多,万人空巷。道观里里外外全是人,来晚的人连立脚的地方都没有。为了能够听到仙音,得到真诀,听众们当场施舍财物,"抽簪脱钏解环佩,堆金叠玉光青荧"。就这样,和尚们纵然能够巧舌如簧,也没有抵挡住"白咽红颊长眉青"的道姑。

闹剧之中我们看到的是什么?那些善男信女精神的空虚。不过这样闹哄哄的有个好处,类似今天的网络炒作,点击量高了意味着影响大,于是"天门贵人传诏召,六宫愿识师颜形",道姑被召入宫,看来精神空虚愿意当"脑残粉"的并非只有老百姓。华山女得到"玉皇"的"颔首",从此之后可以"乘龙驾鹤来青冥"了。韩愈够狠,什么意思?道姑"演真诀"的目的是求财求关注,"玉皇颔首"的目的是"云窗雾阁事恍惚",揭掉了双方的虚伪外衣,让人通过"恍惚"之笔去琢磨那"恍惚"之事,真是曲尽其妙。那些傻乎乎的"豪家少年"

还在"来绕百匝脚不停",他们哪里知道,自己"仙梯难攀俗缘重",根本就没有入道姑的法眼,还在那里"浪凭青鸟通丁宁"呢,不过是枉费精神罢了。

这简直就是一篇诗歌体的传奇小说,把里面的主人公讽刺得淋漓尽致。为什么会这样?韩愈是个儒家学者,脑子里装的就是忠君爱国,见不得歪魔邪道蛊惑百姓,所以他才冒着掉脑袋的死罪写《谏迎佛骨表》。这首《华山女》与《谏迎佛骨表》如出一辙,体现了韩愈作为一个儒家学者的担当!

万仞高岩藏日色

说到嵩山,您想到了什么?或者说,在我们心中,嵩山是什么样子?有人想到了名扬世界的少林寺,那是佛教圣地,当年禅宗初祖达摩留下了很多动人的故事;"天下武功出少林",几乎每年春晚上都有塔沟武校令人振奋的武术表演,那是武术圣地;嵩山有中国四大书院之一的嵩阳书院,宋朝时著名的"二程"就是在那里毕业的,不过唐朝时它不叫嵩阳书院,是高宗皇帝求仙的嵩阳观;还有道家文化圣地中岳庙。总之,嵩山就是一个儒、释、道三教合一的文化圣地。

当我们为嵩山文化点赞的时候,千万别忘了,嵩山也是一个风光秀丽的地方,女皇武则天甚至在《石淙》诗中惊呼"万仞高岩藏日色,千寻幽涧浴云衣"(《全唐诗》,第58页),山高蔽日,涧深生云。大诗人王维曾经在《送方尊师归嵩山》中赞叹嵩山景色的美妙说:"瀑布杉松常带雨,夕阳苍翠忽成岚。"(《全唐诗》,第1297页)当身临其境时,您或许会有身处江南的审美错觉。

我曾经有夜访少林寺的经历。当时刚下过雨,空气中湿湿的,月亮在云层里忽隐忽现,耳边是潺潺的溪流声,偶尔还会有一两声鸟鸣。那种空灵的感觉,让人久久难忘。下面我们就来讲讲唐诗里不一样的嵩山。要讲嵩山,无论如何也绕不开武则天。

武皇祭祀来嵩山

武则天是中国历史上一个敢于打破传统的女性。你们不是男权世界吗？我非要坐几天皇帝宝座给你们看！你们不都希望死后找名人写碑文传颂吗？我就要留下一通无字碑让世人慢慢琢磨。你们男性皇帝不都是到泰山封禅吗？我偏要到中岳嵩山祭天祈福！不管怎么说，我就要和你们老爷们儿反着来。

《新唐书·则天皇后本纪》记载，武则天对嵩山特别青睐。比如延载元年（694），"七月癸未，嵩岳山人武什方为正谏大夫、同凤阁鸾台平章事"[1]，一个隐士嵩岳山人武什方从此平步青云。"万岁通天元年腊月甲戌，如神岳。甲申，封于神岳。改元曰万岁登封。……丁亥，禅于少室山。"[2] "神岳"就是嵩山，垂拱四年（688）七月丁巳"改嵩山为神岳"。圣历二年（699）二月"辛卯，如嵩阳"[3]，久视元年（700）腊月"乙巳，如嵩山"[4]。国之大事，在祀与戎，足见武则天对嵩山的重视。

1982年5月，一位药农上嵩山采药，在峻极峰北侧的石缝中发现一枚纯金的简片。经专家鉴定，这是武则天在久视元年七月七日来嵩山祈福，派道士胡超向诸神请求除罪消灾投下的金简。这是到目前为止中国发现的唯一一枚金简，为研究武则天在嵩山的活动提供了实物资料。

这片金简上写着："上言：大周国主武曌好乐真道，长生神仙，谨诣中岳嵩高山门，投金简一通，乞三官九府，除武曌罪名。太岁庚子七月庚子七日甲寅，小使臣胡超稽首再拜谨奏。"什么意思呢？翻

---

[1] 〔宋〕欧阳修等：《新唐书》，北京：中华书局，1975年2月，第94页。
[2] 〔宋〕欧阳修等：《新唐书》，北京：中华书局，1975年2月，第95~96页。
[3] 〔宋〕欧阳修等：《新唐书》，北京：中华书局，1975年2月，第99页。
[4] 〔宋〕欧阳修等：《新唐书》，北京：中华书局，1975年2月，第100页。

译成今天的话就是:"大周国主武则天虔诚信奉道教,渴望长生不老,现在到中岳嵩山祭祀,投下金简一枚,请求三官九府诸位神仙免除武则天在人间的罪过。太岁庚子七月甲申朔七日甲寅,经办人胡超。"

确实,武则天为了当皇帝没少动刀子,说罪孽深重也不为过。公元700年,武则天已是77岁高龄,游嵩山时又得了病,常做噩梦,梦到被自己除掉的人对自己不依不饶。道士胡超治好了武则天的病,从而赢得了女皇的信任。病好之后,武则天想到了梦中的情境,于是找来胡超为自己祈福消灾。

女皇为什么这么钟情于嵩山呢?我觉得这和文化传统有关系。据历史记载,有四个著名的人物曾经登过嵩山。第一个是轩辕黄帝。《史记》中说:"天下名山八,而三在蛮夷,五在中国,中国华山、首山、太室、泰山、东莱。此五山黄帝之所常游,与神会。"太室指的就是嵩山,嵩山有太室、少室之分。原来嵩山是黄帝经常和神仙约会的地方,这里自然是仙气十足的!第二个是周武王。据文献记载,周武王灭商之后,也有登嵩山祭天的活动,只是当时的嵩山称为"天室",这是中国历史上第一次有文字记载的封禅活动。第三个是汉武帝。公元前110年,汉武帝登嵩山,为我们留下封柏树为大将军、二将军、三将军的故事。第四个是孝文帝。北魏太和十八年(494),孝文帝到嵩山巡幸,还亲自作了《祭嵩高文》。所以,武则天到嵩山祭祀也不是拍脑袋就干的事,这也是有传统的。

另外,武则天曾三次陪同唐高宗到嵩山。永隆元年(680),唐高宗第一次在武则天的陪同下游历嵩山,拜少姨庙、嵩阳观、启母庙,还拜访了高道潘师正;永淳二年(683),唐高宗和武则天再次到嵩山,住在嵩阳观,游幸奉天宫、少林寺,派人祭祀嵩岳。唐朝诗人储光羲曾造访嵩阳观,留下了《至嵩阳观观即天皇故宅》诗:

真人上清室,乃在中峰前。

花雾生玉井，霓裳画列仙。

念兹宫故宇，多此地新泉。

松柏有清阴，薜萝亦自妍。

一闻步虚子，又话逍遥篇。

忽若在云汉，风中意泠然。

（《全唐诗》，第1376页）

《旧唐书·高宗纪》中说："皇帝称天皇。"由于高宗曾两宿嵩阳观，所以诗人把这里称为"天皇故宅"。在诗人的眼中，嵩阳观是那么的美好，犹如传说中神仙居住的地方。原来用来炼丹取水的井被层层的雾气笼罩着，壁画中的仙人衣带飘飘，仿佛是用云霞做成的；松柏青翠，花草芬芳，悠扬的道家乐曲在耳边回响，不禁让人有缥缈轻举的感受。武则天到少林寺也写过一首诗歌，题作《从驾幸少林寺》，其中说：

金轮转金地，香阁曳香衣。

铎吟轻吹发，幡摇薄雾霏。

昔遇焚芝火，山红连野飞。

花台无半影，莲塔有全辉。

（《全唐诗》，第58页）

从这首诗里我们可以感受到少林寺为了迎接高宗皇帝所做出的努力，寺院内装饰一新，不仅寺内的建筑披上了带有装饰性的布幔，就连塔林也熠熠生辉，清风吹来悠扬的钟磬之声，伴随着摇曳招展的旗幡，显得那么肃穆。弘道元年（683）七月，唐高宗下诏当年十一月封禅嵩岳，并在嵩山极顶峻极峰上修建了圆径五丈、高九尺的登封坛，在城西少室山下万羊岗上修建了封祀坛。

可见，嵩山对于武则天来说很重要，那是她的精神寄托。她总共八次到嵩山，前三次都是陪唐高宗去的，她是配角。第四次则不一样了，她可以扬眉吐气了，作为主角，她在这里向世人展示了巾帼不让须眉的气魄。圣历二年（699）春，武则天第五次动身驾幸嵩山，大周升仙太子碑就是这次撰文写成的。圣历三年（700）四月，武则天再幸嵩山避暑，五月癸丑，武则天因疾病康复，宣布大赦天下，并改元久视。也是在这一次，她投下了祭天金简。难道说武则天钟情嵩山主要是政治原因吗？其实不然，这里的山水也是武则天极其喜欢的。

石淙宴饮留佳作

武则天不仅在嵩山封禅祭天，还爱在这里游玩，圣历三年四月，武则天率领群臣到嵩山避暑，大宴群臣于石淙。武则天来了雅兴，要求随行的太子李显、相王李旦、梁王武三思、内史狄仁杰等人各赋诗一首。当然，兼具文才与雄才的武则天自然也是要展示一下才艺的。她有一首《石淙》诗：

> 三山十洞光玄箓，玉峤金峦镇紫微。
> 均露均霜标胜壤，交风交雨列皇畿。
> 万仞高岩藏日色，千寻幽涧浴云衣。
> 且驻欢筵赏仁智，雕鞍薄晚杂尘飞。

（《全唐诗》，第58页）

从这首诗的遣词造句中明显可以感受到武则天当时愉悦的心情。据《金石萃编》卷六十四《夏日游石淙诗碑》，武则天这首诗是有序的，诗序中不仅写了石淙的地理位置和周围环境，而且讲了畅游石淙的内心感受。石淙在哪里？"石淙者，即平乐涧也。尔其近接嵩岭，俯届箕峰。"[1]石淙就是平乐涧，在登封东南嵩山和箕山之间。周围的环境怎么样呢？"瞻少室兮若莲，睇颍川兮如带"，周围山水环抱，既有少室山，又

---

[1] 陈贻焮：《增订注释全唐诗》，北京：文化艺术出版社，2001年5月，第51页。

有颍水,山如莲花,水似玉带,颇有画面感。山涧里面是什么样子呢?"既而蹑崎岖之山径,荫蒙密之藤萝,汹涌洪湍,落虚潭而送响;高低翠壁,列幽涧而开筵。"踏着崎岖的山间小路,穿行在茂密的藤萝之下,听着瀑布飞泉,赏着高低翠壁,简直就是神仙世界。所以到这里完全是另一种感受了,"密叶舒帷,屏梅氛而荡燠;疏松引吹,清麦候以含凉。就林薮而王心神,对烟霞而涤尘累",茂密的枝叶犹如舒展的帷帐,让夏日的炎热望而却步。"梅氛"本指梅雨时节的热气,这里指夏热。稀疏的松枝引来微风吹拂,也带来一丝凉意,山林让人心旷神怡,烟霞使人尘累荡涤。

诗中"万仞高岩藏日色,千寻幽涧浴云衣"两句,给人山高林密遮天蔽日的感觉,阳光干脆照不进山谷,空气湿漉漉的,凉意扑面而来,这简直就是道家的"三山十洞"一般的胜境。我们都知道,"三山"指蓬莱、方丈、瀛洲三座仙山,"十洞"则是指十大洞天,都是神仙们待的地方。可见石淙是多么令人心旷神怡!在这么美妙的胜境中,武则天是如何享受的呢?"且驻欢筵赏仁智,雕鞍薄晚杂尘飞",在这个地方大家好好吃一顿,尽情沉浸山水间,尽兴之后晚上再说回去的事。武则天最后还玩了一把风雅,"赏仁智"出自《论语·雍也》"智者乐水,仁者乐山",不过有点王婆卖瓜自卖自夸的味道,说自己及随从喜欢山水的同时标榜自己的"团队"是仁智的组合。

我前面说了,这次出行并非武则天一人,随行人中还有几个我们熟悉的人,比如太子李显、相王李旦、梁王武三思、内史狄仁杰,还有"文章四友"中的苏味道、崔融,大诗人沈佺期,武则天的男宠张易之等。他们也要写诗,因为当时武则天是下了命令的,这从题目《嵩山石淙侍宴应制》中"应制"二字可以看出来。"制"是皇帝命令的一种说法,"应制"是由皇帝下诏命而创作诗词文赋的一种活动。

从应制诗句来看,石淙的自然环境确实美,令人流连忘返。苏味道有这么几句,"隐暖源花迷近路,参差岭竹扫危坛。重崖对耸霞文驳,瀑水交飞雨气寒"(《嵩山石淙侍宴应制》,《全唐诗》,第755页),作者暗用了桃花源的典故,桃花源的美我们心中都有数,芳草鲜美,落英缤纷;山间竹林葱郁,山崖高耸,日光被竹树的枝叶分割成斑驳的小块,瀑布飞溅,落到人的身上颇有几分寒意。这就是一个避暑的好去处。崔融说"树作帷屏阳景翳,芝如宫阙夏凉生"(《嵩山石淙侍宴应制》,《全唐诗》,第768页),树木成了遮挡烈日的帷屏。沈佺期更富于艺术化地说,"金舆旦下绿云衢,彩殿晴临碧涧隅。溪水泠泠杂行漏,山烟片片绕香炉"(《嵩山石淙侍宴应制》,《全唐诗》,第1042页),作者把石淙比成"碧涧",马上让人感到葱绿茂密的生态美,山间溪水泠泠,云雾飘飞,如入仙境,要不他不会说"仙人六膳调神鼎,玉女三浆捧帝壶",或许他真把这里当成神仙世界了。

　　太子李显觉得石淙是什么样子呢?他首先从嵩山说起,"二室由来独擅名",嵩山一直闻名天下。如果把这一句诗当成观点的话,那么下面四句具体写石淙的诗也就成了论证嵩山"独擅名"的论据。"霞衣霞锦千般状,云峰云岫百重生。水炫珠光遇泉客,岩悬石镜厌山精。"(《石淙》,《全唐诗》,第25页)或许,李显写诗的时候,天上出现了绚烂多姿的彩霞,在彩霞的映衬下,嵩山显得别有意趣:山间是缭绕不断的云烟,那白云仿佛从山洞中飘出一般;光线透过林木的枝叶照到飞腾的瀑布上,水珠反射出彩虹一样的光晕。作者在这里还用了个典故,《博物志》记载,南海外有一种鲛人,他们像鱼一样生活在水中,所以叫作泉客,他们流的眼泪会变成珍珠,"水炫珠光"的珠就是"泉客"的眼泪变化成的。再看那直削壁立的山崖,就像一面面石镜,鬼斧神工。在李显的笔下,石淙既有云霞、珠光的柔美,也不失山崖的险峻之美。这么看来,李显所说的"二室由来独擅名"并不是没有依据的。

　　再来看看相王李旦又是怎么说的。李旦上来说"奇峰嶾嶙箕山北,秀崿岩峣嵩镇南"(《石淙》,《全唐诗》,第25页),先点明石淙的位置,在箕山北边,嵩山南边,这两座山峰都山势高峻,"嶱嶙"和"岩峣"都是山势高峻的意思。接下来,李旦在第二联、第三联中说:"地首地肺何曾拟,天目天台倍觉惭。树影蒙茏郙叠岫,波深汹涌落悬潭。"其实第二联还是承接第一联的,因为说的还是山,"地首"指昆仑山,《初学记》所引的《河图》里说,昆仑山就叫"地首";"地肺"倒并非一座山,比如终南山、商山、句曲山都叫"地肺";"天目山"在浙江临安县(今杭州市临安区)西北;"天台山"在浙江天台县北。在作者看来,这些山与箕山和嵩山是不能相提并论的,它们只能自惭形秽。就是因为"嶱嶙"和"岩峣"的山势,这里才会出现"树影蒙茏郙叠岫"的奇观,不仅"树影蒙茏"遮掩住山峰,而且身处其中会发现"波深汹涌落悬潭"。我们概括一下这里的特点就是:山势高峻,树木茂盛,水资源丰富。应该说这里就是一个天然氧吧。

那个动不动就问"元芳你怎么看"的狄仁杰也在随行的人群中,他也写了一首《奉和圣制夏日游石淙山》,他除歌颂出游队伍的高大上之外,还写了游石淙的感受。狄仁杰把石淙比作仙境,先说"仙路峥嵘碧涧幽",又讲"帷宫直坐凤麟洲"。"凤麟洲"在西海中,是仙人住的地方,狄仁杰把石淙比作凤麟洲。那么仙人住的地方是什么样子呢?"飞泉洒液恒疑雨,密树含凉镇似秋"(《全唐诗》,第555页),瀑布飞溅,雨雾蒙蒙,总给人一直下雨的错觉,加之树荫浓密阳光被遮挡,明明是酷热难耐的夏天,却有秋天的凉爽,这自然是一件幸福的事情。临结尾,狄仁杰再次强调这是一次值得炫耀的出游,"老臣预陪悬圃宴,余年方共赤松游"。"悬圃宴"就是神仙宴会,"悬圃"传说在上通天界的昆仑山山顶,是神仙居住的地方;"赤松"就是古代仙人赤松子。从这些措辞来看,狄仁杰还是很会说话的,同时给我们一个启示,既能展示学识又可溜须拍马是需要好好读书的。

当然，其他随行的大臣也不能不写，比如姚崇觉得石淙所处的位置是"二室三涂光地险，均霜揆日处天中"（《奉和圣制夏日游石淙》，《全唐诗》，第748页），这里的景色是"石泉石镜恒留月，山鸟山花竞逐风"，这里的感受是"别有祥烟伴佳气"，字里行间充满了歌颂。阎朝隐也挥毫写道"千种冈峦千种树，一重岩壑一重云。花落风吹红的历，藤垂日晃绿蓁蓁"，重峦叠翠，形态万千，树木掩映，清风徐来。这样的佳境，怎能不让人向往。所以，那些文人雅士纷至沓来，用绚烂的诗笔为我们展示了嵩山的美。

墨客纷纷留雅韵

从《全唐诗》来看，到嵩山游玩并留下诗作的唐朝诗人还真不少，有的甚至想长期归隐嵩山。这不徐凝在《见少室》中就说"适我一箪孤客性，问人三十六峰名。青云无忘白云在，便可嵩阳老此生"。虽然曾有青云之志，但也不能忘了白云之间的悠游自在，所以他决定"便可嵩阳老此生"，在嵩山南边找个合适的地方归隐。

嵩山有个卢鸿一，原是河北范阳人，后来搬家到洛阳，就在嵩山隐居了。卢鸿一很有才，开元六年（718），玄宗皇帝召他到东都洛阳做官，拜谏议大夫。可是这个人一心向往自由自在的山林生活，玄宗皇帝没有办法就让他还山了，临走还送他一身隐居服，让当地官府为他修了个草堂。卢鸿一把自己周围的生活环境写成了一组诗，题作《嵩山十志》，总共十首。这一组诗歌很有意思，每一首都有序，交代诗歌所写景物的特点，比如云锦淙，他说"云锦淙者，盖激溜冲攒，倾石丛倚，鸣湍叠濯，喷若雷风，诡辉分丽，焕若云锦"（《全唐诗》，第1224页），从这些词句中我们不难感受到这里有多美！作者又把这些特点转换成了诗句：

> 水攒冲兮石丛耸,焕云锦兮喷汹涌。
> 苔驳荦兮草夤缘,芳幂幂兮濑溅溅。
> 石攒丛兮云锦淙,波连珠兮文沓缝。

(《全唐诗》,第1224页)

瀑布飞流,涧水潺湲,山石耸立,芳草萋萋,水珠雾气在光照下发出奇光异彩,让人"莹发灵瞩,幽玩忘归"。这组诗的最后一首是《金碧潭》:

> 水碧色兮石金光,滟熠熠兮溁湟湟。
> 泉葩映兮烟莒临,红灼灼,翠阴阴。
> 翠相鲜兮金碧潭,霜天洞兮烟景涵。

(《全唐诗》,第1226页)

有水就有灵气,既然叫金碧潭就和水有关系。水是碧色的,潭周围的山石是金色的,水波荡漾,山花鲜艳,林木葱翠,倒映在水中更是如梦如幻,这大概就是卢鸿一在序中所说的"水洁石鲜,光涵金碧,岩葩林莒,有助芳阴"吧。

在嵩山的隐士中,有一位我们相当熟悉,那就是王维。据《王维年谱》,开元二十二年(734)"秋,赴洛阳,献诗张九龄求汲引,旋隐于嵩山"[1]。为此,王维写了一首《归嵩山作》,这是一首五言律诗:

> 清川带长薄,车马去闲闲。
> 流水如有意,暮禽相与还。
> 荒城临古渡,落日满秋山。
> 迢递嵩高下,归来且闭关。

(《全唐诗》,第1277页)

本来生活在繁华的都市,他到了嵩山会有什么不一样的感受呢?王维一人一车马,悠闲从容地告别了京城,路边是茂盛的草木和清澈的水流,

---

[1] 陈铁民:《王维集校注》,北京:中华书局,1997年8月,第1336页。

愉目悦耳。从第一句不难感觉到，王维想归隐不是一两天了，要不他不会"车马去闲闲"，"闲闲"是很自得的样子，看来他很享受这种状态。

终于实现了归隐的夙愿，所以愉快的心情是难以按捺的。在这种心态下，他所看到的一景一物都充满了柔情。"流水如有意"，流水变得温柔缠绵了，为他奏出一路清音；"暮禽相与还"，傍晚回巢的鸟儿，在天空中成群结队地盘旋，似乎与他结伴而行。这字里行间洋溢着满满的幸福！虽然享受孤寂是一种美，但真正能享受孤寂的人，从来不会感到孤寂，流水、暮禽都可以为伴。王维之所以归隐，就是因为对执政者有不满情绪，当时他才30多岁，本来应该雄心勃勃干一番事业的，可是因一时得不到重用，便心灰意冷。所以，归隐是他的夙愿，但真到了归隐的时候，尤其是离归隐之地越来越近时，也多多少少会有些伤感。"荒城临古渡，落日满秋山"，寥寥十字，景象繁多，荒城、古渡、落日、秋山，在为读者渲染波澜壮阔画面的同时又透露出了复杂的情绪。渡口也好，秋山也罢，既是真情实景，也是不安和伤感情绪的流露。来到嵩山，作者准备闭关谢客，与尘世隔绝。在嵩山归隐期间，王维还写了一首《东溪玩月》，其中有两句"谷静秋泉响，岩深青霭残"（《全唐诗》，第1293页），我们可以从中感受到嵩山夜的静美。

其实，王维隐居嵩山的时间并不长，到了第二年春天，他就回东都洛阳任右拾遗去了。王维走了，自称"九华山人"的熊皎来了，他在《游嵩山》中慨叹：

独背焦桐访洞天，暂攀灵迹弃尘缘。
深逢野草皆疑药，靓见樵人恐是仙。
翠木入云空自老，古碑横水莫知年。
可怜幽景堪长往，一任人间岁月迁。

（《全唐诗》，第10013页）

熊皎把嵩山视作能够"弃尘缘"而"攀灵迹"的洞天之地。作者显得很天真，怀疑看到的野草是能够长生不老的草药，而偶尔在山林间遇见的樵夫又被他错当成了神仙。山间树木高耸，就像庄子笔下的大椿树，自由自在生长，已经不知道树龄几何了；横卧水边的古碑字迹斑驳，早已看不出年份。这么好的环境，非常适合长久居住，不要管世间人事如何变迁。这八句诗明显是熊皎对嵩山赤裸裸的表白！

从"独背焦桐访洞天"这句可知，熊皎游嵩山是"单兵作战"，没有人陪他，他也不需要别人陪，显得无牵无挂，无拘无束。相比这一点，欧阳詹就不如他，虽然"送闻上人游嵩山"，但自己却不能同游，于是他在《送闻上人游嵩山》中不无酸意地说：

二室峰峰昔愿游，从云从鹤思悠悠。

丹梯石路君先去，为上青冥最上头。

（《全唐诗》，第3911页）

嵩山太室、少室72峰，每一处山峰都是作者愿意去游玩的地方，他一直想象着能够在那里腾云驾鹤，过神仙日子。既然如此，为什么不能同好朋友闻上人同游嵩山呢？或许是作者庶务缠身吧，所以只能继续"思悠悠"了。不过欧阳詹交代好友"丹梯石路君先去"，"丹梯"是道家成仙的通道，意思是说，你先去嵩山修炼，而且鼓励朋友一定要修炼到最高境界。

欧阳詹因为不能同游嵩山，所以只能"思悠悠"，有的人虽不能至，眼睛却看到了，这就是吴融的《望嵩山》：

三十六峰危似冠，晴楼百尺独登看。

高凌鸟外青冥窄，翠落人间白昼寒。

不觉衡阳遮雁过，如何钟阜斗龙盘。

始知万岁声长在，只待东巡动玉銮。

（《全唐诗》，第7892页）

嵩山东为太室，西为少室，二室都有36峰，所以"三十六峰"在这里代指嵩山。嵩山的巍峨高耸早在《诗经》中就有记载，《诗经·大雅》中有一首诗题目叫《崧高》，这首诗的内容虽然是写尹吉甫为申伯送行，但作者开篇却说"崧高维岳，骏极于天"[①]。在吴融笔下，嵩山到底有多高呢？高耸摩天，大雁都飞不过去，虎踞龙盘的钟山也相形见绌。也正因嵩山的壮伟，汉武帝才亲自登临，而且还听到了三声叫"万岁"的声音。整首诗都充满了夸张与浪漫，但作者在结尾的时候说"只待东巡动玉銮"，希望皇帝能到东都。为什么？吴融是晚唐人，这时的国家千疮百孔，自玄宗到哀帝，没有皇帝再东巡洛阳了，所以最后一句是对和平生活的呼唤和对祖国昌盛的祝愿，那是所有老百姓的心声。

看完了嵩山的壮美，再来领略一下嵩山的柔美。被苏轼称为"诗中有画，画中有诗"的王维曾经有过"迢递嵩高下，归来且闭关"的经历，我们前面已经了解了。他在《送方尊师归嵩山》中回忆了嵩山烟云的美妙，"瀑布杉松常带雨，夕阳彩翠忽成岚"。方尊师要去的地方是九龙潭，九龙潭在太室山东麓龙潭寺西的山涧中，水流自上而下，玉带垂空，涧中依次凿有九个龙潭，互相连贯，景色宜人，当年武则天和太平公主多次来此游赏，武则天还有一首《游九龙潭》。"流涧含轻雨"（沈佺期《岳馆》，《全唐诗》，第1037页），瀑布飞溅，激起碎玉点点，潭边水汽蒙蒙，夕阳在水汽的折射下显得色彩斑斓，简直是一个童话世界。

多情的诗人仿佛更喜欢春、秋二季的嵩山。春季，山色随着阳气的升腾洋溢着朝气，给人欣欣向荣的生命感。当年，白居易曾在早春时节登上了少室山东崖。也是天公作美，诗人领略了白天的美景，并写了《早春题少室东岩》：

---

① 程俊英：《诗经译注》，上海：上海古籍出版社，2004年7月，第889页。

三十六峰晴，雪销岚翠生。

月留三夜宿，春引四山行。

远草初含色，寒禽未变声。

东岩最高石，唯我有题名。

（《全唐诗》，第5166页）

春草刚刚吐芽，一派"草色遥看近却无"的景象，刚经过严冬的鸟儿叫声还不是那么圆润，但已经迫不及待地开始卖弄歌喉了。一切都如初生的婴儿那样惹人怜爱！更让人兴奋的是，"东岩最高石，唯我有题名"，这是一件值得显摆的事情。

春天有春天的烂漫，秋天有秋天的深沉。"自古逢秋悲寂寥，我言秋日胜春朝。"这是刘禹锡《秋词》中的名句，打破了宋玉以来悲秋的传统情结，表现出了诗人对秋天别样的感受。嵩山秋韵在诗人们看来也带有昂扬奋发之气，特别是岑参《自潘陵尖还少室居止秋夕凭眺》中一句"九月山叶赤"（《全唐诗》，第2040页）让人精神为之振奋。经历了白天的喧闹，嵩山的夜景悄悄降临，以《代悲白头翁》为时人所重的唐代诗人刘希夷曾趁月夜游嵩山，写下了《嵩岳闻笙》，其中有"月出嵩山东，月明山益空。山人爱清景，散发卧秋风。风止夜何清，独夜草虫鸣"（《全唐诗》，第881页）等句子；李白称嵩山月为"萝月挂朝镜"（《赠嵩山焦炼师》），如同妆镜高挂萝梢，静静地俯视着嵩山。秋风徐来，诗人感受到了"松风鸣夜弦"的静谧；草虫唧唧，诗人领悟到了"鸟鸣山更幽"和"明月来相照"的禅意。

唯有终南山色在

紫宸朝罢缀鸳鸾，丹凤楼前驻马看。
惟有终南山色在，晴明依旧满长安。

(《全唐诗》，第 6945 页)

这是李拯的《退朝望终南山》诗，后两句诗不仅点出了终南山色，而且告诉我们长安的天气不错。可是，总感觉诗人话中有话，或许诗人还想表达终南山对于长安的重要性吧。《长安县志》记载："终南横亘关中南面，西起秦陇，东至蓝田，相距八百里，昔人言山之大者，太行而外，莫如终南。"这么看来，终南山是京城长安南边的天然屏障，所以韩愈《南山诗》说"吾闻京城南，兹惟群山囿"（《全唐诗》，第 3763 页）。

一说到天然屏障，人们马上想到的往往是高大崔巍，孟郊在《游终南山》一诗开头便赞叹"南山塞天地，日月石上生"（《全唐诗》，第 4210 页），林宽在《终南山》一诗中也说"标奇耸峻壮长安，影入千门万户寒"（《全唐诗》，第 7001 页），也是，好像只有这样才能增加京城的安全感。

终南山对于不同的人有着不同的意义。网上有不少关于终南山隐居文化的信息，我们不妨就从隐居文化谈起吧。

历来捷径隐终南

据说隐居终南山的人成千上万，已经形成一种隐居经济。在唐代，有个人隐居终南山却别有用心，还给我们创造了个成语"终南捷径"，这个人叫卢藏用。卢藏用是进士出身，但是在官场上发展不顺，一直得不到提拔，可是他又急于当官。于是，他灵机一动，想了个以退为进的办法，跑到终南山隐居起来。在一般人看来，隐士都是高人，才能高，品行好，不追求名利。卢藏用这一招确实挺管用，很快就引起长安那些达官贵人的注意，不久朝廷就请他出山做了大官。

卢藏用有个朋友叫司马承祯，是唐朝著名的高道，道教上清派第十二代宗师。司马承祯年轻时，拜师嵩山道士潘师正，那是得了真传的，后来隐居天台山玉霄峰。司马承祯极受朝中达官显贵的重视，甚至包括武则天。武则天把他召进长安交谈，并称赞他道行高超。如果司马承祯想当官，肯定是很简单的一件事，只需要向武则天略微透露一下就行。但是，司马承祯是个不慕名利、追求淡泊的人，在长安住了几天就决定返回天台山了。

卢藏用送司马承祯出城的时候，指着终南山说："此中大有嘉处。"[①]什么意思呢？卢藏用对司马承祯说："住在这个山里好处多多啊！"司马承祯明白卢藏用的意思，于是慢悠悠地说："以仆视之，仕宦之捷径耳。"在司马承祯看来，终南山不过是走向官场的捷径罢了。卢藏用听得出来，司马承祯这是在讽刺他，虽然很生气，但又奈何不了司马承祯，毕竟人家说得对。从此之后，成语"终南捷径"就流传下来了。

张元宗有一首《望终南山》就表达了对"终南捷径"的渴望：

---

① 〔宋〕欧阳修等：《新唐书》，北京：中华书局，1975年2月，第4375页。

>红尘白日长安路,马足车轮不暂闲。
>
>唯有茂陵多病客,每来高处望南山。

(《全唐诗》,第6259页)

在通往长安的大道上,马蹄声声,车轮滚滚,人们都在争先恐后地求取名利。可是诗人病居茂陵,只能登上高处远望终南山了,希望能实现"终南捷径"的愿望。"茂陵"是汉武帝刘彻的坟墓,刘彻是建立丰功伟业的一代霸主,陪葬的人有卫青、霍去病、霍光等人,也是彪炳史册的人物,看来张元宗是非常想有所作为的。

语文老师给我们讲苦吟诗人时,都会提到贾岛和姚合,这两个人并称"姚贾"。姚合考进士总是失败,好不容易考上进士了,又不想好好当官,整天三心二意的,还有了归隐的念头。不过他的归隐也是套路,他在《游终南山》一诗中虽然揭露了这种套路,但也不小心露出了马脚:

>策杖度溪桥,云深步数劳。
>
>青猿吟岭际,白鹤坐松梢。
>
>天外浮烟远,山根野水交。
>
>自缘名利系,好此结蓬茆。

(《全唐诗》,第5685页)

作者先写游终南山所见,猿猴在山上鸣叫,白鹤蹲在树梢,山上白云缭绕,山下流水潺湲,挺悠闲自在的情境。读者本来正沉浸在对终南山景色的欣赏中,没想到作者冷不丁来了两句"自缘名利系,好此结蓬茆"。原来,那些隐居的人不是因为真的喜欢终南山的美景,而是因为"名利系"才到这里假装隐居的。姚合从当上官到最后升到秘书监,平均两年就能升迁一次,而且还没有犯过错误,说明他还是很懂得经营仕途的。

晚唐有个叫王贞白的诗人,他有一首《终南山》,其中有"地去搜扬近，人谋隐遁难"（《全唐诗》，第8061页）。"搜扬"出自曹植的《文帝诔》"思良股肱，嘉昔伊、吕，搜扬侧陋，举汤代禹"①，意思是访求和举荐地位低下的贤能之士。但是为了当官而策划的隐居本身就是人谋。这不就是"终南捷径"吗？

难道隐居终南山的人只有名利之心吗？要真是那样岂不玷污了中国的隐士文化！也不尽然。许浑有一首《贻终南山隐者》，诗是这样的：

中岩多少隐，提榼抱琴游。
潭冷薛萝晚，山香松桂秋。
瓢闲高树挂，杯急曲池流。
独有迷津客，东西南北愁。

（《全唐诗》，第6070页）

这首诗写作者遇到了真正归隐的高人，他们整天提溜着酒壶，抱着琴畅游终南山。映着薛萝的潭边可以看到隐士的影子，松桂飘香的深山里也可以看到他们的身影。这些隐士生活自在，水瓢高挂，聚饮流觞。许浑为了表现隐士的生活，在这里用了两个典故。第一个与许由有关。许由是尧帝时的有道高人，尧帝本来想把帝位让给他，许由不愿意接受，就隐居在颍水边，还用颍水洗耳朵；尧帝派人去请他做九州长，许由就把饮水的瓢挂在树枝上离开了。人们经常用这个典故形容不把名利放在心上。第二个典故是曲水流觞。魏晋以后，每到农历三月三日，人们就会到曲水旁聚会，把酒杯放到水上漂流，酒杯到谁跟前谁就要饮酒赋诗，王羲之的《兰亭集序》就是在这种背景下产生的。那些隐士在终南山看到的是美景，闻到的是山香，整天雅聚赋诗，悠游自在。身为"东西南北愁"的"迷津客"，作者对这些隐士充满了羡慕之情。

---

① 〔清〕严可均：《全上古三代秦汉三国六朝文》，北京：中华书局，1968年12月，第1156页。

终南山有一位柳处士，深受卢纶、李端、司空曙的敬仰，三个人都曾经拜访过他，而且写有诗歌，卢纶有《过终南柳处士》，李端有《暮春寻终南柳处士》，司空曙也有《过终南柳处士》。柳处士究竟何许人也，我们已经不得而知，从诗歌中只能看出来这是一位有才德却隐居不仕的世外高人。比如李端在诗中说：

庞眉一居士，鹑服隐尧时。

种豆初成亩，还丹旧日师。

(《全唐诗》，第3275页）

柳处士什么样子？鹤发童颜，老当益壮，衣服破破烂烂的，补丁摞着补丁。这位高人日常干什么呢？种豆、炼丹。柳处士种豆比陶渊明强，陶渊明是"草盛豆苗稀"，柳处士已经"初成亩"了。《抱朴子·金丹》中讲，道家很讲究炼丹，用九转丹继续炼就可炼成还丹，服用还丹可以白日升天。看来这个柳处士很厉害，他追求的是升仙，根本没有把当官看在眼里。

半篇佳作登高第

终南山曾经被用进唐代高考题中，那是开元十三年（725）的事，这一年河南来了一位考生，叫祖咏，他在《酬汴州李别驾赠》中说"自洛非才子，游梁得主人"（《全唐诗》，第1336页），称自己是洛阳人，但后来搬家了，"失路农为业，移家到汝坟"（《汝坟别业》，《全唐诗》，第1334页），"汝坟"就在今天平顶山附近。这个小伙子有点意思，考试不按规则来，诗歌没写完，交了个"半拉子工程"，但让人没想到的是，他竟然被录取了！这到底是怎么回事呢？听我仔细道来。

唐朝实行科举考试，那是人们入仕的主要途径，可谓千军万马争过独木桥。开元十三年，进士科考试题目有《终南山望余雪》，要求考生写一首诗。按照要求，这首诗需要写60个字，12句话，每句话五个字。既然是基本要求，又是国家公务员考试，那是马虎不得的，按说不会有人愿意拿自己的命运开玩笑。我们都参加过考试，答题之前肯定先认认真真审题，然后再根据考试要求完成答题。这是常识！可是，偏有不按规则出牌的人：你要求写12句60个字，我偏不。祖咏就是这样一个人，他写了四句话就交卷了：

  终南阴岭秀，积雪浮云端。

  林表明霁色，城中增暮寒。

（《全唐诗》，第1337页）

20个字，距离60个字的要求还差三分之二，严格来说，这连"半拉子工程"都算不上。这不是挑战科举考试的严肃性吗？《唐诗纪事》中说，祖咏当时交卷子的时候，主考官见祖咏这么任性，没写完就交卷子了，就问他原因。让人意外的是，祖咏的回答简洁干脆，就俩字"意尽"，"我"要表达的意思都说清楚了。明明要求12句就写4句，如此大规模地偷工减料，还能"意尽"？祖咏是不是有点夸张，故弄玄虚说大话呢？

  其实不是，这首诗写得真的恰到好处。祖咏是入了辛文房《唐才子传》的人物，他自己说"自洛非才子"，那只是谦虚一下。这个题目要求考生写一首远远看到的终南山的雪景，祖咏做到了没有？先看第一句"终南阴岭秀"，"终南"就是"终南山"，扣住题目中的终南山了吧？"阴岭"就是山岭的北面。山南山北由于光照不同的原因，往往是两重天，山南已经是春暖花开草木逢春了，可是山北由于阳光照不到，温度低，所以还积雪皑皑。终南山不仅面积大，"连山到海隅"，而且山势高，"太乙近天都"，所以有陈年老雪不化就很正常了。

  这就引出了第二句"积雪浮云端"，过渡非常自然，题目中的"雪"字出来了，而这一句又是对上一句"秀"字的具体解释。这句诗中还写出了一个常识，山势越高温度越低，地理课上老师讲过，海拔每升高一千米温度就会降低六度。有山、有雪，要求写的全部都写上了，这用术语来说叫"双提"，就是从两个方面来破题。怎么能看出来是"余雪"呢？答案就在第三句中，"林表明霁色"，一个"霁"字告诉我们，雪停了，天晴了，所以是余雪。因为天晴，阳光能照到的地方积雪开始融化，只有山阴阳光照不到的地方积雪才未化。祖咏不仅写了遥望到的终南山雪景，还写出了城中人的感受"城中增暮寒"。"城中"二字告诉我们作者遥望的站立点是在长安城内，"寒"字又非常真实地写出了雪化的感受，我们都知道"下雪不冷化雪冷"，更何况还是在傍晚时分呢？

这首诗没有一句是多余的，你再随便写进去一句它就是多余的，就像宋玉笔下那位美丽的邻居，增一分则太长，减一分则太短。因此，祖咏说，"意尽"！没按要求写够12句，主考官照样录取，这说明主考官看重的是实际水平，虽然没有按照要求写作，也可以根据具体情况法外开恩。其实诗文写作就应该这样，不能有事没事努力凑字，要像郑板桥说的那样，"删繁就简三秋树，领异标新二月花"，篇幅长没有内容绝对算不得好文章。

祖咏因为终南山考上了进士，成就了人生美谈。在唐代还有两个著名诗人也因为科举考试和终南山扯上了关系，不过这个关系却有点打脸。这就是我接下来要讲的"登科成败怨终南"。

登科成败怨终南

这两个著名诗人都姓孟，第一个是盛唐时期的孟浩然，第二个是中唐时期的孟郊。两个人科举考试都不顺利，还都拿终南山说过事儿。孟浩然是因此得罪了玄宗皇帝，孟郊是口是心非。你们"八卦"心是不是上来了？别急，听我慢慢说。

孟浩然在唐代诗歌史上绝对算得上大咖，和王维齐名，学术界还争论过王维和孟浩然的"座次"问题。孟浩然对自己的才能很自信，开元十六年（728），40岁的孟浩然来到京城参加科举考试，他想在朝廷谋个一官半职光耀门楣。但是很遗憾，《旧唐书·孟浩然传》中说他"应进士不第"[1]，没考上。

大凡参加考试的人，都不是为了当分母，所以孟浩然在《长安早春》诗中说：

鸿渐看无数，莺歌听欲频。
何当桂枝擢，归及柳条新。

（《全唐诗》，第1178页）

从"鸿渐""桂枝擢""柳条新"等词不难感受到他渴望蟾宫折桂的心情，但是不管什么原因，他失败了。好在考试期间孟浩然认识了王维等几个好朋友，大家都安慰他明年继续考试。那就先回家吧，孟浩然离开京城前向王维辞行，事情也巧了，王维要到翰林院值夜班。可能是想着没事吧，王维偷偷把孟浩然带进了翰林院，两个人就切磋起诗歌创作技艺来。正聊得起劲儿呢，有人报告说玄宗皇帝来了。孟浩然是布衣，王维把他领进翰林院是违反规定的，所以当他听到皇帝来的消息时惊慌失措，只好让孟浩然躲到床底下去了，这也算是急中生智了。

王维人老实，不敢隐瞒，他也担心孟浩然在床底下憋不住，再闹出点什么动静来吓着皇帝，那罪过可就大了，于是赶紧实话实说，自己把孟浩然给带进来了。没想到玄宗皇帝没有生气，反而非常高兴地说："我听说过这个人，就是没有见过，我有那么可怕吗，怎么还藏起来了？赶紧出来吧。"孟浩然从床底下爬出来，玄宗皇帝问他："你

---

[1] 〔后晋〕刘昫等：《旧唐书》，北京：中华书局，1975年5月，第5050页。

带诗歌了吗？"多好的机会啊，这就是一次特殊的制举考试。可是，孟浩然怎么也没有想到会和皇帝来个面对面，所以如实回答说"没带"。

皇帝又接着问："能不能背几首你最近写的诗歌呢？"这个可以。既然是近作，孟浩然也没想那么多，就背了一首《岁暮归南山》，又叫《归故园作》和《归终南山》。这首诗是表现孟浩然失败的糟糕心情的：

> 北阙休上书，南山归敝庐。
>
> 不才明主弃，多病故人疏。
>
> 白发催年老，青阳逼岁除。
>
> 永怀愁不寐，松月夜窗虚。

（《全唐诗》，第 1651~1652 页）

整首诗就是在发牢骚，我没有考上，不是我没有才，是皇帝不要我，"弃"就是抛弃的意思。算了，以后也别操心什么家国大事了，还是到终南山归隐去吧，好好当自己的老百姓。孟浩然没过脑子就把这首诗背给皇帝听。刚背到"不才明主弃，多病故人疏"，玄宗就听不下去了："别背了，你自己考不上，怎么能埋怨我呢？你这不是睁着眼睛说瞎话诬赖我吗？这个锅我不背！"孟浩然知道闯祸了，这就是在不合适的时间面对不合适的人说了不合适的话。孟浩然啊孟浩然，你得罪谁不行，怎么就偏偏把皇帝给得罪了！考不上咱可以继续努力，得罪皇帝你不就彻底凉凉了吗？所以，"终南山"成了孟浩然的噩梦！

孟郊也很出名，特别是他那首《游子吟》传诵千古。孟郊有一首《游终南山》：

> 南山塞天地，日月石上生。
>
> 高峰夜留景，深谷昼未明。
>
> 山中人自正，路险心亦平。
>
> 长风驱松柏，声拂万壑清。

到此悔读书，朝朝近浮名。

（《全唐诗》，第4210页）

作者先写终南山的壮美，再写终南山的景色，写得都很高大上。如果这首诗就写八句就完美了，游终南山就说游终南山，不要扯别的，可是孟郊偏偏节外生枝，又加上两句"到此悔读书，朝朝近浮名"。别人是为了"终南捷径"，他却说不应该读书求取功名，那些都是浮云。

如果了解了孟郊的"高考"经历，你就会知道，孟郊其实很在乎考试结果，很想得到"浮名"。孟郊这一辈子也是考了很多次，屡战屡败，屡败屡战。第一次考不上，写了一首《落第》："晓月难为光，愁人难为肠。谁言春物荣，独见叶上霜。雕鹗失势病，鹪鹩假翼翔。弃置复弃置，情如刀剑伤。"（《全唐诗》，第4202页）心中太难受了，看哪里都是灰蒙蒙的！孟郊继续考试，又失败了，又写了一首《再下第》："一夕九起嗟，梦短不到家。两度长安陌，空将泪见花。"（《全唐诗》，第4203页）晚上长吁短叹睡不着觉，一夜起来九次，梦中连回到家乡的机会都没有。回家的路上，想想就伤心，真想横下一条心死了算了，这就是他在《下第东南行》中说的"江蓠伴我泣，海月投人惊。失意容貌改，畏途性命轻"（《全唐诗》，第4203~4204页）。功夫不负有心人，后来孟郊终于考上了，马上写了一首《登科后》："昔日龌龊不足夸，今朝放荡思无涯。春风得意马蹄疾，一日看尽长安花。"（《全唐诗》，第4205页）那种得意的心情洋溢在字里行间，这哪里看得出来"悔读书"讨厌"浮名"的样子啊！所以我说孟郊拿终南山说事儿是口是心非。

虽然孟郊说的"到此悔读书，朝朝近浮名"有点口不应心，但他写的终南山的景色美却是真的。所以，人们对终南山普遍青睐有加，甚至包括"普天之下莫非王土"的皇帝。

山水终南风景秀

作为贞观明君的李世民，不能动辄不上朝出去游玩，一切应以国家大事为重，即使离终南山很近，他也没有时间到那里休闲。怎么办呢？只能望梅止渴。他写了一首《望终南山》：

重峦俯渭水，碧嶂插遥天。
出红扶岭日，入翠贮岩烟。
叠松朝若夜，复岫阙疑全。
对此恬千虑，无劳访九仙。

（《全唐诗》，第7页）

终南山重峦叠嶂，俯瞰渭水，山峰高耸云天，上来就是居高临下气吞山河的帝王豪情。红彤彤的太阳刚刚爬上山头，雾气慢慢消散，山峦变得青翠起来。山间松柏高大，重重叠叠，即便是在艳阳高照的白天，光线也被茂密的枝叶遮挡得严严实实，使山间显得如同黑夜一般；那一层层的山崖似乎失去了分界，已经浑然成为一个整体。面对着如此壮美的大山，所有纷繁的思绪都会一扫而空，又何必去寻求成仙之道呢。《云笈七签》中说，道家把太清境的仙人分为九等，分别是一上仙、二高仙、三大仙、四玄仙、五天仙、六真仙、七神仙、八灵仙、九至仙，合称"九仙"。太宗皇帝在这里用"九仙"泛指仙人。王维、杜甫的好朋友薛据有《出青门往南山下别业》，他渴望自己在"炼药在岩窟"（《全唐诗》，第2853页）的过程中"末路期赤松"（《全唐诗》，第2853页）。"赤松"就是赤松子，传说中的上古仙人。毕竟身份不一样，想法不一样，作为皇帝的李世民如果鼓励大臣们都去寻仙访道，那么他的"贞观之治"就很难实现了，所以他看到"天下英雄尽入我彀中"才会高兴。不过需要指出来的是，这次望终南山时没进山，不等于以前没有去过，所以他写的终南山景象也不一定就是想象的，或许是对以前看到的终南山的回忆。

说到终南山的美，我给大家推荐一首诗歌——韩愈的《南山诗》。这首诗长达102韵，1020字，绝对算得上鸿篇巨制。程学恂评价这首诗说："读《南山诗》，当如观《清明上河图》，须以静心闲眼，逐一审谛之，方识其尽物类之妙。"《清明上河图》是我国十大传世名画之一，是北宋都城开封繁华的见证。拿《南山诗》比《清明上河图》，可见这首诗有多么震撼。特别是写到山里的景色，变化多端，分外妖娆，通过大量的排比句，突出气势磅礴。另外，这首诗里还有不少人生哲理，比如"岩峦虽崒崪，软弱类含酎"（《全唐诗》，第3764页），坚硬的岩石也有软弱的一面。"夏炎百木盛，荫郁增埋覆"，夏天茂盛的草木使终南山显得更加青翠的同时，又何尝不是遮住了山的伟岸呢？"冬行虽幽墨，冰雪工琢镂"，代表冬季的颜色是"幽墨"，但装扮它的却是洁白的冰雪，二者形成了鲜明对照。

风景秀丽的地方不仅是大家游玩的好去处，而且是房地产开发商眼中的理想地块。就像今天，哪个楼盘周围如果能临个湖、临个公园，那就多了宣传的噱头和抬价的理由。这么漂亮的终南山，自然也有人希望在里面或者旁边拥有一处房产。比如我们讲王维的时候说过，王维诗里有《终南别业》《辋川别业》，证明他在终南山是有房子的。除王维外，岑参、钱起、薛据、卢纶在终南山也都有房产。

岑参是著名的边塞诗人，早年也是科举考试不顺利，所以他在《送张秘书充刘相公通汴河判官便赴江外觐省》中感慨说"何处路最难，最难在长安"（《全唐诗》，第2035页）。他曾经在《白雪歌送武判官归京》中写了两句形容雪的诗"忽如一夜春风来，千树万树梨花开"（《全唐诗》，第2050页），把塞外的大雪比成满树盛开的梨花，说明岑参具有乐观精神和发现美的眼睛。但是，他也有脆弱的时候，那就是对家乡的思念。岑参经常到塞外执行任务，域外风光越发让他对家念念不忘。你看他的诗歌《早发焉耆怀终南别业》：

  晓笛别乡泪，秋冰鸣马蹄。
  一身虏云外，万里胡天西。
  终日见征战，连年闻鼓鼙。
  故山在何处，昨日梦清溪。

（《全唐诗》，第 2090 页）

焉耆在今天新疆塔里木盆地。作者刚一出发，就想"终南别业"了。作者只身远离家乡，整天看到的是战场，听到的是战鼓，天寒地冻的，他把对家乡的思恋化作笛声，变成泪水，乡愁甚至走进他的梦乡。我们不是总说日有所思夜有所梦吗？昨天夜里，作者还梦见终南山清澈的溪水潺湲作响。这时，终南别业成了对和平的渴望，成了诗人心中最柔软的地方。

庐山瀑布传千载

我在讲韩愈登华山时提到一句诗"泉绅拖修白"(《答张彻》,《全唐诗》,第3780页),这一句是对瀑布的形容。说到瀑布,我们脑海中恐怕会出现一幅"飞流直下三千尺,疑是银河落九天"(《全唐诗》,第1837页)的场面,那是李白笔下的庐山瀑布。庐山瀑布位于江西九江,被誉为中国最秀丽的十大瀑布之一,是由三叠泉瀑布、开先瀑布、石门涧瀑布、黄龙潭和秀峰瀑布等组成的瀑布群。庐山瀑布自古以来就是文人赋诗赞叹的美景,因此很值得我们去神游一番。

名相遥望万丈泉

我们在前面不止一次提到过张九龄,他是开元盛世最后一位贤相,也是一位大诗人。张九龄对岭南诗派有开创作用,被誉为"岭南第一人"。他那首《望月怀远》中的"海上生明月,天涯共此时"(《全唐诗》,第591页)一直流传至今,是人们表达思念之情的金句。张九龄写过三首和庐山相关的诗歌,《湖口望庐山瀑布水》《入庐山仰望瀑布水》《出为豫章郡途次庐山东岩下》,从题目来看,其中两首写到了庐山瀑布。这三首诗都作于张九龄赴豫章郡任都督途中,他为什么会对庐山瀑布情有独钟呢?他想通过庐山瀑布表达什么呢?我们先来看《湖口望庐山瀑布水》吧：

> 万丈洪泉落，迢迢半紫氛。
> 奔飞流杂树，洒落出重云。
> 日照虹霓似，天清风雨闻。
> 灵山多秀色，空水共氤氲。

（《全唐诗》，第590页）

第一联写远望庐山瀑布所看到的雄奇壮观。在我们印象中泉水是从地下喷涌而出的，可是张九龄却倒过来了，他眼见的泉水不是涌而是落，源源不断喷涌而下，而且是从万丈高崖上，那种情状如果不是亲眼所见是很难想象的。我们站在瀑布旁边，总会感觉脸上凉凉的、湿湿的，那是瀑布在飞落的过程中产生的水汽。这些缥缈的水汽在阳光的照射下五彩斑斓，有时还会有彩虹出现，这就是诗人看到的"迢迢半紫氛"的现象，也就是李白所说的"日照香炉生紫烟"。

第二联写瀑布飞落的动态美。庐山峰青峦秀，佳木成荫，奔腾的瀑布从山崖飞流而下，激荡着嶙峋的山石，穿越崖壁边杂乱的古木，喷洒飞溅的水雾化成了层层浮云，可见大自然赋予庐山瀑布强烈的艺术效果。接下来更让作者内心充满激情，"日照虹霓似"写瀑布的视觉美，雪白的瀑布在阳光的照射下，往往会幻化出彩虹一样五彩缤纷的色彩，看上去绚丽美观。天气好的时候，瀑布飞流直下发出巨大的声响，能够传得很远，听着就像狂风暴雨一般。张九龄是在鄱阳湖口望庐山瀑布的，有相当一段距离，可见庐山瀑布的气势多么令人震撼！作者最后以"灵山多秀色，空水共氤氲"结尾，突出了对庐山的喜爱，《易经·系辞》中讲"天地氤氲，万物化醇"，这里是天地共同孕育出的胜境，因此钟灵毓秀，飞瀑流泉，给人以"空水共澄鲜"的美感。

远望已经够美了，近观又会有什么样的感受呢？再来看张九龄的《入庐山仰望瀑布水》：

> 绝顶有悬泉，喧喧出烟杪。
> 不知几时岁，但见无昏晓。
> 闪闪青崖落，鲜鲜白日皎。
> 洒流湿行云，溅沫惊飞鸟。
> 雷吼何喷薄，箭驰入窈窕。
> 昔闻山下蒙，今乃林峦表。
> 物情有诡激，坤元曷纷矫。
> 默然置此去，变化谁能了。

(《全唐诗》，第573~第574页）

这首诗近距离地描写了庐山瀑布的壮美。《太平御览》卷七十一"瀑布水"条引周景式《庐山记》称，瀑布水"出山腹，挂流三四百丈，飞湍于林峰之表，望之若悬素"[1]。因为是仰望，所以视觉上会出现错觉，这才有了"绝顶有悬泉，喧喧出烟杪"，这里"烟杪"指云端。不知道这条瀑布是什么时候形成的，只看到不分白天黑夜地奔流，悬挂在山崖上，在阳光下洁白发亮。蒸腾的水雾打湿了飘浮的白云，飞溅的水珠使飞鸟受到了惊吓。瀑布下落时像打雷一样发出震耳欲聋的声音，然后又像箭一样坠入谷底。作者忽然充满了好奇，以前听说泉水都是从地下涌出的，今天怎么挂在山上呢？"山下蒙"指泉水，《易经·蒙》："《象》曰：山下出泉，蒙。"[2] 世间万物变化多端，大地滋生万物更是纷繁复杂。这句也是有出处的，《易经·坤》："至哉坤元，万物资生，乃顺承天。"[3] 作者慨叹庐山瀑布实在是大自然的杰作，不是自己能理解得了的。既然如此，那就"默然置此去"吧。

作者为什么能够把庐山瀑布的形、声、色、势写得这么成功呢？

---

[1] 〔宋〕李昉等：《太平御览》，北京：中华书局，1960年2月，第334页。
[2] 黄寿祺等：《周易译注》，上海：上海古籍出版社，2004年7月，第47页。
[3] 黄寿祺等：《周易译注》，上海：上海古籍出版社，2004年7月，第23页。

单纯是因为喜欢瀑布吗？如果你了解张九龄写这首诗的背景，或许就会有更深的认识。我在前面说过，张九龄三首与庐山相关的诗写于赴豫章郡任职途中。豫章就是现在的南昌。他为什么要到豫章去任职呢？这和政治斗争有关。

张说当宰相期间，非常看重张九龄，张九龄也很愿意跟随张说。开元十三年（725），玄宗皇帝举行祭祀天地的大礼，张说负责决定跟随人员。张说当时有私心，把和自己亲近的人都安排进去了。张九龄就提醒张说这样安排不合适，毕竟这是千年一遇的大事，那些品德高尚的人不能参与其事，恐怕会议论的。但是张说没有当回事。等到圣旨出来了，大家便对张说的安排议论纷纷，意见很大。当时，御史中丞宇文融处处针对张说，张九龄再次提醒张说小心宇文融，但是张说又没有当回事，结果到开元十四年（726）四月，张说被宇文融和李林甫弹劾罢相。张九龄因此受到了牵连，由原来的中书舍人改任太常少卿，后来又被调任到外地当官。

张九龄这是被贬了，既然如此，他为什么还那么情绪饱满呢？因为张九龄在被贬这件事上看到了玄宗皇帝对自己的态度。张九龄降级为太常少卿之后，皇帝并没有疏远他，还让他去祭南岳和南海，同时给他假期回家看看，这说明玄宗对他很信任。省亲结束回到朝中之后，和张说有恩怨的那些人以张九龄是张说同党为由，把张九龄撵到冀州去做刺史。冀州偏远荒凉，张九龄以母亲年龄大不能跟随到任为由拒绝上任。这要是换一般人是不敢的，爬也得爬过去，还给你讨价还价的机会，想都别想。玄宗也知道张九龄是躺枪的，对付张说就直接说张说的事，不能拿张九龄下狠手，于是又把张九龄改为豫章郡刺史。

这一改，改出了张九龄的信心，他知道玄宗还是挺喜欢和信任自己的，回京是早晚的事。心情不一样了，看到的山水景色自然有差别，所以在张九龄眼中庐山瀑布是美的象征。与其说张九龄是在欣赏庐山瀑布，不如说他是在借欣赏瀑布规划自己的政治前途。为什么这么说？从这两首诗里三次对《周易》的引用就能看出，张九龄是精通易卦的，他知道自己不会被皇帝遗忘，所以内心充满了力量，把瀑布写得波澜壮阔，其实也是对自己政治人生的期待，只有积蓄力量，才能有朝一日"雷吼何喷薄，箭驰入窈窕"。

开元十九年（731）三月，张九龄被召入京，擢秘书少监，兼集贤院学士副知院事；开元二十年（732）二月转为工部侍郎，兼集贤院学士；开元二十一年（733）五月，升任检校中书侍郎，十二月，授中书侍郎同中书门下平章事兼修国史，主理朝政，这就是行使宰相的权力了！再次入京短短三年，就入主朝政，这在别人看来不就是"闪闪青崖落，鲜鲜白日皎"的庐山瀑布吗？这让我想起唐宣宗的瀑布联句"溪涧岂能留得住，终归大海作波涛"（《全唐诗》，第50页），用在张九龄身上正合适。

在写庐山瀑布方面，恐怕没有人能够超过李白。李白的《望庐山瀑布》妇孺皆知，早已成为千古绝唱。李白为什么写庐山瀑布？据说是为了一段爱情，而且女主人公竟然是李林甫的女儿。是不是闻所未闻？当我看到这个故事时也是莫名惊诧，不过确实激发了我的好奇心。接下来我们就扒一扒李白少为人知的秘密。

疑是银河落九天

《唐语林》等文献记载，李白曾经拜访宰相李林甫，拜帖上写着"海上钓鳌客李白"[1]，这让李林甫很不舒服。在交谈中，李白更是留下"以天下无义气丈夫为饵"的豪言壮语。在李林甫看来，李白有点不知天高地厚，可是李白的豪情却吸引了李林甫的女儿李芙蓉。芙蓉小姐对

---

[1] 周勋初：《唐语林校证》，北京：中华书局，1987年7月，第492页。

李白情愫暗生，爱慕有加，但是李林甫却横加阻挠，威胁女儿要么和李白断绝关系，要么断绝父女关系。李芙蓉知道父亲在朝廷的名声不好，李白又是一个眼里不容沙子的人，左右为难，于是选择了出家。李芙蓉离开长安，长途跋涉来到庐山五老峰，带发修行，道号腾空。

李白得知李芙蓉为自己出家的消息之后，一是惊讶，二是惭愧，于是直奔庐山寻找李芙蓉。但是到了庐山，要找一个人等于大海捞针。而李白自有办法，他决定利用"网络"的力量。他不是诗人吗？大家都爱唱他的诗歌，如果他能写出让大家传唱的诗歌，"点击量"高了，不就能传到李芙蓉耳朵里了吗？于是《望庐山瀑布》奔腾而出：

日照香炉生紫烟，遥看瀑布挂前川。

飞流直下三千尺，疑是银河落九天。

（《全唐诗》，第1837页）

这首诗气势豪纵，朗朗上口。阳光照在香炉峰上，云雾缥缈，色彩斑斓，再看山崖上的瀑布，像巨大的白练挂在那里。瀑布从悬崖峭壁上飞流而下势不可挡，真让人怀疑是银河从天而降。话不多，只有28个字，但是庐山瀑布的气势出来了。当然这也是只有李白才能写出的气势。

李白这首诗很快就成了当地人传唱的神曲，自然李芙蓉也知道了李白为了寻找自己来到了庐山。二人相见，李白心情愉悦，于是写出了《望庐山瀑布水二首》：

西登香炉峰，南见瀑布水。

挂流三百丈，喷壑数十里。

欻如飞电来，隐若白虹起。

初惊河汉落，半洒云天里。

仰观势转雄，壮哉造化功。

海风吹不断，江月照还空。

空中乱潈射，左右洗青壁。

飞珠散轻霞，流沫沸穹石。

而我乐名山，对之心益闲。

无论漱琼液，还得洗尘颜。

且谐宿所好，永愿辞人间。

（《全唐诗》，第 1837 页）

这首诗虽然不像前面那首广为人知，但人文内涵更加丰富，写得也更加细腻。这首诗共分四层。第一层诗人点明看瀑布的角度以及瀑布的方位之后，运用夸张手法描写瀑布的纵横之势，所处地势高，喷流面积大，水流快如闪电，迅猛又如银河坠落。第二层通过虚写以传瀑布之神，"势转雄""造化功"都是作者对瀑布的赞叹，以至海风都奈何不了它，皓月当空的夜晚又能与月光融为一体。第三层更进一步写瀑布的形神，水珠四溅，冲洗山壁，使石壁更加干净；水珠或在日光中飞散，或在巨石上翻腾，一切显得那么自然。一切景语皆情语，前三层都是景语，到了第四层，李白说出了自己的志趣——"而我乐名山，对之心益闲"，李白也曾经在《庐山谣寄卢侍御虚舟》中说"五岳寻仙不辞远，一生好入名山游"（《全唐诗》，第 1773 页），身处这么美的环境能够一石三鸟，既能满足自己隐居的夙愿，又能荡涤尘俗，还能与李芙蓉相守望了。

据当地文化学者考察，李白的《登庐山五老峰》也是为李芙蓉写的，因为其中有一句"青天削出金芙蓉"（《全唐诗》，第 1837 页），这既是对庐山美景的真实描写，也表达了对李芙蓉的一份思念。这个我找不到文献佐证，但宋代陈舜俞的《庐山记》中有这样一段记载：

> 延真观旧日昭德观，治平三年赐今名。唐贞元中女道士李所创，李名腾空，宰相李林甫之女。李太白《送李女真归庐山诗》曰："多君相门女，学道爱神仙。素手掬秋霭，罗衣曳紫烟。一往屏风叠，乘鸾策玉鞭。"

单看这则材料，李白与李芙蓉的故事还真不是空穴来风。材料中所引的诗还有个题目《送内寻庐山女道士李腾空》，诗里的"君"即题目中的"内"，也就是李白的第四任老婆宗氏，为什么说是"相门女"呢？宗氏的爷爷叫宗楚客，在武则天和中宗时期曾经三次拜相。这个宗氏被李白的才华所吸引，不惜花重金买下李白题诗的墙壁，这就是"千金买壁"的故事。

《送内寻庐山女道士李腾空》总共两首，其中第一首是这样的：

　　君寻腾空子，应到碧山家。

　　水舂云母碓，风扫石楠花。

　　若爱幽居好，相邀弄紫霞。

（《全唐诗》，第1884页）

从前面那首诗来看，宗氏有修道的愿望，于是李白才送她到庐山李腾空那里。如果李白与李腾空真的存在浪漫爱情的话，那么李白的心也真够大的。从这首诗来看，庐山确实适合修炼。一是环境好，属于"碧山家"，适合幽居；二是有利于成仙的药物多，比如云母、石楠。

　　综合两首诗来看，我倒更愿意相信李白与李腾空是朋友关系。因为唐代的皇帝把老子当成自己的先祖，所以道家文化在唐代很盛行，这就是唐人封演在《封氏闻见记》中指出的："国朝以李氏出自老君，故崇道教。"[1] 詹锳先生在《李白诗文系年》中根据任华《杂言寄李白》诗认为，《望庐山瀑布》（西登香炉峰）是李白入长安以前所作，这样和李腾空就撇清关系了。

瀑布协助夺解元

　　徐凝是唐朝诗人，他的《庐山瀑布》也很出名。《唐才子传》中

---

[1] 赵贞信：《封氏闻见记校注》，北京：中华书局，2005年11月，第2页。

记载："凝，睦州人。"① 徐凝的这首《庐山瀑布》在参加地方考试时派上了用场，甚至帮他夺得解元。我们来看这首诗：

　　虚空落泉千仞直，雷奔入江不暂息。
　　今古长如白练飞，一条界破青山色。

（《全唐诗》，第5377页）

单就这首诗来说，无非是写庐山瀑布汹涌奔腾、飞流直下的雄奇壮阔气势。它怎么还能在科举考试中发挥那么大的作用呢？我在讲这个故事之前，先介绍一下故事的主人公：甲方是徐凝，乙方是张祜，裁判是白居易。

白居易任杭州市长时，积极向朝廷推荐人才。徐凝先来到杭州与白居易认识，白居易也确实挺喜欢徐凝的，尤其是徐凝针对杭州开元寺牡丹写了一首诗，其中一句"唯有数苞红萼在，含芳只待舍人来"，让本就喜欢牡丹花的白居易很感动，于是二人相谈甚欢，经常同醉而归。白居易承诺，徐凝就是解元的不二人选。可是就在徐凝偷着乐的时候，张祜来了。张祜在《唐才子传》中也是一号人物。另外据文献记载，这个张祜"甚若疏诞"，放荡不羁，在世俗人看来就是不正常。比如他作诗进入状态后连老婆孩子都不放在心上，用他的话说就是"吾方口吻生花，岂恤汝辈"②。张祜知道白居易爱惜人才，所以也跑到杭州寻求推荐机会。可是这就麻烦了，两个才子撞车了！张祜很自信，觉得自己肯定会被推荐为第一名。《唐摭言》里的张祜表现得非常坦率，直接对白居易说："仆为解元宜矣。"③ 您就直接推荐我当第一名得了！那您想，徐凝会答应吗？谁不想当第一啊？于是俩人谁也不想让步，顶上牛了。

---

① 傅璇琮：《唐才子传校笺》第五册，北京：中华书局，1995年11月，第294页。
② 傅璇琮：《唐才子传校笺》第三册，北京：中华书局，1990年5月，第174页。
③ 〔五代〕王定保：《唐摭言》，上海：上海古籍出版社，2012年8月，第12页。

徐凝问张祜："你都有哪些诗句能拿出手呢？"也是，想要当第一，肯定得有令人信服的硬货，光靠着嘴强牙硬脸皮厚是不行的。张祜也明白这个道理，回答说："我有一首《题润州甘露寺》，其中有一句'日月光先到，山河势尽来'，还有一首《题润州金山寺》，其中有一句'树影中流见，钟声两岸闻'。"张祜觉得这两首诗中的两联可以代表自己的水平。张祜喜欢山水，经常到一些古刹游玩，而且每到一处必然用诗歌记录自己的感受。《题润州甘露寺》和《题润州金山寺》就是游玩古刹的记录。前一首写甘露寺地势高，建筑雄伟，登高远望可以将江山美色尽收眼底；后一首表现月夜下金山寺的世外清幽。单就张祜本人的诗歌来说，这两联写得确实不错，要不他也不会拿出来让人打脸。

徐凝听了张祜的回答之后，说："善则善矣，奈无野人句云：'千古长如白练飞，一条界破青山色。'"[1]"野人"是徐凝的自谦之词，那意思是说自己水平不高，没文化。徐凝这个话很有意思，他首先肯定张祜的诗歌不赖，"善则善矣"，有点像我们今天常说的"好是好"。这种情况我们都明白，下面要转折了，而且转折的内容才是关键，就是我们常用的句式"好是好，但是……"，"但是"后边才是要表达的重心。徐凝说："您写得好是好，但是不如我的'千古长如白练飞，一条界破青山色'。"这两句诗正出自徐凝的《庐山瀑布》，写出了瀑布飞流而下的气势，如奔马轰雷，令人振奋。同时用一白一青两种颜色相映衬，白的是水，青的是山，既是实写看到的物，又突出了视觉的层次感和色彩感，让我们在读这两句诗的时候，有身临其境的现场感，既有视觉美，又有听觉美。徐凝话音刚落，"祜愕然不对，于是一座尽倾"（《唐摭言》），张祜惊愕地对不上来，其他人也认为徐凝更胜一筹。

---

[1] （五代）王定保：《唐摭言》，上海：上海古籍出版社，2012年8月，第12页。

徐凝生活在中晚唐时期，在他之前李白的"飞流直下三千尺，疑是银河落九天"早就闻名江湖了，在这样的前提下，大家还能"一座尽倾"，足可见徐凝这两句诗的成功。高下虽然分出来了，但白居易觉得那都是他们以前创作的，为了让两个人心服口服，于是又给他们出题，让两个人现场创作比试高低，最后的结果依然是徐凝胜出。后来的考试结果虽然很重要，但《庐山瀑布》那两句诗为徐凝挣分不少。在很多时候，第一印象就是永久印象，当张祜被徐凝的那两句诗镇住之后，已经从气势和心理上输了。

所以，徐凝不仅要感谢曾经写的《庐山瀑布》，还要感谢白居易的帮助。或许是受了徐凝的影响，白居易也去了一趟庐山，为我们写了一首《游石门涧》：

石门无旧径，披榛访遗迹。
时逢山水秋，清辉如古昔。
常闻慧远辈，题诗此岩壁。
云覆莓苔封，苍然无处觅。
萧疏野生竹，崩剥多年石。
自从东晋后，无复人游历。
独有秋涧声，潺湲空旦夕。

（《全唐诗》，第4745页）

白居易这次来是寻访慧远遗迹的。慧远是东晋著名的高僧，在庐山住了30年，经常带领弟子们在山水间感受佛法。东晋隆安四年（400）仲夏，慧远率领弟子30余人游庐山石门涧，这是我国文字记载比较早的"组团旅游"。慧远师徒一行从东林寺出发到石门涧，大家看到秀美景色兴奋得纷纷吟诗作赋，所以白居易说"常闻慧远辈，题诗此岩壁"。慧远也展示了自己的才艺，既写了诗，又为大家的诗写了"序"，即《庐山诸道人游石门诗并序》。这篇序也被史学界定为我国文学史上最早的一篇山水游记名篇。但是白居易到这里的时候，很荒凉，还需要披荆斩棘进去，进去之后看到的是"云覆莓苔封""萧疏野生竹，崩剥多年石"，原来"自从东晋后，无复人游历"，所以才慢慢变得荒凉了。不过作者并没有失望，因为他听到了潺湲的秋涧声，这便是当年慧远师徒听到的山水清音。

徐凝曾教过一个叫方干的人写诗。方干因为长得丑，又是个兔唇，他拜访钱塘太守姚合时，姚合很看不起他。但是当姚合看到方干写的诗歌时，马上对他肃然起敬，留他住下，每次登山临水都带上他。方干写过三首以瀑布为题目的诗歌，分别是《东山瀑布》《石门瀑布》《题仙岩瀑布呈陈明府》，就写瀑布的数量而言，仅次于李白，李白写了四首。需要指出的是，方干写的这几首瀑布诗和庐山瀑布都没有关系，《石门瀑布》中的"石门"与庐山"石门涧"不是一回事。虽然如此，方干《石门瀑布》中"长片挂岩轻似练，远声离洞咽于雷。气含松桂千枝润，势画云霞一道开"（《全唐诗》，第7490页）还是很值得玩味的。

西塞山前白鹭飞

我的书房里，挂着一幅烙画《桃花流水鳜鱼肥》，虽然只是在花卉市场买到的，并不是什么大家名作，但第一眼看见我就很喜欢。每当我工作累了，身子往椅子背上一靠，抬头看着那粉红的桃花，碧于天的春水，还有水中肥美的鳜鱼，脑海中就会浮现出张志和的《渔父歌》，美丽的画面在眼前闪现，优美的文字在脑海中流动，很是享受。我们下面就通过张志和的这首《渔父歌》，去欣赏一下西塞山的风景。

可能有人会有疑问："您明明是讲'唐诗中的绿水青山'，《渔父歌》不是词吗？您不至于犯这么低级的错误吧。"您说得没错，我们习惯上把这个作品归入词里。不过我想告诉您的是，词还有个名字叫"诗余"。北宋大词人苏轼认为诗词本是一家，诗词同源。给您说一个最简单的判断办法，找一本《全唐诗》，翻到第二十九卷"杂歌谣辞"部分，第一首作品就是《渔父歌》，再翻到第三百零八卷、第八百九十卷，也有这首《渔父歌》（词名又作《渔父》）。这是编排体例造成的重复收录。既然《全唐诗》这个家谱里都承认了这种宗族关系，我们就不要梗着脖子非说人家不是一家人了吧！

《渔父歌》是张志和的代表作，写得超凡脱俗，志趣高远。据说这首词传到日本之后，日本天皇要求大臣们仿作，说写得好奖励大大的，想和张志和隔空 PK 一次。结果不但没有人能够超越，还有人向天皇递了辞职报告,也想学张志和那样去享受田园山水的美好风光。另外,这首《渔父歌》还让宪宗皇帝坐卧不宁,搜肠刮肚想搞到。这篇作品真的有那么好吗?下面我们就来感受一下张志和《渔父歌》的魅力。

画中有画《渔父歌》

这首《渔父歌》到底好在哪里呢?竟然让那么多人为之神魂颠倒。其实,《渔父歌》是一组作品,总共有五首,我说的这首是第一首,最让人魂牵梦绕、印象深刻。这首词非常富有画面感,而且是画中有画。

西塞山前白鹭飞,桃花流水鳜鱼肥。

青箬笠,绿蓑衣,斜风细雨不须归。

(《全唐诗》,第 3491 页)

第一句"西塞山前白鹭飞"就是一幅很美的图画,西塞山在湖州,位于今天浙江湖州吴兴区。有的朋友可能又要质疑了,西塞山有两个,一个在武昌,位于今天的湖北鄂州,一个在湖州,你凭什么就言之凿凿说这是湖州的西塞山呢?我刚才不是说了吗,《渔父歌》总共五首,其中第三首开头是"霅溪湾里钓渔翁"(《全唐诗》,第 3491 页),霅溪就在湖州境内,所以说这个西塞山在湖州境内;第四首"菰饭莼羹亦共餐"(《全唐诗》,第 3491 页)中的"菰饭莼羹"非常具有地域特征,湖州又称菰城;第一首是张志和去拜访颜真卿时写的,颜真卿当时是湖州刺史,这更能说明是湖州的西塞山了。

既然在湖州,那就是典型的江南景色了,因此这里的山不像北方的土山那样没有生命力,而是充满了勃勃生机。当时又正值春天,一眼望去满山的青翠。在这个青翠盎然的大背景下,几只白鹭舒展翅膀凌空飞舞。鹭鸟的颜色在青翠的映衬下显得更醒目洁白,"诗豪"刘禹锡写诗说:"白鹭儿,最高格,毛衣新成雪不敌。"(《白鹭儿》,

《全唐诗》，第3998页）白色的点缀让青翠的西塞山在壮美中多了几分灵动，而在西塞山的衬托下，凌空飞舞的白鹭又尽情展示着它的柔美。山的青色与鹭的白色形成了相互衬托，山的壮美与鹭的柔美形成了呼应，山的静态与鹭的动态形成了对比，一切都显得那么明净，同时又显得那么和谐。这幅画是具有地域性文化特征的，是不可进行移植的，如果把"西塞山"换成"太行山"，总觉得不是那么回事。如果把江南的山比成明媚靓丽的少女的话，北方的山就是充满了粗犷力量感的纯爷们，所以也只有在江南水乡才能见到这样的画面。

第二句"桃花流水鳜鱼肥"也是一幅画。岸上有桃花，溪中有流水，水中有鳜鱼，层次分明；岸上的桃花是粉红的，溪中的流水是清澈的，水中的鳜鱼是黑背的，颜色对比鲜明；如果桃花是静止的，那么河水则是流动的，如果河水是静止的，那么鳜鱼则是游动的，静中有动，动静结合。南方的水充满了灵气，"秦妇吟秀才"韦庄在《菩萨蛮》中说南方的水是"春水碧于天"（《全唐诗》，第10075页），就像一块温润的碧玉。鳜鱼的肥美不仅是美味的享受，而且表现出了人与自然相处的和谐。一个"肥"字不禁让人想起了庄子与惠子的濠梁之辩，而且也表现了鱼之乐。如果人人皆以捕食鳜鱼为乐，想来它们早就"夭折"了，何来如此的惬意呢？岸上的桃花在春风的吹拂下，总会有那么几瓣掉落水中，鱼儿以为是投入水中的食物，于是争先恐后游过来吞食。花瓣儿很轻，鱼游动时水的波动和鳜鱼所吐的气泡，使掉落水中的花瓣漂向别处，于是鱼群竞逐嬉戏，这就出现了一幅生机勃勃的"鳜鱼鼓起桃花浪"的画面。如果把第一句诗所形成的画面作为远景的话，那么"桃花流水鳜鱼肥"就是近景，这两幅画并不冲突，格调很和谐，所以到这里已经可以看到三幅精美的图画了。

前两句诗歌带给我们的美景不仅是我们看到的，而且是通过作者的眼睛被艺术化地看到的。作者该出场了，"青箬笠，绿蓑衣，斜风细雨不须归",原来作者是以渔夫的形象出现在读者眼前的,戴着斗笠,披着蓑衣,坐在船头悠然自得地垂钓。虽然斜风吹着细雨,但作者全然不为所动,已经完全与大自然融为一体。只有懂得欣赏美的人才能看到美,如果心中没有对大自然美的冲动,又如何能如此沉浸"斜风细雨"中呢?如果心中没有沟壑,又如何能让笔下出现层峦叠嶂呢?眼前的美景就是为张志和一个人而存在的,它既是在体验天人合一的大美,又用自己的消散点缀着眼前的美景。因此,作者置身于他所看到的美景之外,却又置身于我们所体悟到的美景之中。后三句诗是一幅画,画的中心就是那个在细雨中垂钓的渔翁。如果把前两句诗作为背景与后面那一幅画融为一体的话,又是一幅更完美的画,而在这幅画中,渔翁依旧是整幅画的中心和灵魂。

如果单看每一个层次的话,我们能看到三幅画;如果依次把前面的意境作为背景的话,我们先后能看到五幅画,而这每一幅画最后又统一到了一幅画之中。整幅画在向我们讲述着大美和谐。清朝的黄苏在《蓼园词选》中评价这首词说:"数句只写渔家之乐,其乐无风波之患,对面已有不能自由者,已隐跃言外,蕴含不露,笔墨如化,超然尘埃之外。"[①] 这话说得不假,"无风波之患""超然尘埃之外",这就是身心的和谐。无论谁看了这种悠然自得的渔家之乐,恐怕都有追随张志和隐遁江湖的冲动!

以前我们只知道王维是"诗中有画",现在知道了张志和是"词中有画",而且是"画中有画",也算是开了眼界了。张志和为什么能写出这么好的作品呢?我个人觉得,不一样的作品必须由不一样的人完成,张志和就是一个不一样的人。

---

① 史双元:《唐五代词纪事会评》,合肥:黄山书社,1995年12月,第104页。

不一样的张玄真

与世俗人相比,张志和的"不一样"表现在以下四个方面:

首先,出生不一样。计有功的《唐诗纪事》中说"母梦枫生腹上而产志和"[1]。张志和母亲梦见自己肚子上长了一棵枫树,而后生下了张志和。张志和三岁就能读书,六岁会写文章,搁今天上幼儿园还没毕业呢,他已经名满天下了,简直就是神童一个。张志和与常人还有一个不同之处就是"卧雪不冷,入水不濡"[2],躺在雪地上感觉不到寒冷,跳到水中身上不湿。这个说法见于李颀的《古今诗话》。是不是很不一样?

其次,志趣不一样。在张志和生活的时代,大家追求的是"学而优则仕",渴望的是"朝为田舍郎,暮登天子堂",在朝廷混个一官半职,既能光耀门楣,又有很多现实中的好处。可是张志和从小受他父亲的影响,非常喜欢道家文化。虽然在16岁的时候明经擢第有了官身,而且还以策的形式向肃宗皇帝提过建议,受到肃宗皇帝的重视,让他待诏翰林院,但张志和本身并没有在官场上"占据要路津"的强烈愿望,他喜欢江湖的逍遥自在。

张志和后来以老人去世需要守孝为由辞去官职,从那以后就归隐江湖,还给自己取了个外号"烟波钓徒",从此再也没有踏入官场一步。他还写了一本书,叫《玄真子》,从书名我们能联想到那些飘逸潇洒的道家人物,也因此人们称他为"张玄真"。张志和和那些整天在官场上勾心斗角、汲汲于名利的人相比,简直就是悠游世外的神仙。

张志和在湖州隐居的第五年家里发生了翻天覆地的变化。他祖上留下来的宅基地因赤山镇改县治,被朝廷征用了,连点补偿款都没给。

---

[1] 王仲镛:《唐诗纪事校笺》,北京:中华书局,2007年11月,第1583页。
[2] 史双元:《唐五代词纪事会评》,合肥:黄山书社,1995年12月,第100页。

家中李夫人又刚刚去世,加上曾经因为劝谏肃宗被贬为岭南尉,使他的意志更加消极,他的人生观、世界观因此都发生了巨大的变化。

再次,生活不一样。张志和辞官归隐之后,他的哥哥唯恐弟弟一入江湖不再回来,于是就在越州东郊给他搭了个茅草房子。支撑房子的柱子所用的木头原本是啥样就保持啥样,橡子的树皮都没有去掉。这房子相当低碳简陋,但周围环境很好,"花竹掩映",一看就是高士隐居的桃源世界。张志和很喜欢这里,文献中说他"闭竹门十年不出",在这里整天吃素。

除养真守气之外,张志和还喜欢钓鱼,不过他从来没钓上来过,原因是他本身吃素,钓鱼就是个修身养性的方法,关键是"沿溪垂钓,每不投饵,志不在鱼也"[1]。人家姜太公钓鱼是直钩,张志和钓鱼是不挂鱼饵。钓鱼而"志不在鱼",这心境不是一般人能有的,也不是一般人能理解的。

这样的高人自然不会有颐指气使的俗人气。唐肃宗曾经赐给张志和一对奴婢,奴者为男,婢者为女。在那个时代,他们就是张志和的私有财产,张志和可以任意驱使。但张志和没有浪费他们的青春,而是让这两个人结为夫妇,还给他们取了名字叫渔童、樵青。渔童帮他划船收拾鱼竿,樵青帮他砍柴烧茶。这在当时被传为奇谈佳话!

最后,造诣不一样。张志和的文学造诣很高,曾待诏翰林院。唐代在翰林院工作的名人,如李白、白居易等,哪一个不是文学巨匠啊!另外,颜真卿《浪迹先生玄真子张志和碑铭》中说,张志和"性好画山水,皆因酒酣乘兴,击歌吹笛,或闭目,或背面,舞笔飞墨,应节而成"[2],因此张志和是一个集词人与画家于一身的才子。唐朝皎然和尚曾经写过一首《奉应颜尚书真卿观玄真子置酒张乐舞破阵画洞庭三

---

[1] 傅璇琮:《唐才子传校笺》第一册,北京:中华书局,1987年5月,第692页。
[2] 〔清〕董诰等:《全唐文》,北京:中华书局,1983年11月,第3448页。

山歌》，开头几句说："道流迹异人共惊，寄向画中观道情。如何万象自心出，而心澹然无所营。手援毫，足蹈节，披缣洒墨称丽绝。"(《全唐诗》，第9255页）

这个不一样的张志和曾经和陆羽一起去湖州拜访过颜真卿。陆羽著有《茶经》，誉为"茶圣"，大凡喝茶的人没有不知道他的；颜真卿当时担任湖州刺史。三人相互唱和，这才有了这组《渔父歌》。还有一种说法，当时张志和和陆羽坐的船太小，就是个舴艋舟，有点寒酸。颜真卿有意给他们换一艘好点的船，张志和就此写了《渔父歌》。有的人一辈子写了很多诗歌，但是到死也默默无闻，充其量是个三流诗人；有的人只写了为数不多的几首诗歌却让后世记住了他的名字，比如张若虚凭一首《春江花月夜》奠定了自己在文学史上的地位，张志和凭《渔父歌》震惊了整个江湖，让无数人为之倾倒。

震惊江湖《渔父歌》

张志和的《渔父歌》写好之后，很快就传唱开来，不仅在国内大街小巷都能听到，几乎成为洗脑神曲，而且流传到了日本，形成了一股模仿热，天皇和公主都参与其中；更不可思议的是竟然造成了几个著名文学家的"写作不端"。这到底是怎么回事呢？容我慢慢讲来。

首先是产生国际影响。唐朝和日本当时关系很好，日本先后派了13次"遣唐使"到唐朝学习。《日本填词史学》记载，张志和的《渔父歌》大约写成49年后流传到了日本，当时是唐穆宗长庆三年（823），日本则是平安朝弘仁十四年。日本嵯峨天皇读后赞赏有加，亲自在贺茂神社开宴赋诗，皇亲国戚、学者名流一起随嵯峨天皇唱和张志和的《渔父歌》。嵯峨天皇当时写了五首诗，其中第三首是这样的：

青春林下渡江桥，湖水翩翩入云霄。

闲钓醉，独棹歌，往来无定带落潮。

看来嵯峨天皇很羡慕张志和沉醉山水的神仙生活。席间，嵯峨天皇年仅17岁的女儿内亲王智子也有佳作：

春水洋洋沧浪清，渔翁从此独濯缨。

何乡里？何姓名？潭里闲歌送太平。

据说这个活动结束之后，一些大臣在张志和的词里出不来了，整天嘴里念念叨叨，甚至有几个人还向天皇递了辞职报告，"世界那么大，我想去看看"。张志和的《渔父歌》就像架在中日之间的一座虹桥，为奠定中日友谊做出了"特殊"的贡献。这首词后来还被选入日本教材。

其次是引起皇帝关注。"牛李党争"是中晚唐政治的一大弊端，其中牛党领袖叫牛僧孺，李党领袖叫李德裕。李德裕写过一篇文章《玄真渔歌记》，其中这样说："德裕顷在内庭，伏睹宪宗皇帝写真求访玄真子《渔歌》，叹不能致。余世与玄真子有旧，早闻其名，又感明主赏异爱才，见思如此，每梦想遗迹，今乃获之，如遇良宝。"[1]李德裕说自己当宰相期间，亲眼见宪宗皇帝苦心访求张志和的《渔父歌》，但结果是"叹不能致"。能让国家最高领导人如此痴迷求访，可见这首词是极好的。李德裕与张志和是世交，他见皇帝这么喜欢《渔父歌》，于是做梦都想帮皇帝搞到，功夫不负有心人，"今乃获之，如遇良宝"。从这件事也可以看出，李德裕是个多么用心的人。

再次是引起写作不端。我们今天评价一个人的学术影响，有一个参考指标叫"引用率"。什么叫引用率呢？就是你写的文章被别人参考引用的情况。不过需要注意的是，如果你的文章被某人大篇幅地复制，那么性质就变了，就变成被抄袭了。如果张志和这首词是学术文章的话，那就火了，引用率老高了。我曾经统计过电子版《全宋词》，

---

[1] 〔清〕董诰等：《全唐文》，北京：中华书局，1983年11月，第7266~7267页。

输入"西塞山"三个字,竟然搜到了几十首。再一看,我笑了,合着都是改编张志和的《渔父歌》,我们不去空口白牙地说,拿出证据才有说服力。那我们就看看苏轼和黄庭坚的词吧。苏轼可是北宋著名的词人,他有一首词《浣溪沙》是这样的:

  西塞山前白鹭飞,散花洲外片帆微,桃花流水鳜鱼肥。

  自庇一身青箬笠,相随到处绿蓑衣,斜风细雨不须归。①

这首词与张志和的词重复率为64.4%。黄庭坚是"苏门四学士"之一,也是诗词俱佳,看看他的《鹧鸪天》:

  西塞山边白鹭飞,桃花流水鳜鱼肥。朝廷尚觅玄真子,何处如今更有诗?青箬笠,绿蓑衣,斜风细雨不须归。人间底是无波处,一日风波十二时。②

这是把张志和的《渔父歌》全盘给搬进了自己的词中。像这种情况并不止他们两个,我就不再一一点名了。亏着当时不像今天如此严格地检查重复率,否则苏轼和黄庭坚两位"同学"就是赤裸裸的抄袭,必然要摊上大事,上头条不说,恐怕还要被取消学位,不能正常毕业。

要命的是,苏轼还不止抄袭了一次,他有一首《鹧鸪天》也抄袭了张志和的《渔父歌》。虽然这样,刘熙载认为还是不能和原词相比,他在《艺概·词曲概》中这样说:

  张志和《渔父歌》"西塞山前白鹭飞"一阕,风流千古。东坡尝以其成句用入《鹧鸪天》,又用于《浣溪沙》,然其所足成之句,犹未若原词之妙通造化也。黄山谷尝以其词增为《浣溪沙》,且"诵之有矜色"焉。③

刘熙载很不厚道,一句话又揭露了一个秘密,黄庭坚也不止一次抄袭

---

① 史双元:《唐五代词纪事会评》,合肥:黄山书社,1995年12月,第103页。
② 史双元:《唐五代词纪事会评》,合肥:黄山书社,1995年12月,第103页。
③ 袁津琥:《艺概注稿》,北京:中华书局,2009年5月,第490页。

张志和的《渔父歌》，因为他说的《浣溪沙》和我引用的《鹧鸪天》明显是两首作品。黄庭坚的《浣溪沙》是这样写的：

新妇矶边眉黛愁，女儿浦口眼波秋，惊鱼错认月沉钩。

青箬笠前无限事，绿蓑衣底一时休，斜风吹雨转船头。[1]

这首《浣溪沙》和他的《鹧鸪天》相比，"复制比"明显要少很多，所以刘熙载那句话改成"黄山谷尝以其词增为《鹧鸪天》"更合适一些。以苏轼和黄庭坚之才尚且如此，足可见张志和这首词得有多好了！

同名"网红"西塞山

张志和笔下的西塞山明净如画，那么另一处西塞山又会是什么样子呢？会不会张志和带火了湖州的西塞山后，武昌的西塞山抓住机会蹭蹭热点呢？其实根本用不着，武昌的西塞山本来就很出名，甚至从"点击量"上来说，还有盖过湖州西塞山的势头。我在"全唐诗库"里搜索"西塞山"，搜到的结果除张志和写的是湖州西塞山外，其他诗人基本写的都是武昌西塞山。

武昌西塞山的景色也是很漂亮的，韦庄曾经写过一首《西塞山下作》，前两句是这样的，"西塞山前水似蓝，乱云如絮满澄潭"（《全唐诗》，第8037页），寥寥14个字，已经将西塞山的景色渲染出来了。第一句既写到了山又写到了水，或者说主要是写水，但山也被映带其中。西塞山比较高大，孙元晏在《武昌》诗中写"西塞山高截九垓"（《全唐诗》，第8703页），"九垓"就是九天，西塞山峭拔高入云霄。山下的水什么样子呢？"水似蓝"，本身南方的水就清澈，在山间草木的映衬下，江水显得更加蔚蓝了。第二句主要写山，山顶白云飘浮，如同棉絮似的起伏缭绕，这是一种很奇妙的境界，而这种境界又倒映在

---

[1] 史双元：《唐五代词纪事会评》，合肥：黄山书社，1995年12月，第103页。

水中，效果越发奇妙。假如我们能够身临其境，恐怕也会陶醉其中。

晚唐著名诗人皮日休真的陶醉其中了，他给我们写了一首《西塞山泊渔家》：

　　白纶巾下发如丝，静倚枫根坐钓矶。
　　中妇桑村挑叶去，小儿沙市买蓑归。
　　雨来莼菜流船滑，春后鲈鱼坠钓肥。
　　西塞山前终日客，隔波相羡尽依依。

(《全唐诗》，第7065页)

作者住在西塞山边的渔家，仔细领略了当地渔家悠然自得的生活情态。老人头戴白纶巾，坐在枫树下的石头上静静垂钓，他的妻子忙着采桑叶养蚕。"中妇"有妻子的意思，比如李贺《恼公》诗说"月明中妇觉，应笑画堂空"(《全唐诗》，第4410页)。小儿子刚刚从集市上买蓑衣回来，其他孩子在干吗呢？正在湖面上劳作。船行水面，发现水中的莼菜经过春雨的滋润，看着更加光滑，再看钓上来的鲈鱼特别肥美，让人不由得直吞口水。作者感受着眼前浓浓的生活气息，不用刻意说渔家生活如何如何快乐，也已经乐在其中了。这样的生活，让客居的作者很羡慕，真想永远生活在这里。

西塞山除景色美之外，还是一个让人发思古之幽情的地方。说到这里，大家肯定想起了刘禹锡那首著名的《西塞山怀古》：

　　西晋楼船下益州，金陵王气黯然收。
　　千寻铁锁沉江底，一片降幡出石头。
　　人世几回伤往事，山形依旧枕江流。
　　今逢四海为家日，故垒萧萧芦荻秋。

(《全唐诗》，第4058页)

唐穆宗长庆四年（824），刘禹锡从夔州刺史任上调任和州刺史，顺江而下途中经过西塞山，感慨山川险隘与天下大势的关系，写下了这首怀古诗。

西晋太康元年（280），晋武帝司马炎命王濬率领西晋水军讨伐东吴，西晋水军以高大的"楼船"组成，顺江而下。东吴的皇帝孙皓想凭借长江天险保平安。他还是很动心思的，在江中暗置铁锥，再加以千寻铁链横锁江面，自以为是万全之计，一切都没问题了，可万万没想到的是，王濬用许多大筏冲走了铁锥，又用火炬烧毁铁链，然后直取金陵。就这样，孙皓投降了，东吴灭亡了。作者一路写来，好像都是在慨叹历史，离题是不是有点远了？到了第六句"山形依旧枕江流"，总算点到了西塞山，可是前面用了一句"人世几回伤往事"，似乎又把西塞山的作用给否定了。在作者看来，"兴废由人事，山川空地形"（《金陵怀古》，《全唐诗》，第4017页），朝代的兴衰关键在人心，一味依赖山川形势是不可取的，当年的军事堡垒，不已经在"四海为家日"的今天荒凉破败了吗？

刘禹锡写得这么深沉，是有他的用意的。中晚唐藩镇割据很严重，一些地方军事势力动不动就造反了，如颜真卿就是被造反的藩镇势力杀害的。自古以来，那些占据一方的人结果又怎样呢？即便有坚固的军事设施，他们不照样走向覆灭吗？所以，那些总想造反的人干脆就别起那个五更了，言辞之间有劝告，有警醒，也有嘲弄！

遥望洞庭山水翠

《全唐诗》中最常见的湖泊无疑要数洞庭湖了，仅诗歌题目中有"洞庭"二字的就达97首。洞庭湖在湖南省的北部，北通长江，南接湘江、沅江、资江、澧江，面积广阔，是我国第二大淡水湖，有"八百里洞庭"之称，所以裴说在《游洞庭湖》开篇便赞叹"楚云团翠八百里"（《全唐诗》，第8260页）。晚唐有一位叫可朋的诗人，存诗不多，《全唐诗》中只有他六首诗，其中有一首是《赋洞庭》，在这六首诗中也算是上乘之作。我们下面来看看他都写了洞庭湖的哪些方面。

周极八百里，凝眸望则劳。

水涵天影阔，山拔地形高。

贾客停非久，渔翁转几遭。

飒然风起处，又是鼓波涛。

（《全唐诗》，第9611页）

他首先写了洞庭湖的辽阔，一眼望不到边，其次写了洞庭湖的景，天光倒影，君山耸拔，既有湖的明秀，又有山的刚毅。经商之人到这里不敢稍作停留，毕竟湖面太大，一来容易沉醉不知归路，即便是渔翁也容易迷失方向；二来是一旦起风，将会遇到汹涌的波涛，或许还会有生命危险。就是这样一个湖光山色两相宜的地方，吸引着大量的文人骚客赶来写诗歌颂。

江寒日静光华满

来洞庭湖写诗的人都有谁呢?说几个大家比较熟悉的,"大手笔"张说、"诗仙"李白、"诗圣"杜甫、"诗豪"刘禹锡,都是响当当的诗坛大咖。刘禹锡写过一首《望洞庭》:

湖光秋月两相和,潭面无风镜未磨。
遥望洞庭山水翠,白银盘里一青螺。

(《全唐诗》,第4129页)

诗歌描写了秋夜月光下洞庭湖的优美景色,表达了诗人对洞庭风光的喜爱和赞美之情,表现了诗人壮阔不凡的气度和高卓清奇的情致。第一句描写湖光与月光交相辉映,湖水澄澈,秋月空明,这种水天一色、玉宇无尘的画面显得空灵缥缈,宁静和谐。接下来作者写月光下洞庭湖的朦胧美,湖面上风平浪静,恰似未经打磨的铜镜,显得安宁温柔。后两句作者把目光转到了君山上,在秋月澄辉下,君山显得越发青翠,湖水也越发清澈,山水浑然一体,远远望去就像银盘里放了一颗青螺,小巧玲珑,惹人喜爱。这两句诗一向被称为神来之笔,壮阔的洞庭山水在诗人笔下成了一件精美绝伦的艺术品,也让人想起了雍陶的《题君山》:"风波不动影沉沉,翠色全微碧色深。应是水仙梳洗处,一螺青黛镜中心。"(《全唐诗》,第5921页)两首诗在对洞庭山水的形容上有异曲同工之妙。这是与诗人的性格、情操和美学趣味相一致的,否则他们怎么可能把人与自然的关系表现得这么贴切。

李白、杜甫、张说又是怎么写洞庭湖的呢?李白在《陪侍郎叔游洞庭醉后》诗中说:"划却君山好,平铺湘水流。巴陵无限酒,醉杀洞庭秋。"(《全唐诗》,第1830页)山好,水好,秋景更好!又在《秋登巴陵望洞庭》中说:"明湖映天光,彻底见秋色。秋色何苍然,际海俱澄鲜。山青灭远树,水绿无寒烟。来帆出江中,去鸟向日边。风清长沙浦，山空云梦田。"(《全唐诗》，第1838页)天光、秋色、青山、远树、来帆、去鸟，构成了一幅辽阔悠远的山水图景。杜甫写过《过南岳入洞庭湖》《舟泛洞庭》，也对洞庭湖的美景发出过赞叹。张说是开元名相，而且当年参加制科考试还是对策第一名，文笔相当了得，执掌文坛30年。张说有两首写洞庭湖的诗歌，即《游洞庭湖》《和尹从事懋泛洞庭》。第二首唱诗者为尹懋，他写有《同燕公泛洞庭》一诗。题中的"燕公"指张说，被封燕国公，也称"张燕公"。从尹懋诗的题目我们可以推测出，这首诗应该写于开元四年（716）。

李隆基为太子时与太平公主不睦，太平公主曾经一度想废掉李隆基，张说不肯媚附太平公主，因此处处被太平公主排挤，甚至被贬为东都留守。张说知道太平公主心怀阴谋，于是派人向李隆基献了一把佩刀，暗示他要果断铲除太平公主。开元元年（713），太平公主被铲除，张说被封燕国公。李隆基继承帝位后任用的宰相是姚崇，他与张说关系也不和。于是张说私自到岐王府去表忠心，又被姚崇发现告发，搞得玄宗很没有面子。张说因此被贬为相州刺史，后来因为其他事牵连，再贬为岳州刺史，这是开元四年的事。开元四年，苏颋担任宰相。张说和苏颋的爸爸苏瑰是老朋友，于是他就写了一些歌颂苏瑰的文章向苏颋示好，苏颋因此向玄宗进言，张说被改任为荆州长史。可见，张说在岳州待的时间不长，岳州即今天的岳阳市，就在洞庭湖边上。这么说，张说游洞庭湖就有了得月之便。

张说对洞庭湖的美景有些急不可耐，一大早就要出发一饱眼福，这就是他的《游洞庭湖》：

　　平湖晓望分，仙峤气氤氲。
　　鼓枻乘清渚，寻峰弄白云。
　　江寒天一色，日静水重纹。
　　树坐参猿啸，沙行入鹭群。

缘源斑筱密，胃径绿萝纷。

洞穴传虚应，枫林觉自熏。

双童有灵药，愿取献明君。

（《全唐诗》，第 974 页）

  清晨，作者来到洞庭湖畔，看着一望无际的洞庭湖水，君山上雾蒙蒙的如同仙境。乘上小船，登上小洲，去欣赏白云飘飞的妙景。什么是"渚"？就是水中可居之地，即小洲。"乘清渚""弄白云"给人一种进入琉璃世界的感觉，干净得让人屏住了呼吸，唯恐污浊之气坏了这里的静雅氛围。浩渺的烟波与天远远地连在一起，呈现出水天一色的澄澈，太阳初升，湖面涟漪层层，恬静得就像一个娇羞清秀的少女。作者时而坐在树下，听听猿啸，时而在沙滩上漫步，惊醒了睡梦中的鸥鹭。不管是"参猿啸"还是"入鹭群"，明明是动，是热闹，甚至有些聒噪，可是却让我们感觉到这个洞庭小洲出奇地静，这就是以动写静。

  小岛上植被茂盛，竹林葱郁，绿萝蔽空，处处都是养眼的青翠，越发显得幽静。"斑筱"就是斑竹，"筱"是小竹、细竹。写到"斑筱"的时候，作者一定想起了那个凄美的故事。《述异记》中讲，舜帝南巡，死在了苍梧之地，当他的妃子娥皇、女英听到舜帝驾崩的消息时，并不相信，于是二人不顾路途遥远匆忙赶了过去。但是结果让人很失望，舜帝确实已经不在人世了，两个人号啕大哭，眼泪洒在竹子上，竹子上出现了斑点，这就是斑竹的来历，人们又称它为"湘妃竹"。刘长卿写有《斑竹》一诗："苍梧千载后，斑竹对湘沅。欲识湘妃怨，枝枝满泪痕。"（《全唐诗》，第 1480 页）高骈有《湘妃庙》一诗："帝舜南巡去不还，二妃幽怨水云间。当时珠泪垂多少，直到如今竹尚斑。"（《全唐诗》，第 6919 页）这个故事让斑竹更富有浪漫性，同时也让张说眼前的景致多了一层神秘感。再点缀上渐渐变红的枫叶，更有诗意！

作者虽然身在洞庭，心却在朝廷，所以他在诗歌的结尾又表达了对皇帝的忠心。曹丕《折杨柳行》中说："西山一何高，高高殊无极。上有两仙僮，不饮亦不食。与我一丸药，光耀有五色。服药四五日，身体生羽翼。轻举乘浮云，倏忽行万亿。"[1]西山上有两个仙童，送给曹丕一丸仙药，他吃了之后就羽化成仙了。张说也想遇到这样的仙童，不过他不是要自己享用仙药，而是"愿取献明君"，所以他对朝廷的忠心是坚定不移的。

开元四年（716），张说在尹懋的陪同下去洞庭湖泛舟，尹懋就写了一首《同燕公泛洞庭》，其中有"风光淅淅草中飘，日彩荧荧水上摇"（《全唐诗》，第1061页），写了风行草上、波摇日影的洞庭美景。张说根据尹懋这首诗写了一首和诗《和尹从事懋泛洞庭》：

平湖一望上连天，林景千寻下洞泉。
忽惊水上光华满，疑是乘舟到日边。

（《全唐诗》，第983页）

作者先极言洞庭湖的辽阔无垠，那水面在远处仿佛与天连到了一起，岸边、岛上竹木苍翠，尽情地向天空伸展着身躯，水中的倒影也是那么挺拔。"洞泉"用得好，本指深透明澈的泉水，用在这里给人恍惚的感觉，到底是洞庭湖水清澈，还是岛上另有清澈的泉水？原来，作者和尹懋应该是经过了一片幽境，千寻的林景遮天蔽日，要不怎么会有"忽惊水上光华满"呢？当小船划出林景的时候，光线一下子变得明朗了，湖水反射着阳光。作者甚至怀疑，自己是不是忽然到了日边。作者既是写自己泛舟的所见所感，也是在表达政治愿望。传说，伊尹曾经做了个梦，驾着小船从太阳边经过，结果很快被商汤重用，建立了不朽的功业。古人往往用这个传说表达政治愿望，张说是被贬到洞庭湖畔的，他把这个典故用在这里，可以说是借景言志。

---

[1] 逯钦立：《先秦汉魏晋南北朝诗》，北京：中华书局，1983年9月，第393~394页。

波撼襄阳临洞庭

说到借洞庭湖的景言志,我们不能不提到孟浩然。孟浩然曾经参加科举考试失败,又言语疏忽得罪了玄宗皇帝,后来又因为别的事情错过了与采访使韩朝宗赴京的机会,所以他与官场的缘分不深。但孟浩然并不是不喜欢官场,唐朝毕竟是官本位社会,孟浩然如若不喜欢为官,当年就不会去参加科举考试了,也就不会以洞庭湖言志写下这首《望洞庭湖赠张丞相》了:

八月湖水平,涵虚混太清。
气蒸云梦泽,波撼岳阳城。
欲济无舟楫,端居耻圣明。
坐观垂钓者,空有羡鱼情。

(《全唐诗》,第 1633 页)

这是孟浩然向张九龄投赠的干谒诗,作于开元二十一年(733)。孟浩然到京城长安求取功名时认识了张九龄,当时张九龄任秘书少监、集贤院学士副知院士,也是个著名的诗人。后来张九龄拜中书令,孟浩然就写了这首诗赠给张九龄,目的是想得到张九龄的赏识,实现自己进入政界的理想。所以,李白说孟浩然的"红颜弃轩冕,白首卧松云"是故作潇洒罢了!

这首诗第一联交代了时间,是秋高气爽的八月。"湖水平"三个字写出了洞庭湖的浩瀚,湖面上无风无浪,让人充分体会到了止水清净的内涵,这才引出下一句"涵虚混太清"。"涵虚"就是天倒映在水里,"混太清"就是水天相接浑然一体。这两句是写站在湖边,远眺湖面的景色,写洞庭湖汪洋浩阔,与天相接,润泽万物,容纳百川。孟浩然在《洞庭湖寄阎九》一诗中也说"莫辨荆吴地,唯余水共天"(《全唐诗》,第 1634 页)。两首诗有异曲同工之妙。

第二联目光由远而近继续写湖的广阔,从湖面写到湖中倒映的景物:笼罩在湖上的水汽弥漫,吞没了云梦。云梦是古代两个大泽,是湖北省江汉平原上的湖泊群的总称。据说以长江为界,云泽在江北,梦泽在江南,先秦时云梦泽范围周长约450公里,后来大部分都淤成陆地,到了唐朝时期已经解体为星罗棋布的湖泊群。不过作者写这首诗时,他心目中的云梦泽应该还是最原始的样子,否则不足以凸显出眼前洞庭湖的壮阔。风起浪奔,惊天动地,整个岳阳城都为之震动!诗人笔下的洞庭湖时而如温婉的处子,时而是脾气粗犷的汉子。短短四句,作者让我们领略到了洞庭湖的万千气象!

面对着气象万千的洞庭湖,孟浩然想到自己还是一介布衣,想在官场上实现政治抱负,却没有机缘,无人接引,就如同要渡过洞庭湖缺少船只一样。生逢太平盛世,他不甘心闲居无事,也想出来干一番事业。这两句诗其实就是在向丞相张九龄表白心迹:我虽然是个隐士,但这并不是我的本意,我还是很愿意为朝廷、为人民服务的,只是没有机会罢了。言外之意就是,您是我的伯乐吗?或许是怕张九龄不明白自己的想法,孟浩然又进一步说,我本来是坐在湖边看垂钓的人,可是却产生了羡慕之情,我也想成为钓鱼人。"垂钓者"是一个比喻,指朝廷那些执政的人物,也就是像张九龄这样的人,甚至就是直接指张九龄。作者在这里巧妙运用了《淮南子·说林训》中"临渊羡鱼,不如退而结网"的话,既和作者当时所处的环境符合,也和他的心情照应,显得不露痕迹。"徒有"是白白地,作者这个词语用得很妙,有点激将法的味道。作者面对着洞庭湖因景生情写的这首干谒诗,很得体,首先写了洞庭湖的自然风光,然后用很美妙的比喻称颂了张九龄,而且还不卑不亢地说出了自己的想法。张九龄后来还真的请孟浩然进了自己的幕府,只是孟浩然没干多长时间,就又归隐去了。或许,襄阳山水才是最适合孟浩然的吧!

洞庭秋月生湖心

我们在白天游玩一般能看到湖水倒映天光的壮阔，到了晚上，洞庭湖又会有什么景象呢？接下来我们了解一下夜幕下的洞庭湖。大历十才子之一的李端曾经有过"宿洞庭"的经历，并写下了一首题为《宿洞庭》的诗：

> 白水连天暮，洪波带日流。
> 风高云梦夕，月满洞庭秋。
> 沙上渔人火，烟中贾客舟。
> 西园与南浦，万里共悠悠。

（《全唐诗》，第3268页）

李端是大历五年（770）的进士，曾经担任过秘书省校书郎、杭州司马，晚年辞官隐居湖南衡山，自号"衡岳幽人"，他的这首《宿洞庭》应该就是晚年隐居时写的。太阳随着洞庭波向西流去，夜幕悄悄降临，湖水白茫茫一片，与远天连在一起，明月高挂，银辉轻洒，湖上微波轻漾，已经变成一个静谧的童话世界。岸上渔火点点，忙碌了一天的人们正在享受宁静的生活，客商们的船上也升起了袅袅炊烟，或许他们正在吟诵孟浩然的"野旷天低树，江清月近人"吧。作者目之所及，都是那么自在悠然。作者在结尾处点到了"西园"，西园在河北临漳，当年曹丕、曹植、王粲、刘桢、徐干经常在那里宴游赋诗。这些历史上的大诗人曾经在西园赋诗，而我今天在洞庭湖畔也做着同样的事情。"南浦"在这里指洞庭湖畔，两地虽然相距万里，但悠悠诗心却不因空间的变化而不同。字里行间，满是对眼前洞庭美景的沉醉！

周贺与郑遨也在洞庭湖住过，前者写过《秋宿洞庭》，不过需要指出来的是，有人认为这首诗是刘长卿写的，题作《松江独宿》，我这里根据《全唐诗》归到周贺名下；后者写有《宿洞庭》。先看周贺的《秋宿洞庭》：

> 洞庭初叶下，旅客不胜愁。
> 明月天涯夜，青山江上秋。
> 一官成白首，万里寄沧洲。
> 只被浮名系，宁无愧海鸥。

(《全唐诗》，第 5733 页)

周贺是洛阳人，早年在庐山当过和尚，在润州（今江苏镇江）客居过三年，又在嵩山隐居过。文宗太和末年（835），姚合担任杭州刺史，因为他太喜欢周贺的诗歌了，所以就逼着周贺还了俗。从这首诗里，我们应该可以看出，夜宿洞庭的并非周贺一人。或许朋友中有不得自由的官身，所以当他看到明月、青山、秋江时才会感叹"一官成白首，万里寄沧洲"。为了追求功名，头发也白了，还漂泊江湖，这可能就是陶渊明所说的"久在樊笼里"。因为被名利牵系，所以还不能做到逍遥自在地与海上鸥结盟。而这些，也正是旅客的愁，也算得上见景生情了。

再来看郑遨的《宿洞庭》："月到君山酒半醒，朗吟疑有水仙听。无人识我真闲事，赢得高秋看洞庭。"（《全唐诗》，第 9671 页）郑遨的情趣更高，乘着酒意，借着月光，高声朗诵自己的诗作。作者忽然有了一个奇妙的想法，或许有水中仙子在偷听自己吟诗，看来郑遨还是比较自恋的。因为没有人认识作者，反而让作者少了不必要的应酬，有时间去欣赏夜月下的洞庭湖了。这在作者看来，是非常值得欣喜的一件事。

夜幕下的洞庭湖必须配上明月才更有意境，所以诗人们总是会不约而同地在诗里写到洞庭月。比如李端《宿洞庭》有"月满洞庭秋"，周贺《秋宿洞庭》有"明月天涯夜"，郑遨《宿洞庭》有"月到君山酒半醒"，所以明月是洞庭湖的绝配。在写洞庭月的诗歌中，"诗豪"

刘禹锡的《洞庭秋月行》应该是最值得称道的。

> 洞庭秋月生湖心，层波万顷如熔金。
> 孤轮徐转光不定，游气蒙蒙隔寒镜。
> 是时白露三秋中，湖平月上天地空。
> 岳阳楼头暮角绝，荡漾已过君山东。
> 山城苍苍夜寂寂，水月逶迤绕城白。
> 荡桨巴童歌竹枝，连樯估客吹羌笛。
> 势高夜久阴力全，金气肃肃开星躔。
> 浮云野马归四裔，遥望星斗当中天。
> 天鸡相呼曙霞出，敛影含光让朝日。
> 日出喧喧人不闲，夜来清景非人间。

（《全唐诗》，第3995页）

读到这首诗可以让人联想到张若虚的《春江花月夜》，不同的是一个秋月、一个春月罢了。作者从月亮升起着笔，月亮本来高挂天上，可是作者却偏偏说"生湖心"，是从湖中升起来的，这是水天相接带给人的错觉，越发让人感觉到洞庭湖吞吐日月的壮丽奇景。在月光的笼罩下，湖面上的层层涟漪泛着金光，犹如镀上了一层金黄色。在月亮刚升起来的时候，月光还有些飘忽，不是那么明朗，而这并非月亮造成的，原来湖面上水汽飘浮，从而使月光显得朦胧迷幻。作者用了一个词语"寒镜"，就是水中的月影，使人多了一层想象，同时也引出了下一句。作者题为"秋月"，所以用"是时白露三秋中"来扣题，"白露"是我国二十四节气之一，表示孟秋时节的结束和仲秋时节的开始，意味着真正入秋了。白露时节，云淡天高，风凉气爽，早晚的温差较大，晚上会感到一丝丝的凉意，所以作者称水中月亮的倒影为"寒镜"。"三秋"指孟秋、仲秋、季秋，这里泛指秋天。随着夜深月高，洞庭湖变得风平浪静，天地之间除了月光、水光，似乎别的东西一扫而空。

作者通过岳阳楼把目光转到了城内,"暮角绝"意味着夜深人静。在秋月的俯视下,岳阳城"山城苍苍夜寂寂,水月逶迤绕城白",寂寂是人声渐去,白则是水光与月光的交融。突然,作者的耳畔传来乐声,原来还有未眠人,唱《竹枝词》的是巴地的船夫,吹羌笛的是夜宿船上的商客,歌声与笛声都透出对家乡的思念。我们知道,刘禹锡为《竹枝词》的改良和传播做出了重要的贡献,羌笛是人们在诗中经常用来表达思乡情结的"道具"。不过,当巴童的歌声与估客的笛声划破夜空的时候,夜显得更加静了,如果不静,或许他们的乐声也不能传到作者的耳中。

夜色越来越浓,月光越来越亮,秋气越来越重,可是当达到极点的时候,也预示着曙光的到来。浮云、尘埃渐渐四散开去,星斗虽然在中天闪烁,但那也是黎明前的辉煌。随着"天鸡相呼曙霞出",月亮只能做出"敛影含光让朝日"的选择,这也是它唯一的选择。就这样,白天到来,又恢复了"日出喧喧人不闲"的景象,而作者还没有从夜月照洞庭的美景中缓过神来,因为在他看来"夜来清景非人间"。我们完全可以说,刘禹锡已经被洞庭秋月夺魂摄魄了。作者在这首诗中,表现出了对月的极度喜爱,既有明写如"秋月""湖平月上""水月",又有暗写如"孤轮""寒镜""阴力""敛影含光",有的句子看似与月无关,但也分明是在月的笼罩下。作者从月亮升起写到月亮让位给太阳,既有景的描写,又有情的表达,既有静景,又有动景,近乎是全程"直播"。

有时候会有一种疑虑,作者笔下这首诗,到底洞庭湖是主,还是月是主?其实,只有月才使得洞庭湖有了别样的神姿,而只有洞庭湖上的月才会有不一样的身段;只有二者绝配,才会吸引诗人纷至沓来。韩偓写有《洞庭玩月》,也是值得品味的。

洞庭湖上清秋月，月皎湖宽万顷霜。

玉碗深沉潭底白，金杯细碎浪头光。

寒惊乌鹊离巢噪，冷射蛟螭换窟藏。

更忆瑶台逢此夜，水晶宫殿挹琼浆。

（《全唐诗》，第7804页）

看到这首诗，我想起一个故事。韩偓是个少年天才，自幼聪明好学，十来岁的时候曾即席赋诗送给李商隐。李商隐和韩偓什么关系呢？李商隐是韩偓的姨夫。李商隐对韩偓的评价很高，可见于他的诗《韩冬郎即席为诗相送一座尽惊他日余方追吟连宵侍坐裴回久之句有老成之风因成二绝寄酬兼呈畏之员外》。韩偓，小名冬郎。其中第一首说："十岁裁诗走马成，冷灰残烛动离情。桐花万里丹山路，雏凤清于老凤声。"（《全唐诗》，第6183页）有李商隐这样的高人指点，韩偓的诗歌水平肯定也不一般。

就拿这首《洞庭玩月》来说，作者把洞庭月色写得简直超凡脱俗。秋高气爽，夜月银辉，洞庭湖白茫茫的一望无际，湖中月亮的倒影就像一个"玉碗"，繁星点点倒映水中，恰如放置在玉碗旁的金杯。或许我们不会忘记曹操当年在长江上横槊赋诗的情景，其中有"月明星稀，乌鹊南飞，绕树三匝，何枝可依"（《短歌行》）[①]，也不会忘记"诗佛"王维笔下的"月出惊山鸟，时鸣春涧中"（《鸟鸣涧》，《全唐诗》，第1302页），到了韩偓的笔下则成了"寒惊乌鹊离巢噪"，月光惊醒了原本入梦的鸟儿，引起一阵噪乱。水中的蛟龙也因为月光"冷射"而搬了家，可见月光有多么朗澈清冷，也可见作者的想象多么浪漫。不过更浪漫的还在最后，"更忆瑶台逢此夜，水晶宫殿挹琼浆"，"瑶台"是月宫仙境，并不是凡人能到的地方，可是作者却说"更忆"，仿佛他身临其境过一样，而且还经历了"水晶宫殿挹琼浆"，与月宫仙子

[①] 逯钦立：《先秦汉魏晋南北朝诗》，北京：中华书局，1983年9月，第349页。

一起品美酒，那是何等的快意！这或许是受李商隐的影响吧，要不怎么会有上天入地的想象呢？我们不得不说，也正是这样的想象，让洞庭月更加空灵、更加神秘了。

对于美景人们是没有抵抗力的，所以都把最美的词语用在了对美景的描写、歌颂上。麹信陵更是"投降"得彻底，干脆移居洞庭湖，去享受洞庭湖畔"重林将叠嶂，此处可逃秦。水隔人间世，花开洞里春。荷锄分地利，纵酒乐天真"（《全唐诗》，第3593页）的神仙生活。这就是洞庭湖的魅力！

曲江岸北凭栏干

曲沼深塘跃锦鳞，槐烟径里碧波新。
此中境既无佳境，他处春应不是春。
金榜真仙开乐席，银鞍公子醉花尘。
明年二月重来看，好共东风作主人。

(《全唐诗》，第7659页)

秦韬玉的一首《曲江》诗，引出了我们今天要讲的长安宴游胜地——曲江。在这首诗中，曲江是长安的一张名片，江水清澈，锦鳞潜跃，繁花似锦，所以作者不无夸张地说"此中境既无佳境，他处春应不是春"，在作者看来，这里是长安最美的地方。

的确，曲江是让唐人向往的地方。在诗人们的笔下，春日的曲江是"日暖鸳鸯拍浪春，蒹葭浦际聚青蘋"（张乔《春日游曲江》，《全唐诗》，第7327页），夏日的曲江是"池里红莲凝白露，苑中青草伴黄昏"（韩偓《曲江夜思》，《全唐诗》，第7818页），秋日的曲江是"斜烟缕缕鹭鸶栖，藕叶枯香折野泥"（韩偓《曲江秋日》，《全唐诗》，第7826页），冬日的曲江是"雪尽南坡雁北飞，草根春意胜春晖"（裴夷直《穷冬曲江闲步》，《全唐诗》，第5861页）。得意时看曲江是"霁景露光明远岸，晚空山翠坠芳洲"（刘沧《及第后宴曲江》，《全唐诗》，第6791页），失意时看曲江是"桂树既能欺贱子，杏花争肯采闲人"（李山甫《下第卧疾卢员外召游曲江》，《全唐诗》，第7365页），你总能在这里找到适合自己心情的景色。

每日江头尽醉归

说到曲江，脑子里总是不自觉地想到大诗人杜甫，他曾经写过《曲江三章》《九日曲江》《曲江二首》《曲江对酒》《曲江对雨》《曲江陪郑八丈南史饮》等诗。在杜甫的笔下，曲江美得不可方物。"雀啄江头黄柳花，鹓鹏鸂鶒满晴沙"（《曲江陪郑八丈南史饮》，《全唐诗》，第2411页），春天的时候，柳絮飞扬，水鸟或在江中沉浮，或在沙滩上休憩，显得和谐安静。"缀席茱萸好，浮舟菡萏衰"（《九日曲江》，《全唐诗》，第2401页），重阳节的时候，杜甫头插茱萸，到曲江划船，江中的荷花开始衰败，看似萧瑟，实际上为我们带了"留得枯荷听雨声"的想象空间。"桃花细逐杨花落，黄鸟时兼白鸟飞"（《曲江对酒》，《全唐诗》，第2410页），听着欢快的鸟鸣，看着花飞花落，恐怕酒量也会明显增加不少。"林花著雨燕脂落，水荇牵风翠带长"，春雨飘洒，林花坠落，地上留下片片殷红，水草在水中越发青翠。

如此美景，杜甫是不愿意辜负的，他想潇洒一把，你看他在《曲江二首》其二中是怎么表现的：

> 朝回日日典春衣，每日江头尽醉归。
> 酒债寻常行处有，人生七十古来稀。
> 穿花蛱蝶深深见，点水蜻蜓款款飞。
> 传语风光共流转，暂时相赏莫相违。

（《全唐诗》，第2410页）

杜甫爱酒是不亚于李白的，他在《壮游》诗中说"性豪业嗜酒"（《全唐诗》，第2358页），又在《闻官军收河南河北》中高唱"白日放歌须纵酒"（《全唐诗》，第2460页），还在《逼仄行，赠毕曜》中道"街头酒价常苦贵，方外酒徒稀醉眠。速宜相就饮一斗，恰有三百青铜钱"（《全唐诗》，第2278页），都穷到什么份上了，还喝呢！即便是到了生命的晚期也不愿意"潦倒新停浊酒杯"（《登高》，《全唐诗》，第2468页）。所以，杜甫这一辈子，以酒遣怀，以酒叙事，以酒交友，以酒抒情，酒化成了诗文，字里行间都洋溢着酒香。

可是即便如此也不至于典了春衣去换酒钱吧？春天正是春衣派上用场的时候，为什么不典冬衣呢？从"日日典春衣"中可以猜到，杜甫已经把冬衣典当干净了。如果你是为了老婆孩子的日常生活等米下锅，那你典当衣服也是一份责任一份担当，你怎么能为了"每日江头尽醉归"呢？这也太让人意外了！老杜不仅没有回答我们的问题，反而还不无炫耀地说"酒债寻常行处有"，走到哪里醉到哪里，醉到哪里酒账欠到哪里。难道酒就那么香甜好喝，非要付出这么大的代价吗？诗人总算回答了，"人生七十古来稀"，人生苦短，应该把握好眼前。

杜甫曾在《绝句漫兴九首》其四中说："二月已破三月来，渐老逢春能几回。莫思身外无穷事，且尽生前有限杯。"（《全唐诗》，第2451页）眼前的"穿花蛱蝶深深见，点水蜻蜓款款飞"不就是值得珍惜的大好春光吗？物盛极而必衰，这么恬静、自由、美好的境界又能存在多久呢？所以诗人想捎话给这明媚的春光，希望能多为自己停留一刻，让自己好好欣赏。这首诗既写出了曲江春景的美好，也表达了诗人惜春、留春之情，更透露出了仕途不得志的现状。但不管如何，曲江的春天毕竟让人在"暂时相赏"中沉醉了！

曲江美景不仅让杜甫典衣买醉，京城的王侯将相也蜂拥而至，搞得老百姓只能"满衣尘土避王侯"（李山甫《曲江二首》其一，《全唐诗》，第7368页）。他们的到来，让曲江更热闹了，李山甫以"独向江边最惆怅"的游客身份在《曲江二首》其二中记录了这一幕：

江色沉天万草齐，暖烟晴霭自相迷。

> 蜂怜杏蕊细香落,莺坠柳条浓翠低。
>
> 千队国娥轻似雪,一群公子醉如泥。
>
> 斜阳怪得长安动,陌上分飞万马蹄。

(《全唐诗》,第7368页)

水天一色,芳草萋萋,蜜蜂在芳香浓郁的杏蕊间飞舞采蜜,黄莺隐藏在青翠的柳枝间鸣唱,这情景足以让人陶醉。成群结队的姑娘们穿着靓丽,轻盈地游走在如画的美景之中,再看旁边一群公子哥,他们完全忘记了平日的庄重矜持,已经喝得烂醉如泥。美好的时光总是短暂的,太阳渐渐偏西,游玩的人们该返回城里了,路上万马奔腾,尘土飞扬,真是"踏花归去马蹄香"。

曲江晚上是什么样子呢?会不会漆黑一片甚至存在社会治安问题?看看韩偓夜游后的感受:

> 鼓声将绝月斜痕,园外闲坊半掩门。
>
> 池里红莲凝白露,苑中青草伴黄昏。
>
> 林塘阒寂偏宜夜,烟火稀疏便似村。
>
> 大抵世间幽独景,最关诗思与离魂。

(《全唐诗》,第7818页)

这是韩偓的《曲江夜思》,鼓绝更深,斜月沉沉,水中的荷花挂满了露珠,到处都很静,点点的灯光让人误以为这应该是村庄的夜景,无论如何不会相信这就是繁华都市的曲江头。夜晚的寂静能让人想象到白天的喧嚣,诗人很享受这一刻,他觉得"大抵世间幽独景,最关诗思与离魂"。他把置身其中的曲江夜概括为"幽独景"很恰切,"幽独"就是曲江夜景的品质。

细心的人可能发现了,在写曲江时,别人都是兴高采烈的,而李山甫却闷闷不乐,这是为什么呢?难道景色挑人,给别人看是美的,给他看就是苦涩的?原来,李山甫科举失败了,而且是"数举不第"。

209

偏偏曲江还是科举成功者的游乐场，所以看到别人高兴他只会感到更加悲戚。他还写了一首《下第卧疾卢员外召游曲江》：

> 眼前何事不伤神，忍向江头更弄春。
> 桂树既能欺贱子，杏花争肯采闲人。
> 麻衣未掉浑身雪，皂盖难遮满面尘。
> 珍重列星相借问，嵇康慵病也天真。
>
> （《全唐诗》，第7364~7365页）

李山甫是强打精神在欣赏风景，看什么都是灰蒙蒙的。有科举失败的，自然也有科举高中的，我们来看看及第者在曲江是怎么玩的吧。

杏园初宴曲江头

我认为唐朝的科举考试是中国奉献给全世界的第五大发明，在唐朝火热得很，千军万马争过独木桥，王建在《送薛蔓应举》诗中说"一士登甲科，九族光彩新"（《全唐诗》，第3371页），考上之后那是整个家族的荣耀。当然这里说的"及第"通常意义上指的是进士及第，明经及第是没有这么荣光的，因为当时流行"三十老明经，五十少进士"[①]，进士是朝廷官员队伍的生力军。朝廷也确实挺重视这些新及第进士的，会安排他们好好吃一顿，因地点就选在花木繁茂、烟水明媚的曲江亭，故称为"曲江宴"。王定保《唐摭言》卷三"散序"条记载："曲江之宴，行市罗列，长安几于半空。"[②]观者如云，足见曲江宴有多么热闹、多么荣耀了。

刘沧是大中八年（854）考中进士，他写了一首《及第后宴曲江》，都已经到了晚唐了，按说疯狂程度应该有所收敛，毕竟国家问题多多。

[①] （五代）王定保：《唐摭言》，上海：上海古籍出版社，2012年8月，第3页。
[②] （五代）王定保：《唐摭言》，上海：上海古籍出版社，2012年8月，第17页。

看他是怎么写的：

    及第新春选胜游，杏园初宴曲江头。
    紫毫粉壁题仙籍，柳色箫声拂御楼。
    霁景露光明远岸，晚空山翠坠芳洲。
    归时不省花间醉，绮陌香车似水流。

（《全唐诗》，第 6791 页）

  进士放榜时通常是春天，基本上就是二三月份，春暖花开的。大中八年录取结束之后，朝廷决定在曲江池西南的杏园为新科进士庆贺。杏园算是举行曲江宴的法定地点，李远《陪新及第赴同年会》中有"今日杏园宴，当时天乐声"（《全唐诗》，第 5932 页），宴会的过程中往往会声乐高奏。但是，那些没有考上的人想到杏园欢娱，心中很不是滋味，杨知至在《覆落后呈同年》中说"二月春光正摇荡，无因得醉杏园中"（《全唐诗》，第 6537 页），满怀遗憾；杜荀鹤在《下第出关投郑拾遗》中说"杏园人醉日，关路独归时"（《全唐诗》，第 7938 页），这已经不仅仅是遗憾了，更是满怀悲凉。

  饭吃完并不意味着活动就结束了，新科进士们要移步到大慈恩寺进行下一个环节"雁塔题名"，即李肇《唐国史补》所载"既捷，列书其姓名于慈恩寺塔，谓之题名会"[①]，这也就是诗中所说的"紫毫粉壁题仙籍"了。大家前呼后拥前往慈恩寺，聚集在专供题名用的题名屋。他们先各自在一张方格纸上书写自己的姓名、籍贯，并推举其中书法出众的及第人，作文一篇以记此盛事，然后交给专门负责的石匠，刻在大雁塔的石砖上。

  白居易贞元十六年（800）一举及第，当时 27 岁，题名时大家一致推举白居易执笔，白居易很得意地挥毫写下"慈恩塔下题名处，十七

[①] 〔唐〕李肇：《唐国史补》，影印《四库全书》本第 1035 册，台北：台湾商务印书馆，1986 年 3 月，第 444 页。

人中最少年"①。白居易敢这么说也是和他刻苦学习有关的，为了考上进士，白居易豁出去了："二十已来，昼课赋，夜课书，间又课诗，不遑寝息矣。以至于口舌成疮，手肘成胝，既壮而肤革不丰盈，未老而齿发早衰白，瞥瞥然如飞蝇垂珠在眸子中也，动以万数。"②没有一天不看书学习的，口舌生疮，手上磨出了茧子，人瘦了，头发白了，眼也花了。任何一个人的成功都要付出足够的努力，任何一个通过努力成功的人都是应该被尊敬的！

当然，也有在参加曲江宴时故作谦虚的。那就是徐夤，他有一首《曲江宴日呈诸同年》：

鸰鹩惊与凤凰同，忽向中兴遇至公。
金榜连名升碧落，紫花封敕出琼宫。
天知惜日迟迟暮，春为催花旋旋红。
好是慈恩题了望，白云飞尽塔连空。

（《全唐诗》，第8162页）

徐夤把自己比成再普通不过的鸰鹩鸟，把同年比作高贵的凤凰。或许您会觉得徐夤真是这么谦虚，这样想就错了。据《唐才子传》中说，他曾经写过一本《探龙集》，名字很霸气，那意思是说我考进士就如同在睡着的龙下巴取珍珠那么简单，这哪里是谦虚啊！到了放榜那天，徐夤写了一首《放榜日》：

喧喧车马欲朝天，人探东堂榜已悬。
万里便随金鹭鹭，三台仍借玉连钱。
花浮酒影彤霞烂，日照衫光瑞色鲜。
十二街前楼阁上，卷帘谁不看神仙。

（《全唐诗》，第8162页）

---

① 〔五代〕王定保：《唐摭言》，上海：上海古籍出版社，2012年8月，第28页。
② 〔清〕董诰等：《全唐文》，北京：中华书局，1983年11月，第6890页。

这里是把自己比成"金鹥䴇"的，鹥䴇是凤凰的别称。唐代经常用成仙比喻登科，"卷帘谁不看神仙"，心里美滋滋的！考上之后，徐夤跟着王审知，因为王审知对他礼待简略，徐夤甩袖子就离开了。就这性格，他能是真的谦虚？所以徐夤前面把自己比成鹪鹩鸟，那只是客套一下，真正的目的是说自己考上了，"金榜连名升碧落，紫花封敕出琼宫"，又是"金榜连名"又是"紫花封敕"的，明显有点嘚瑟。高兴了，心情好了，看哪里都阳光明媚，天也黑得晚了，花红得也鲜艳了。慈恩寺题名之后，这就算圆满了！

题名结束之后，大家就可以自由活动了。朝廷安排有专门的乐队，可以听听曲子，欣赏一下周围的景色，感受一下围观者对自己的羡慕。有些人觉得可算是考上了，总该放纵一下了。但是放纵也是要讲究度的，要不可能会乐极生悲。据《独异志》记载，开元五年（717）就出事了。这一年，主管天象的官员告诉玄宗皇帝，要有大事发生，将会有30个名士同一天死掉。那一年录取的进士正好是30人，也就是说，这个灾难要应验到这些新及第的进士身上。

这年有一个新科进士叫李蒙，他岳父是朝中大官，和皇帝关系很好，于是玄宗就把这个天机告诉了他："记住我的话，凡有大型的集会活动，都不要让你女婿李蒙参加，千万把他留在家中。"这个大官的宅子离曲江很近，曲江宴上声乐和鸣，李蒙坐不住了，这是一辈子的大事，同年们都去了，怎么能唯独缺他呢？于是，趁家人没留意，他跳墙就溜走了，直奔曲江边。那年曲江水涨了，为了安全起见，大家将十艘船连到一起，新科进士们都登上了船。大家看到李蒙赶到，赶紧招呼他上船。船刚划到江中，突然刮起一阵暴风，恶浪滔天，大船沉了下去，乐队、船工、30个进士没有一个活着上来的。

大部分人考试完之后，成绩公布之前，心里依然很忐忑。虽然知道从出考场那一刻起，结果已经定了，但也免不了各种担心。赵嘏的

情绪可能会更紧张些,考试完了,他独自到曲江去游玩,写了一首《出试日独游曲江》:

江莎渐映花边绿,楼日自开池上春。
双鹤绕空来又去,不知临水有愁人。

(《全唐诗》,第6368页)

这个赵嘏也是个资深的复读生,曾经写过《下第后上李中丞》:"落第逢人恸哭初,平生志业欲何如。鬓毛洒尽一枝桂,泪血滴来千里书。"(《全唐诗》,第6360页)见人就想哭。还有一首《落第》:"九陌初晴处处春,不能回避看花尘。由来得丧非吾事,本是钓鱼船上人。"(《全唐诗》,第6371页)再考不上就想归隐了。所以他考试完之后心里更是没着没落的,走到曲江边,莎草绿了,春花红了,天空有两只仙鹤飞舞,可是他突然怒了:"有完没完?有那么高兴吗?没看出来我在这里发愁吗?"在他的诗中,曲江边的游人好像被清空了,可见他心里什么也装不下,只有考试一件事。

一般情况下,遇到这样的人要多鼓励,给点安慰,让人有点希望。那个以《鹧鸪诗》闻名的郑谷便深谙此道,他有一首《曲江红杏》诗:

遮莫江头柳色遮,日浓莺睡一枝斜。
女郎折得殷勤看,道是春风及第花。

(《全唐诗》,第7761页)

女主人公在丈夫的陪同下到曲江边游玩,他们看到了青青的柳色,看到了正在枝头睡觉的黄莺,还看到了粉红的杏花,走上去折下一枝,回身兴趣盎然地告诉丈夫:"这不就是你及第的预兆吗?"太机智、太暖心的女子!

大笔如椽斥丽人

杜甫为了求官，为了实现他在《奉赠韦左丞丈二十二韵》中所说"致君尧舜上，再使风俗淳"（《全唐诗》，第2252页）的政治理想，以至于"骑驴三十载，旅食京华春"。在这十余年时间里，他过着"朝扣富儿门，暮随肥马尘。残杯与冷炙，到处潜悲辛"的生活。也正是在这个过程中，他认清了那些达官贵人的真实面目，写出了极具批判性的《丽人行》，通过描写杨玉环兄妹曲江春游的情景，揭露了统治者荒淫腐朽、作威作福的丑态，从一个角度反映了安史之乱前夕的社会现实。

三月三日天气新，长安水边多丽人。
态浓意远淑且真，肌理细腻骨肉匀。
绣罗衣裳照暮春，蹙金孔雀银麒麟。
头上何所有，翠微㔩叶垂鬓唇。
背后何所见，珠压腰衱稳称身。
就中云幕椒房亲，赐名大国虢与秦。

（《全唐诗》，第2260页）

三月三日为上巳日，又名修禊节，这是一个传统节日，据《后汉书·礼仪志上·祓禊》记载，这天"官民皆洁于东流水上，曰洗濯祓除去宿垢疢为大洁"[1]，《论语》里所记载的"莫春者，春服既成，冠者五六人，童子六七人，浴乎沂，风乎舞雩，咏而归"[2]也是这种节日活动。唐代修禊节还很盛行，杜颉在《灞桥赋》中有详细描写："日既上巳，禊于洪源。晚其游宴，咸出国门。七叶衣冠，憧憧而遥度；五侯车马，奕奕而腾轩。钟鼓既列，丝竹亦繁，秦声呕哇，楚舞丛杂。帷帟纷其

---

[1] 〔宋〕范晔：《后汉书》，北京：中华书局，1965年5月，第3110页。
[2] 〔宋〕邢昺疏：《论语注疏》，北京：中华书局，1998年11月，第75页。

雾委，罗纨霭以雷沓。掉轻舸之悠悠，顺清流之纳纳。"[1] 看来还是很热闹的，尤其是那些达官贵人更热衷这种活动。

曲江边游人众多，大家打扮得一个比一个漂亮，穿着丝绸衣服，衣服上的图案是金丝绣的孔雀、银丝刺的麒麟，头上戴着翡翠首饰，裙腰上珠宝镶嵌。这些穿戴豪华的丽人是什么身份呢？其中有几位都是后妃的亲戚，里面有虢国和秦国二位夫人，原来确实非等闲之辈。唐宣宗曾经对大臣说："玄宗时内府锦袄二，饰以金雀，一自御，一与贵妃；今则卿等家家有之矣。"杨氏姊妹能穿皇宫里的衣服，可见皇帝对她们多么娇宠，这也是她们骄横的资本。

  紫驼之峰出翠釜，水精之盘行素鳞。
  犀箸厌饫久未下，鸾刀缕切空纷纶。
  黄门飞鞚不动尘，御厨络绎送八珍。

（《全唐诗》，第2260页）

这些丽人要在曲江边用餐了，他们的饮食更是应了我们今天的一句话，"贫穷限制了你的想象"。饮食极其讲究色、香、味和器皿的精美，"紫驼之峰出翠釜，水精之盘行素鳞"，作者只给我们举出了一两种，驼峰和素鳞都是只有贵族才能享用的名贵食品，所配的器具也很精美，是精致的翠釜和水晶盘，丽人用的筷子是用犀牛角做的。这么名贵的山珍海味，做得那么细致，她们竟然不想下筷子，不是不饿，是吃腻了！杨氏姐妹的骄贵和暴殄天物已经被刻画无遗。可是这样还没有到极限，"黄门飞鞚不动尘，御厨络绎送八珍"，皇帝竟然让内廷太监和御厨为杨氏姐妹助兴，络绎不绝地从御厨房里送来珍馐美馔，玄宗皇帝真是暖男一枚，体贴入微啊！不过，这种暖更让人反感，因为透露出的是昏庸。

---

[1] 〔宋〕李昉等：《文苑英华》，北京：中华书局，1982年7月，第205页。

> 箫鼓哀吟感鬼神，宾从杂沓实要津。
>
> 后来鞍马何逡巡，当轩下马入锦茵。
>
> 杨花雪落覆白苹，青鸟飞去衔红巾。
>
> 炙手可热势绝伦，慎莫近前丞相嗔。

（《全唐诗》，第2260页）

吃饱喝足，丽人们开始在曲江边欣赏乐曲，据陶宗仪《说郛》所引乐史《杨太真外传》载："时新丰初进女伶谢阿蛮，善舞。上与妃子钟念，因而受焉。就按于清元小殿，宁王吹玉笛，上羯鼓，妃琵琶，马仙期方响，李龟年觱篥，张野狐箜篌，贺怀智拍。自旦至午，欢洽异常。"[①] 看来这已经是常规节目。杨门子弟因为杨玉环占据着朝中的要职，"要津"是"要路津"的简称，本来指渡口，这里指显要职位。这是为杨国忠出场做铺垫呢。杨国忠下马径直与丽人们欢会，看着是兄妹之间关系融洽，无须通报，实际上暗喻他们关系复杂。"杨花雪落覆白苹，青鸟飞去衔红巾。"这两句很耐人寻味，曲江边种有很多柳树，暮春时节柳絮飘飞，所以有"杨花雪落覆白苹"的说法，可是这里还暗用了个典故：北魏胡太后曾威逼杨白花私通，杨白花惧祸，降梁，改名杨华。胡太后思念他，作《杨白花歌》，有"秋去春来双燕子，愿衔杨花入窠里"[②] 之句。那杜甫想说谁和谁关系不正常呢？《杨太真外传》中说"虢国又与国忠乱焉"。"每入朝谒，国忠与韩、虢连辔，挥鞭骤马，以为谐谑"，可以说到了明目张胆的地步。原来，"杨花"二句是暗喻杨国忠与虢国夫人的淫乱。如此奢华的场面让人围观不更有面子吗？为什么不让近前呢？一是为了显示丞相杨国忠"炙手可热"的权势，二来酒酣耳热、放浪形骸的样子毕竟不宜被旁人窥见。到这里，杜甫戛然而止，不写了，

[①] 〔元〕陶宗仪：《说郛》，影印《四库全书》本第882册，台北：台湾商务印书馆，1986年3月，第427页。

[②] 〔明〕冯惟讷：《古诗纪》，影印《四库全书》本第1378册，台北：台湾商务印书馆，1986年3月，第620页。

不着一语，却是让人浮想联翩啊！

歌舞升平掩饰的暗流汹涌，正是杨氏兄妹把持朝政，正是以杨氏兄妹为首的达官贵人骄奢无度，正是唐玄宗对他们的放纵，才最终导致了安史之乱的爆发。这就是白居易《长恨歌》中所说的"渔阳鼙鼓动地来，惊破《霓裳羽衣曲》"（《全唐诗》，第4818页），长安沦陷，"九重城阙烟尘生，千乘万骑西南行"。杜甫给我们写了《春望》，让我们看到了"城春草木深"（《全唐诗》，第2404页）的长安惨状，当时的曲江边又是什么样子呢？卢纶写了一首《贼中与严越卿曲江看花》：

> 红枝欲折紫枝殷，隔水连宫不用攀。
> 会待长风吹落尽，始能开眼向青山。

（《全唐诗》，第3176页）

这里的花朵开得正好，压得枝条摇摇欲坠，甚至连光线都难透过。这么好的景色，诗人却无心欣赏，因为这些花在诗人眼中就是攻占京城的叛军。诗人渴望能有一阵大风吹落枝头的繁花，只有这样才能看到远处的青山。很明显，诗人是在借曲江看花盼望朝廷赶紧平息战乱。

经过艰苦卓绝的努力，安史之乱终于结束了，长安收复。羊士谔来到曲江，为我们挥毫写下《乱后曲江》：

> 忆昔曾游曲水滨，春来长有探春人。
> 游春人静空地在，直至春深不似春。

（《全唐诗》，第3712页）

诗人想起来当年在曲江边游玩的情形，游人如织，声乐高奏，大家都沉浸在曲江如画的春色之中。可是再看看眼前，来游春的人少得可怜，春天马上就要过完了，竟然没有春天应有的样子，诗人不禁悲从中来！

所以，曲江不仅是长安的一处游乐胜景，还是读书人展示人生成功的场所，又是达官贵人显示煊赫权势的舞台，更是人们对繁华和平生活的一份记忆。

上阳花木不曾秋

在东都洛阳洛水北岸，有一处特别的建筑群叫上阳宫。说它特殊是因为这明明是皇家宫殿，却没有按照规定建在宫城里边。上阳宫建好之后，成了洛阳的标志性建筑，景色优美，引得诗人们纷纷写诗赞叹，还成了李唐王朝盛衰的标志。修建上阳宫时，提议者到底出于什么考虑？"红叶题诗"和上阳宫有着怎样的关系？上阳宫里还发生过什么故事呢？下面我们就来揭秘"九天未胜此中游"（王建《上阳宫》，《全唐诗》，第3416页）的上阳宫。先看上阳宫为什么建在洛水边。

洛水桥边春日斜

《唐会要》记载"上游于洛水之北，乘高临下，有登眺之美"[①]。高宗皇帝到洛水北岸游玩，登到高处往下看，发现眼前景色很美。洛水潺潺像一条玉带，水上船只往来，岸边垂柳倒映，往远处看水天一色，简直就是一幅画。当年他爸爸李世民就在洛水边欣赏过洛水风光，"霞处流紫锦，风前漾卷罗。水花翻照树，堤兰倒插波"（《临洛水》，《全唐诗》，第7页），看来洛水和李唐的帝王们是很有缘的。高宗看到的景色我们今天是看不到了，不过刘禹锡在《浪淘沙》中提到了洛水

---

① （宋）王溥：《唐会要》，北京：中华书局，1955年6月，第552页。

之美：

> 洛水桥边春日斜，碧流轻浅见琼砂。
> 无端陌上狂风急，惊起鸳鸯出浪花。

（《全唐诗》，第4113页）

春天的洛水清澈见底，缓缓流淌，岸边花草映日，人们在桥上静静地欣赏着洛水春情，可是忽然一阵狂风平地而起，沙石乱飞，水中的鸳鸯惊慌振翅，留下身后一串串浪花。虽然只有四句，却让我们看到了洛水的生态美，既有静景描写，又有动态表现。再来看看罗邺笔下的《洛水》：

> 一道潺湲溅暖莎，年年惆怅是春过。
> 莫言行路听如此，流入深宫怅更多。
> 桥畔月来清见底，柳边风紧绿生波。
> 纵然满眼添归思，未把渔竿奈尔何。

（《全唐诗》，第7513~7514页）

流水潺湲，绿草红花，明月朗照，垂柳拂波，一派江南风光。

高宗皇帝被眼前的美景吸引，于是把司农少卿韦弘机给叫过来了，让他在自己登高远眺的地方建一个高高的馆阁。他的原话是这样说的："两都是朕东西之宅也，见在宫馆，隋代所造，岁序既淹，渐将颓顿，欲修殊费材力，为之奈何？"[①]高宗李治说，东都洛阳、西都长安都是我的家，现在的宫殿都是前朝隋帝时建造的，时间久了，又经历了战乱，已经破旧不堪了，如果进行维修恐怕要耗费不少木材啊，这可怎么办呢？据《唐会要》卷三十"洛阳宫"条中讲，这是上元二年（675）唐高宗要从洛阳回长安的时候发生的事情。

司农少卿大约相当于现在的农业部副部长。韦弘机一听马上说："臣曹司旧式差丁采木，皆有雇直，今户奴采斫，足支十年所纳丁庸，及蒲荷之直，在库见贮四十万贯，用之市材造瓦，不劳百姓，三载必

[①] 〔宋〕王溥：《唐会要》，北京：中华书局，1955年6月，第552页。

成矣。"①韦弘机的意思是说，自己一直让人采集木材，足够用十年了，另外库房里还有40万贯的金钱，用这个作为建设经费，根本不用向老百姓摊派，不出三年新的宫殿就建成了。高宗一听，自然很高兴了，那就建吧！

即便是皇帝说了在他站的位置修建，那也需要好好规划一下。徐松《唐两京城坊考》中记载："上阳宫在禁苑之东，东接皇城之西南隅，南临洛水，西距谷水，东面即皇城西掖门之南，北连禁苑。"看来选址非常讲究。这段话首先要搞明白几个概念。因为只有这样，我们才能明白上阳宫选址的讲究。"禁苑"是皇家园林。"皇城"指京城的内城，隋唐时期的皇城是洛阳城的重要组成部分，是文武百官办公的地方。"洛水""谷水"是两条河，洛水在上阳宫南面，谷水在上阳宫东面。"西掖门"通俗来说就是皇城的西门。从这段话我们可以清晰地判断，这个上阳宫周围环境相当好，既有洛水和谷水从旁边流过，又离皇家园林不远。就周围的环境而言，上阳宫的选址算得上风水宝地。

有钱好办事，加上这是皇帝亲自布置的任务，所以韦弘机不敢怠慢，马上动工。建好之后，高宗很满意，又下了一道新的命令，这就是《唐会要》中所说的"及成临幸，复令列岸修廊，连亘一里，又于涧曲疏建阴殿"，又以原来建的高阁为中心沿着洛水建了绵延一里的走廊和配殿，这就是上阳宫。

上阳宫建好之后高宗皇帝就搬进来了，就在大家表示祝贺、高呼皇帝万岁的时候，尚书左仆射刘仁轨说话了："古之陂池台榭，皆在深宫重城之内，不欲外人见之，恐伤百姓之心也。韦机之作，列岸修廊，在于闉堞之外。万方朝谒，无不睹之。此岂致君尧舜之意哉？"②这段话见于《唐会要》。刘仁轨说的是实在话，自古以来，皇家的亭

---

① 〔宋〕王溥：《唐会要》，北京：中华书局，1955年6月，第552页。
② 〔宋〕王溥：《唐会要》，北京：中华书局，1955年6月，第552~553页。

台楼阁等重要建筑工程都是修在皇城之内的，尽可能不让老百姓看到。因为一砖一瓦都是老百姓的血汗钱，你建的越是豪华，说明花钱越多，盘剥越厉害，老百姓心里越不是滋味。可是，现在韦弘机修的这个上阳宫不仅没在宫城之内，还沿着洛水修那么长，老百姓全看到眼里了，那些外国使臣也全看到了，他们会怎么想？这是作为臣子辅佐明君应该做的吗？其实这些话刘仁轨没有直接说给唐高宗，而是说给侍御史狄仁杰的。狄仁杰不管三七二十一，当着韦弘机的面就把这话撂给了皇上。

俩人这么一批评，承担工程建造任务的韦弘机首先解释了，我干的也是分内之事。皇帝一句话那就是圣旨，抗旨不遵是要掉脑袋的。高宗皇帝见刘仁轨、狄仁杰两个人抓住不放，也得有个态度，但又不能把自己官降几级，然后把上阳宫给拆喽，于是就把韦弘机给免官了，这就是《旧唐书》中所说的"仁杰奏其太过，机竟坐免官"[1]。从此以后，上阳宫就成了昭示洛阳甚至大唐文化盛衰的晴雨表。

洛水穿宫处处流

上阳宫建好之后，成了高宗皇帝和武则天办公的地方。《历代帝王宅京记》中记载，高宗李治经常在上阳宫听政。武则天代唐自立后，这里更是武则天处理公事的地方。从王建的《行宫词》里可以看出来，当年的帝王们还是经常到洛阳来的：

上阳宫到蓬莱殿，行宫岩岩遥相见。
向前天子行幸多，马蹄车辙山川遍。
当时州县每年修，皆留内人看玉案。

（《全唐诗》，第3386页）

帝王不仅来往频繁，而且留有专人看守维修，所以上阳宫像其他行宫

---

[1] 〔后晋〕刘昫等：《旧唐书》，北京：中华书局，1975年5月，第2886页。

一样，保持着皇家建筑的风采。

上阳宫建得很漂亮。这个地方环境本身高端大气上档次，所以即使是弄一茅草屋，也会显得有内涵。而且这毕竟是皇帝要住宿办公的地方，环境设施一定尽善尽美。当年的上阳宫到底有多美，看看王建的《上阳宫》诗就能窥见一斑了：

>　　上阳花木不曾秋，洛水穿宫处处流。
>　　画阁红楼宫女笑，玉箫金管路人愁。
>　　幔城入涧橙花发，玉辇登山桂叶稠。
>　　曾读列仙王母传，九天未胜此中游。

（《全唐诗》，第3416页）

这首诗让人感觉很美！不仅用词美，描写的上阳宫内的情景和人物更美。不过据我们所知，别看王建在诗中写得挺热闹，其实他根本就没有进过上阳宫。王建是许昌人，一生沉沦，没当过什么大官，退休之后穷困潦倒，一辈子也没有机会走进上阳宫参观一下。他之所以能够写出《上阳宫》这首诗，完全得益于一个叫王守澄的人。王守澄和王建是宗亲，当过枢密使，曾经出入上阳宫，王守澄经常向他谈起宫中之事，所以王建能够写成这首诗。

洛水在宫内蜿蜒，楼台精巧，雅乐飘扬，宫女们自得其乐。据文献记载，上阳宫内的植物多达50种，堪称一个浓缩的植物园。苑内花木葱茏，四季常青，在王建看来简直就是人间仙境，所以才在结尾的时候说"曾读列仙王母传，九天未胜此中游"，就是西王母生活的地方也比不过上阳宫。顾况也被上阳宫的美景惊呆了，他在《洛阳行送洛阳韦七明府》中说：

>　　始上龙门望洛川，洛阳桃李艳阳天。
>　　最好当年二三月，上阳宫树千花发。

（《全唐诗》，第2949页）

洛阳漂亮，百花争艳，上阳宫更加漂亮，尤其是在二三月份，"上阳宫树千花发"，千花竞放，芳香四溢，溢彩流光，所以王建说"九天未胜此中游"。

唐朝有个叫李庚的文人，写了一篇《东都赋》，其中写到了上阳宫："上阳别宫，丹粉多状，鸳瓦鳞翠，虹梁叠壮，横延百堵，高量十丈，出地标图，临流写障，霄倚霞连，屹屹言言，翼太和而耸观，侧宾曜而疏轩。"[1]诗人非王非侯，根本难以走进这个皇家建筑，只能登上高处，远望上阳宫。首先给他带来震撼的是颜色，唐代皇宫里的主色调是红色，看上去很庄重。但如果只是一种红，虽然能让人感到大气，但也略显单调，所以红色还要有深浅的变化。"丹粉多状"写的就是深浅不一的建筑颜色。

诗人因为是居高临下远望上阳宫，所以作为主体映入眼帘的还有房顶。房顶上铺设的是清一色的碧色鸳鸯瓦，这样的瓦都是成对的，一俯一仰，形同鸳鸯依偎，一片一片的翠瓦又像鱼鳞那样。诗人又将目光锁定在了横空而架的桥上，据徐松《唐两京城坊考》中说，上阳宫有东西两处，其中西上阳宫在上阳宫的西南方向，两宫之间还隔着一条水，于是建筑师就在两宫之间架起了一座虹桥，既有互通往来的实际用途，也有长虹卧波的视觉效果。既然徐松考证说上阳宫有东西之分，那就说明上阳宫是一个宫殿建筑群。这么说来，李庚说的"横延百堵"也便不是无稽之谈了。

如果说"横延百堵"重在写上阳宫广阔的占地面积的话，下面就要转到建筑的高度上了。上阳宫有多高呢？李庚在文章中说"高量十丈"。一丈是10尺，唐代的一尺相当于我们今天的九寸三分，这么算来十丈就是31米，比我们今天的10层楼还要高。怪不得诗人接下来说"霄倚霞连"了，真是高插云霄，与天相接。站在楼上，云霞就在

---

[1] 〔宋〕李昉等：《文苑英华》，北京：中华书局，1982年7月，第198页。

身边飘飞，仿佛手可摘星辰了。所以诗人才说自己当时的感受是"若蓬莱之真侣，瀛洲之列仙"[1]。

这么美的地方，自然少不了附庸风雅的文艺活动，也只有这样才能记录当年辉煌时期的上阳宫。薛曜有一首《正月望夜上阳宫侍宴应制》诗，其中四句说：

> 双阙祥烟里，千门明月中。
>
> 酒杯浮湛露，歌曲唱流风。

(《全唐诗》，第870页)

薛曜的老爸叫薛元超，那是唐太宗李世民的侄女婿，唐高宗最信得过的近臣；薛曜本人也是皇帝家的姑爷，他老婆是城阳公主。也只有这样的身份才够资格进入上阳宫，题目中的"侍宴应制"说明是陪皇帝在上阳宫吃饭。"正月望夜"，就是正月十五元宵佳节。薛曜就是陪着武则天吃元宵赏月时写了这首诗。天上明月高悬，人间宫灯高挂，月光如水轻轻地泻到地上，轻烟缭绕，人来人往；酒席宴上，不时传来高雅的乐曲。"湛露"出自《诗经》，指周天子夜宴诸侯的乐歌，这不是一般人能享受的幸福时刻。

上阳宫水流红叶

王建在《上阳宫》诗中说"画阁红楼宫女笑"，似乎让人觉得生活在宫中是很幸福的事情。事实上，在深宫之中真正能够得到幸福的寥寥无几。宫女们在这里经受着双重的磨难，一个是自然的，一个是人性的。《新唐书》中记载，上阳宫曾经两次遭受水灾，很多宫女被淹死。开元八年（720）六月的一天夜里，谷水、洛水暴涨，大水进入西上阳宫，"宫人死者十七八"，宫女淹死百分之七八十；到了开元

---

[1] 〔宋〕李昉等：《文苑英华》，北京：中华书局，1982年7月，第198页。

二十九年（741）七月，伊水、洛水又暴涨，天津桥都被冲毁了，上阳宫又被淹死一千多人。

自然灾害是天灾，不可抗拒。可是有些磨难，却是对人性的摧残，宫女们在深宫中无谓地耗费着青春。在以上阳宫为主题的诗中，有不少是表现宫女情感寂寞的，比如张泌在《满宫花》中开篇就说"花正芳，楼似绮，寂寞上阳宫里"（《全唐诗》，第10147页），生活环境再好，居住条件再好，也弥补不了内心的空虚寂寞。特别是在春暖花开的季节，才貌双全的宫人们，站在楼阁之上，看着洛水边上踏春的人们，或三五成群，或情侣成对，自己除了羡慕嫉妒恨，也只能是左手拉着右手了。

我们在这里再给大家举几首表现宫女寂寞的诗歌。徐凝有一首《上阳红叶》诗，是这样写的：

洛下三分红叶秋，二分翻作上阳愁。
千声万片御沟上，一片出宫何处流。

（《全唐诗》，第5383页）

"洛下"就是洛阳，洛阳秋天的红叶，三分占两分都是上阳宫女的愁绪。红叶飘落，零乱地洒在御沟边上，就是偶尔有一两片随水流出宫外，又能如何呢？诗人通过形象的比喻，把宫女年华的流逝和内心的孤寂表现了出来。

唐人孟棨的《本事诗》中记载，顾况年轻时在洛阳和几个喜欢作诗的朋友一起到洛水边游玩。在上阳宫附近，顾况发现水中漂着一片梧桐叶子，叶子上影影绰绰好像有字。于是大家乘船把那片梧桐叶捞了上来，上面是一首诗，四句20个字：

一入深宫里，年年不见春。
聊题一片叶，寄与有情人。

（《全唐诗》，第8967页）

从措辞来看，应该是个宫女写的，换句话说，写这首诗的宫女思春了。她可能只是把这当成了游戏，把自己当时的心情写下来，让叶子顺水漂流到宫外，"寄与有情人"。至于能寄与有情人吗，谁是有情人，她也不知道，所以就是闹着玩儿的。可是没想到，这片梧桐叶子还真被人捡到了，而且还是一个诗人。

顾况一看叶子上这首诗，觉得有点意思，有些技痒，更同情宫女的遭遇，于是决定回个"帖子"。网上不是常说"看帖不回帖，天理难容"吗？第二天，顾况来到御沟的上游，捡了一片梧桐叶，在上面写了一首诗，放入水中，顺流漂进上阳宫。顾况写了一首七言绝句：

　　花落深宫莺亦悲，上阳宫女断肠时。
　　君恩不闭东流水，叶上题诗欲寄谁？

（《全唐诗》，第 2970 页）

春光消逝，象征着宫女们青春不再，年龄老大却独守深宫，怎能不让人伤怀？昨天顺水漂出的那首诗是写给谁的呢？这一来一回，挺像我们今天 QQ 或微信聊天，不过当时的"网速"挺慢的。

顾况当时并没有收到回复，就离开了。过了十来天，有个朋友一直惦记着这件事，又到上阳宫御沟边寻找，结果还真找到了一片带有字的树叶，还是一首诗，从内容来看，应该是捡到了顾况那首诗之后回复的。这次也是一首七言绝句：

　　一叶题诗出禁城，谁人酬和独含情。
　　自嗟不及波中叶，荡漾乘春取次行。

（《全唐诗》，第 8967 页）

宫女在诗中慨叹自己没有顺水漂流的梧桐叶那么自在。按说，这是个浪漫的开头，按照套路，顾况和这个宫女要发生更浪漫的故事，可是没有。不过故事并没有结束，两个人用梧桐叶传诗这件事，据说后来传到玄宗皇帝耳朵里了。玄宗皇帝品味出宫女的内心孤独，于是就发了善心，把上阳宫中年龄大点的宫女，都给放出去了，让她们回家找对象，结婚生孩子，省得在宫里难受。所以，顾况和那个宫女的桐叶传诗，还是有很大公德的。

唐人范摅的《云溪友议》中也有一个类似的故事，有相近的地方，也有不同的地方。《云溪友议》中这个故事的主人公叫卢渥，他在参加科举考试那年，到御沟边游玩，看见沟中有一片红叶，于是就让书童捞上来。红叶上有一首绝句，卢渥觉得有意思，就藏在了书箱里。后来遇见唐宣宗拣放宫人，宣宗在圣旨中说了，这些宫人可以嫁给百官。卢渥当时任职范阳，所以也娶了一个宫女为妻。

结婚后，一次卢渥和妻子闲聊，提起曾在御沟边捡到一片写有诗歌的红叶，妻子有些吃惊，就让卢渥拿出那片红叶看看。当卢渥把那片收藏许久的红叶拿到妻子面前时，妻子长叹一声说："当时偶题，不谓郎君得之。"（《全唐诗》，第8968页）我当时只是随便写了几句，丢进水沟，怎么也没有想到，会被你捡到收藏到今天。哪有那么巧的事啊！卢渥不敢相信，就问妻子，怎么证明红叶上的诗歌是你写的呢？

为了打消丈夫的疑惑，妻子来到书桌边，拿起笔来又把这首诗写了一遍。卢渥拿着红叶，和书桌上的诗一对比，字迹完全是出于一人之手。这下相信了，就是妻子写的，这首诗说：

流水何太急，深宫尽日闲。

殷勤谢红叶，好去到人间。

（《全唐诗》，第8968页）

这才是"千里姻缘一叶牵"，不是一家人，不进一家门。需要指出的是，这个版本发生在顾况那个故事后。如果就是个传闻，应该是受到了顾况那个故事的影响。但不得不说，第二个版本比第一个版本故事性更强。

洛阳才子刘长卿也曾经写过一首上阳宫诗。他的题目是《上阳宫

望幸》,望幸,就是嫔妃们渴望皇帝临幸,亲近自己。诗中说:

> 玉辇西巡久未还,春光犹入上阳间。
> 万木长承新雨露,千门空对旧河山。
> 深花寂寂宫城闭,细草青青御路闲。
> 独见彩云飞不尽,只应来去候龙颜。

(《全唐诗》,第1573页)

皇帝离开上阳宫之后,好久没有回来了,供皇帝走的路上都长满草了,嫔妃们、宫女们望眼欲穿。能够被选进宫中的女孩子,无论是才德,还是容貌,都是百里挑一的,可是,这些姑娘进入宫中,有几个能"上位"呢?后宫佳丽三千,能赢得帝心的,也就那么几个。别以为漂亮就有机会,白居易《上阳白发人》中的女主人公漂亮吧?"脸似芙蓉胸似玉",绝对的美人坯子。可就是因为漂亮,最后的结局竟然是:

> 未容君王得见面,已被杨妃遥侧目。
> 妒令潜配上阳宫,一生遂向空房宿。

(《全唐诗》,第4692页)

根本就没和皇帝见着面,直接被打进了冷宫。那些已经"在位"的妃子不傻,不会给新人和自己竞争的机会,只要新的漂亮宫女出现,就证明了一个残酷的现实,那就是自己老了。毕竟在宫中吃的主要是"青春饭",所以后宫斗争极其惨烈。白居易笔下那个宫女16岁进宫,到了60岁还没见过皇帝长啥样呢。她进宫的时候应该是抱有很大幻想的。"皆云入内便承恩",别人安慰她说,你长得那么漂亮,皇帝肯定会马上喜欢你的。结果直接进了冷宫,她整天过的日子就是"唯向深宫望明月,东西四五百回圆",像杨玉环那种"姊妹弟兄皆列土,可怜光彩生门户"(《长恨歌》,《全唐诗》,第4818页)的情况,少之又少!

泣问上阳宫里人

和平年代，上阳宫里一片莺歌燕舞，可是在战乱时期，上阳宫则完全失去了当年的辉煌。王建在《行宫词》中这样说：

官家乏人作宫户，不泥宫墙斫宫树。

两边仗屋半崩摧，夜火入林烧殿柱。

（《全唐诗》，第3386页）

官府也找不来维护宫殿的人了，没有人打理维修行宫也就算了，竟然还争相砍伐宫内的树木，所以再也看不到"春半上阳花满楼"（《全唐诗》，第7508页）的美景了。再看看宫内的房子，"半崩摧"，一半已经坍塌了，剩下的摇摇欲坠，甚至还遭受着山火的焚烧。想想当年莺歌燕舞，看看眼前无人问津，真是令人感慨！

洛阳收复之后，上阳宫虽然得到修缮，但依旧显得很萧条，不像原来那样人气足了。比如窦庠在《陪留守韩仆射巡内至上阳宫感兴二首》其一诗中说：

翠辇西归七十春，玉堂珠缀俨埃尘。

武皇弓剑埋何处，泣问上阳宫里人。

（《全唐诗》，第3047页）

这首诗写于长庆二年（822），韩仆射即韩皋，时任左仆射，又被任命为东都留守。在其位必谋其政，所以在窦庠的陪同下巡视上阳宫。

这首诗第一句中的"翠辇"指皇帝乘坐的车子，具体来说，指的是唐玄宗的车子。为什么这么说呢？这就要看"西归七十春"了，"七十春"就是七十年，公元822年往前追溯70年是公元752年，正好是唐玄宗天宝年间。这里说"七十春"就是个约数，因为玄宗时代是唐朝的盛世，所以才从这个时候说起，换句话说是追忆安史之乱给人们带来的灾难。紧接着说"玉堂珠缀俨埃尘"，当年蓬莱瑶台般的殿宇如今蛛网斜挂,遍惹尘埃。第三句中的"武皇"也是指唐玄宗,常以汉武帝自比的玄宗面对安史之乱远走四川,这就是元稹在《上阳白发人》中所说的"御马南奔胡马蹙,宫女三千合宫弃"(《全唐诗》,第4615页),结句"泣问上阳宫里人"无疑是借上阳宫的衰败慨叹唐朝历史的转折。

中唐诗人张籍也曾经写过上阳宫的荒凉。张籍的诗题目是《洛阳行》,其中有两句"上阳宫树黄复绿,野豸入苑食麋鹿"(《全唐诗》,第4285页),上阳宫里当年豢养的供帝王们欣赏玩乐的珍禽异兽竟然遭到了野兽的攻击,不能不说代表着洛阳的上阳宫的确已经一落千丈了。

这之后,当皇帝再次出现在上阳宫的时候,唐王朝已经成了一个垂暮的老人。晚唐徐夤曾经写过一首诗《寄卢端公同年仁炯时迁都洛阳,新立幼主》,诗是这样的:

上阳宫阙翠华归,百辟伤心序汉仪。
昆岳有炎琼玉碎,洛川无竹凤皇饥。
须簪白笔匡明主,莫许黄瓜博少师。
惆怅宸居远于日,长吁空摘鬓边丝。

(《全唐诗》,第8167页)

上阳宫再次迎来了皇帝的仪仗队,新皇入住其中。这是唐王朝衰亡的前兆。从这首诗的用词"伤心""琼玉碎""凤皇饥""惆怅""长吁"可以看出,没有一点欣欣向荣的景象。徐夤是唐昭宗时的人,当时把持朝纲的权臣是朱温。朱温本来是黄巢的部将,后来投降唐王朝,被赐名朱全忠,权势越来越大。据《旧五代史》讲,朱温在邠、岐兵士进逼长安的时候,上表"坚请昭宗幸洛,昭宗不得已而从之"。可是到了洛阳之后不久,天祐元年(904)八月十二日,朱温就把昭宗给杀害了,然后在昭宗皇帝的灵柩前让当时才12岁的皇太子即位,他就是唐朝最后一个皇帝唐哀帝。这就是题目中所说的"时迁都洛阳,新立幼主"。大臣们都知道是怎么回事,所以诗人才说"百辟伤心序汉仪",

"百辟"就是百官。三年之后，唐朝走向灭亡，朱温代唐自立。

上阳宫作为唐代洛阳的一个地标性建筑，承载着洛阳文化乃至大唐文化的盛衰，通过诗歌作品、历史文献，我们在这里看到了大唐的文化背影，品味了当年那些宫人的喜怒哀乐。今天的上阳宫也在复建，慢慢在恢复当年的风景。

拂水飘绵皆柳色

春天没有百花必会黯然失色，如果春天没有了柳树，恐怕也会少了很多风姿，婀娜多姿、随风摇摆的柳枝，惹出文人无限情思。李世民在《赋得临池柳》中说"岸曲丝阴聚，波移带影疏"（《全唐诗》，第19页），柳树与水池成了最美搭配；贺知章在《咏柳》中讲"碧玉妆成一树高，万条垂下绿丝绦。不知细叶谁裁出，二月春风似剪刀"（《全唐诗》，第1147页），柳树成了春天到来的标志；韩偓在《咏柳》中云"玉纤折得遥相赠，便似观音手里时"（《全唐诗》，第7837页），柳枝成了赠别的道具；翁承赞在《隋堤柳》中道"春半烟深汴水东，黄金丝软不胜风。轻笼行殿迷天子，抛掷长安似梦中"（《全唐诗》，第8092页），柳树竟然成了历史的记忆。

《旧唐书·吕渭传》记载："中书省有柳树，建中末枯死，兴元元年车驾还京后，其树再荣，人谓之瑞柳。渭试进士，取瑞柳为赋题，上闻而嘉之。"[①] 柳树在这里又成了选拔官员的考试题。李固言还没有考中进士的时候，某天经过一棵大柳树下，听到有人叫他，他仗着胆子问，谁呀？一个声音说："我是柳神，我已经用柳汁把你的衣服染过了，你今年肯定能考上，别忘了到时候感谢我！"唐朝刚入仕的人

---

① 〔后晋〕刘昫等：《旧唐书》，北京：中华书局，1975年5月，第3768页。

穿的官服都是蓝色，就是用柳汁染出来的颜色，后来李固言考上了状元。原本普普通通的一种植物，谁会想到竟然蕴含着许多有趣的故事？

曾忆陶潜种五柳

说到柳树第一个想到的是五柳先生陶渊明的故事。陶渊明是著名的山水田园诗鼻祖，他的诗尤以《饮酒》其五中"采菊东篱下，悠然见南山"两句最为出名。其《五柳先生传》中讲："宅边有五柳树，因以为号焉。"[①]"五柳先生"成了"不慕荣利"的隐士典范，胡适先生还写了一首《陶渊明与他的五柳》：

> 当年有个陶渊明，不惜性命只贪酒。
> 骨硬不能深折腰，弃官回来空两手。
> 瓮中无米琴无弦，老妻娇儿赤脚走。
> 先生吟诗自嘲讽，笑指篱边五株柳。
> 看他风里尽低昂，这样腰肢我无有。

汪遵有两首诗写到了五柳，即《彭泽》《隋柳》。《隋柳》诗是这样的：

> 夹浪分堤万树余，为迎龙舸到江都。
> 君看靖节高眠处，只向衡门种五株。

(《全唐诗》，第6960页)

这是由隋堤柳想到了五柳先生，隋堤两岸种有许许多多的柳树，都是当年为了迎接隋炀帝去江都种植的。再看看人家陶渊明，只是在自己隐居的地方种了五棵。一个铺张浪费，一个勤俭节约，两种品质形成了鲜明的对比，两种人格分别被定格在了隋堤和五柳上。

当然隋炀帝因为沿着隋堤种柳被诟病了许多年，而陶渊明则一直

---

① 袁行霈：《陶渊明集笺注》，北京：中华书局，2003年4月，第502页。

被文人雅士讴歌。汪遵在《彭泽》中又忍不住夸陶渊明：

鹤爱孤松云爱山，宦情微禄免相关。
栽成五柳吟归去，漉酒巾边伴菊闲。

（《全唐诗》，第6954页）

这首诗借"五柳"歌颂了陶渊明的高风亮节。陶渊明不喜欢官场，虽然也出来当过几次官，但时间都不长，还是"心念山泽居"（《始作镇军参军经曲阿作》）[1]，想"晨夕看山川"（《乙巳岁三月为建威参军使都经钱溪》）[2]，更不愿意为五斗米向乡里小儿折腰，于是在最后一次当官即做彭泽县令时，只干了83天就挂冠归隐了，还写了一篇《归去来兮辞》。这一次，他一直到生命结束，都住在五柳边上，过着"漉酒巾边伴菊闲"的生活。陶渊明爱喝酒，家里又没有钱，于是亲朋好友大凡张罗喝酒都会邀请陶渊明。陶渊明也不客气，到那里就喝，而且一定要喝醉，显得风神潇洒。

从此以后，"五柳"成了一种文学意象，或寄寓人们对田园的渴望，如朱庆余《归故园》开篇有"桑柘骈阗数亩间，门前五柳正堪攀"（《全唐诗》，第5877页）；或表现人们对隐逸生活的追求，如徐夤《闲》中说"不管人间是与非，白云流水自相依。一瓢挂树傲时代，五柳种门吟落晖"（《全唐诗》，第8182页）。既然汪遵的《隋柳》中提到了当年隋炀帝的壮举，我们接下来就来了解一下吧。

曾傍龙舟拂翠华

在"全唐诗库"中以"隋堤柳"为题出现六次，"汴堤柳"一次，"隋柳"一次。我们先来看一首李山甫的《隋堤柳》：

---

[1] 袁行霈：《陶渊明集笺注》，北京：中华书局，2003年4月，第180页。
[2] 袁行霈：《陶渊明集笺注》，北京：中华书局，2003年4月，第210页。

曾傍龙舟拂翠华，至今凝恨倚天涯。
但经春色还秋色，不觉杨家是李家。
背日古阴从北朽，逐波疏影向南斜。
年年只有晴风便，遥为雷塘送雪花。

（《全唐诗》，第7362页）

隋炀帝当了皇帝之后，为了到江都游玩，组织民力开凿大运河。王泠然《汴堤柳》是这样说的："隋家天子忆扬州，厌坐深宫傍海游。穿地凿山开御路，鸣笳叠鼓泛清流。"（《全唐诗》，第1173页）运河开通之后，隋炀帝为了一路欣赏风光，决定在运河两岸栽种柳树。隋炀帝是一个有文艺细胞的皇帝，他曾经告诉别人："大家总以为我是继承我爸皇位的，如果让我和大家一起考试争夺皇位，我照样是第一名。"这个文艺范儿十足的皇帝知道《诗经·小雅·采薇》里"昔我往矣，杨柳依依，今我来思，雨雪霏霏"[①]的美妙，因此他想一路欣赏"杨柳依依"。难怪秦韬玉会在《隋堤》中直言"种柳开河为胜游"（《全唐诗》，第7659页）。

还有一种说法，来自唐传奇《开河记》。隋炀帝为了到江南游乐，竟然选用成百上千的江南女子和羊作为拉船的动力。可是江南女子本就纤弱，体力根本就跟不上，常常走不到半里路，就一个个累得气喘吁吁走不动了。隋炀帝觉得很扫兴，照这个速度什么时候才能到江南啊？于是他马上召集群臣商量，集思广益，看看大家有什么好办法没有。翰林学士虞世基出了个招："请用垂柳栽于汴渠两堤上，一则树根四散，鞠护河堤，二乃牵舟之人护其阴，三则牵舟之羊食其叶。"我们可以在河两岸多种些垂柳，这样的好处是什么呢？一是树根可以起到加固河堤的作用；二是可以给那些拉船的女子遮挡阳光，让她们在树下休息；三是可以用柳树的枝叶喂羊。隋炀帝觉得办法可行，于是马

---

① 程俊英：《诗经译注》，上海：上海古籍出版社，2004年7月，第260页。

上下旨让沿岸的老百姓连夜种柳树。为了鼓励大家踊跃种树，隋炀帝规定"有柳一株，赏一缣"，开展有奖种植。这样一来，"百姓竞献之"，隋炀帝还亲自种了第一棵，然后是群臣栽种，最后才是百姓栽种。

柳树种好之后，情况果然大为改观，拉船的女子也没有那么累了，羊也随时可以吃点东西补充体力，相当于沿途增设了很多"加油站"。就沿途景色而言，也是"逐波疏影向南斜"，美极了，特别是到了柳絮飘飞的时候，更是"年年只有晴风便，遥为雷塘送雪花"，一路绮丽到扬州。这就是王泠然《汴堤柳》中说的"青叶交垂连幔色，白花飞度染衣香"（《全唐诗》，第1173页），罗隐在《隋堤柳》中说"夹路依依千里遥"（《全唐诗》，第7553页），翁承赞在《隋堤柳》中也赞叹"黄金丝软不胜风"（《全唐诗》，第8092页），真是美不胜收。难怪杜牧在《隋堤柳》中这样形容，"夹岸垂杨三百里，只应图画最相宜"（《全唐诗》，第5972页），其美是可以入画的。

这件事正史没有记载，所以有的人认为这是唐人对隋朝的丑化。其实未必，有些事不一定适合用正史的形式表现，文学往往也能够起到补充历史的作用。如果真的要丑化隋朝，《隋书》的编撰者魏征直接在《炀帝纪》中浓墨重彩来那么一段就足够了，通过正史的形式盖棺定论就行了，又何必烦劳那些诗人浪费脑细胞呢？这些诗人虽然是唐代人，毕竟距离隋朝比我们近得多，有些事情对于他们而言，就像是昨天发生的。白居易是个比较尊重事实的人，他也写过《隋堤柳》，其中说：

大业年中炀天子，种柳成行夹流水。
西自黄河东至淮，绿阴一千三百里。
大业末年春暮月，柳色如烟絮如雪。
南幸江都恣佚游，应将此柳系龙舟。

（《全唐诗》，第4708页）

看来这件事并非无稽之谈。任何一个皇帝都希望自己能够国运绵延，真正实现"万岁万岁万万岁"，可对于隋炀帝而言，他的穷奢极欲已经为灭亡种下了祸根，所以李山甫指出"不觉杨家是李家"。白居易更不客气地写道："自言福祚长无穷，岂知皇子封酅公。龙舟未过彭城阁，义旗已入长安宫。萧墙祸生人事变，晏驾不得归秦中。"(《隋堤柳》，《全唐诗》，第4708~4709页)隋炀帝恐怕无论如何也想不到，当年"夹路依依千里遥"的隋堤柳竟成了"后王""鉴前王"的"亡国树"，如果早知"东波终不反龙舟"(秦韬玉《隋堤》，《全唐诗》，第7659页)，他再也不会"锦缆龙舟万里来，醉乡繁盛忽尘埃"(汪为《隋堤柳》，《全唐诗》，第8448页)，让"路人回首认隋朝"(罗隐《隋堤柳》，《全唐诗》，第7553页)了。

李山甫《隋堤柳》中的诗句"遥为雷塘送雪花"，是把柳絮比成雪花。把柳絮比成雪花的还有一个谢道韫"咏絮才"的典故。

未若柳絮因风起

据《世说新语·言语》篇记载，在一个寒冷的雪天，太傅谢安把家里的子侄辈召集到一起讲论诗文。忽然，天空下起了鹅毛大雪，谢安心中一动，想看看大家的才思，于是很高兴地问："白雪纷纷何所似？"你们看这飘飘扬扬的大雪像什么？谢朗是谢安哥哥的孩子，小名叫胡儿，他先说："撒盐空中差可拟。"我觉得有点像在空中撒盐。侄女谢道韫接着说："未若柳絮因风起。"[①]我觉得不如比作柳絮随风漫天飞舞。谢安听完高兴地大笑起来，是因为谢道韫比喻得太形象了。从此之后，谢道韫赢得了"咏絮才"的雅号。王、谢两家是当时的大家族，谢道韫是谢安大哥谢无奕的女儿，后来嫁给王羲之次子王凝之

---

① 杨勇：《世说新语校笺》，北京：中华书局，2006年6月，第113页。

为妻。

唐诗中我们常可看到学习谢道韫将柳絮比成雪花的，比如刘禹锡《酬令狐相公春日言怀见寄》中有"莺飞柳絮雪，门耀戟枝霜"（《全唐诗》，第4032页），柳絮飘飞，如同下雪；元稹《春余遣兴》中有"余英间初实，雪絮萦蛛网"（《全唐诗》，第4479页），轻盈的柳絮粘在蛛网上；李商隐《过招国李家南园二首》中有"春风犹自疑联句，雪絮相和飞不休"（《全唐诗》，第6168页），到底是雪花还是柳絮，诗人已经分不清楚；张夫人《柳絮》称"霭霭芳春朝，雪絮起青条"（《全唐诗》，第8986页），青青的柳条上挂满了像雪一样的柳絮。

"无风才到地，有风还满空。缘渠偏似雪，莫近鬓毛生。"（《全唐诗》，第5350页）这是雍裕之的《柳絮》，简简单单几句就把柳絮的特点展露无遗。罗邺《柳絮》说"处处东风扑晚阳，轻轻醉粉落无香"（《全唐诗》，第7521页），他竟然把柳絮比成使人沉醉的花粉，但遗憾的是少了花粉应有的香气。薛逢《咏柳》道"萦砌乍飞还乍舞，扑池如雪又如霜"（《全唐诗》，第6323页），把柳絮的状与色比成雪霜。在唐人咏柳絮方面，刘禹锡有一首佳作《柳絮》：

> 飘扬南陌起东邻，漠漠濛濛暗度春。
> 花巷暖随轻舞蝶，玉楼晴拂艳妆人。
> 萦回谢女题诗笔，点缀陶公漉酒巾。
> 何处好风偏似雪，隋河堤上古江津。

（《全唐诗》，第4083页）

柳絮随风飘扬，飘到了花巷，那里有翩翩飞舞的蝴蝶；飘到了达官贵人的玉楼，惹起了春闺寂寞；飘到了谢道韫的笔下，成就了数百年来人们对"咏絮才"的赞美；飘到了陶渊明的头巾上，染白了五柳先生的鬓角。哪里的柳絮规模最令人震撼、最能吸引人呢？答案无疑是隋河两岸。罗邺是同意刘禹锡的观点的，因为他也说"就中堪恨隋堤上，曾惹龙舟舞凤凰"(《柳絮》,《全唐诗》,第7521页)。

大家都把柳絮夸得一朵花似的,可是唐代著名女诗人薛涛竟然拿柳絮"吐槽"了。后人把薛涛与鱼玄机、李冶、刘采春并称"唐代四大女诗人",与卓文君、花蕊夫人、黄娥并称"蜀中四大才女"。她在《柳絮》诗中认为,柳絮品行有问题:

二月杨花轻复微,春风摇荡惹人衣。
他家本是无情物,一任南飞又北飞。

(《全唐诗》,第9043页)

柳絮品性轻浮,随风飘荡,毫无情感可言。薛涛之所以这样说,大约与她特殊的经历有关系,她虽然与剑南节度使韦皋、监察御史元稹都有过交往,特别是和元稹之间已经到了谈婚论嫁的程度,但最后一无所获。或许她是拿柳絮比喻自己周旋于不同的男人之间,也或许她是把那些没有向自己付出真感情的男人比成了柳絮。总之,薛涛的柳絮是有故事的!

柳州种柳柳成行

说到与柳的故事,我们不得不提一下那位冰雪天在江上垂钓的老先生柳宗元,柳宗元和柳的关系有点"邪乎"。总结起来,他和柳的缘分可以归纳为三个方面,即用柳辟邪、梦柳牧柳州、柳州种柳。

用柳辟邪。《太平广记》中记载,柳宗元到永州上任途中,曾经梦见一个黄衣女子向他求救:"我家住楚水,马上就要死了,只有您能救我,我会保佑您加官进爵的!"而且这个梦竟然连着做了三次。到第三次的时候,女子已经很焦急了。柳宗元虽然答应施以援手,但因为是个梦,所以也没有当真,关键他也不知道如何施救。他把梦告诉了要请他吃饭的荆门主帅,主帅也觉得奇怪,叫来官吏询问,官吏说:"前天,有个渔夫用网捕捉了一条大黄鳞鱼,准备用来做菜,现在已经砍下了脑袋。"柳宗元吃惊地说:"也许这就是梦中向我求救的黄衣女子。"柳宗元马上让人把鱼放入江中,但遗憾的是鱼已经死了。这之后,柳宗元总梦见这个没有脑袋的女子向他抱怨。柳宗元没有办法,向一位道长求教,道长告诉他可以去南山阳坡挖回两棵大柳树种在家门口。柳宗元照道长的话做了,从此以后,柳宗元再也没有梦见过这个黄衣女子。

梦柳牧柳州。柳宗元结束了永州司马的贬谪生活后,奉旨回到京城,本以为会得到重用,结果一直赋闲在家。一天夜里,柳宗元做了个梦,梦见一棵柳树倒在地上。柳宗元担心不是什么好兆头,毕竟自己姓柳,树倒了不就是死了吗?难道我柳宗元命不久矣?第二天,柳宗元请人解梦,解梦人说:"您可能要到柳州做官了。柳,直立是柳树,倒地为柳木。'木'与'牧'通,'柳木'就是'牧'柳州的意思。"后来,柳宗元果然被任命为柳州刺史。不过解梦人没有将梦的含义完全告诉柳宗元,他到柳州之后,兢兢业业,后来病死在了柳州任上。

柳州种柳。古代官员被贬的地方一般经济、文化都不发达,柳州更是"毒蛇遍地,疫病猖獗",贼盗横行,老百姓的日子很艰难。柳宗元决定为柳州的老百姓做点实事,大力发展生产,大搞植树造林活动,不仅有柑橘、竹子,还种了很多柳树。而且,柳宗元觉得自己在柳州任上种柳是一件很得意的事情,为此专门写了一首诗《种柳戏题》:

柳州柳刺史,种柳柳江边。
谈笑为故事,推移成昔年。
垂阴当覆地,耸干会参天。
好作思人树,惭无惠化传。

(《全唐诗》,第3937页)

柳宗元在诗中讲述自己作为柳州刺史,亲自带头在江边种植柳树,这件事将来会成为柳州地方的一个历史掌故。他希望亲手栽植的柳树长大成荫,后人会睹树思人,纪念自己。他在诗里最后一联用了召公种甘棠后人不忍砍伐的典故,表达自己因没有为柳州人民留下惠政而感到惭愧。很朴实的一首诗,不是有人说的好大喜功爱嘚瑟,有点像我们今天做完一件事晒晒朋友圈。

柳宗元去世之后,柳州人民很感念他,毕竟他为柳州的经济、文化发展做出了巨大的贡献,人们为他建了祠堂,周围种上他喜欢的柳树,这是一种最好的纪念。晚唐诗人吕温还写了一首《嘲柳州柳子厚》:

柳州柳刺史,种柳柳江边。
柳管依然在,千秋柳拂天。

(《全唐诗》,第9857页)

前两句完全袭用柳宗元的《种柳戏题》,这便是一种敬意。当年柳宗元希望"谈笑为故事,推移成昔年",而今吕温的诗不就完成了柳宗元的心愿吗?柳宗元虽然不在了,但他当年种植的柳树已经长大成荫,"千秋柳拂天"是对柳宗元诗句"垂阴当覆地,耸干会参天"的注脚,也是对他功德的铭记。

科场竟添柳色新

在唐代的科举考试中,试题中多次出现柳树。在进士科应试诗中,柳树是一个不可或缺的体现春天风情的载体。比如柳道伦《赋得春风扇微和》中便写道,"始辨梅花里,俄分柳色中"(《全唐诗》,第3886页),柳色成了春天的一道风景。客观来说,在柳道伦诗中,柳树仅仅是诗人表现春天的一个点缀,只是春天的一个元素,还未成为审美主体。大历十二年(777)《小苑春望宫池柳色》和贞元八年(792)《御沟新柳》则不同,这是典型的咏物诗,柳树堂而皇之地成了每一个考生要着力表现的审美对象。

以"柳树"为题自然要极尽咏柳之能事，在《小苑春望宫池柳色》题下，现存应试诗十首，《御沟新柳》题下现存应试诗六首。综观这些《小苑春望宫池柳色》作品，有三点令人惊奇的发现，"晴"字出现在每一首诗中，"轻"字出现在九首诗中，"明"字出现在八首诗中，正是这三个字勾画出了一幅明媚的春景图。

首先说"晴"字。这个字不在题中，又同时出现在每一首诗的韵脚处，应该是主考官所规定的韵字。"晴"字反映出了应试者对画境的定位。阳光明媚的春季往往给人蓬勃向上的感觉，假如天空布满阴霾则会给人压抑的感觉，因此诗人笔下的春天多选择春晴。以一篇《通天台赋》被定为状元的黎逢在《小苑春望宫池柳色》中说："上林新柳变，小苑暮天晴。"（《全唐诗》，第3289页）一个"暮"字说明诗人选取了傍晚时分，此时光线柔和，是行家绘画喜欢的时间点；再用一个"晴"字，把夕照下柳的风姿很写意地表现了出来。崔绩也选择了这个时间点，其诗卒章说"南望龙池畔，斜光照晚晴"（《全唐诗》，第3291页），"斜光"指傍晚时分的阳光，其实一个"晚晴"已经足以说明斜光的特点，崔绩的表达比黎逢更直白。"晴"在诗中常和"新"字连用，如丁位《小苑春望宫池柳色》中说"低昂含晓景，萦转带新晴"（《全唐诗》，第3290页），"新晴"一指雨过天晴，一指天刚放晴。诗中未提下雨，因此这里的"新晴"应当与冬天的"阴霾"相对，这不仅是天气的对比，更是考生不同审美心理的表现。又如张季略诗中有"青葱当淑景，隐映媚新晴"（《全唐诗》，第3292页），沈迥诗中有"变黄随淑景，吐翠逐新晴"（《全唐诗》，第3293页）。这些句子不仅勾画出了明媚春光的大背景，同时使整幅画面充满了暖色调。

其次说"轻"字。这个字表现出了柳树的状态,突出了柳树的风姿美。"轻"在《小苑春望宫池柳色》诗中既指颜色浅绿，又指枝条轻柔。

丁位、裴达、沈迥诗均写到了柳芽的浅绿，丁位诗说"小苑宜春望，宫池柳色轻"，裴达诗说"御路韶光发，宫池柳色轻"，沈迥诗说"今来游上苑，春染柳条轻"。这种淡淡的嫩绿与暮春时节的满眼柳绿的闹意相比，更容易带给人清新的感觉。宫池边柳枝低垂，枝条上点缀着淡淡的嫩绿，在水中形成倒影，虚实相合，相得益彰。春风吹拂，柳枝轻轻拂过水面随风起舞，在澄澈的水面上划出层层涟漪，这大概就是黎逢笔下的"遥怜拂水轻"了。杨系这样形容他笔下的柳枝，"拂地青丝嫩，萦风绿带轻"，柳枝轻柔地垂到地面上，在风中袅袅婷婷，就像风情万种的舞女。总之，在应试考生的笔下，柳树呈现出了最美的姿态。

"晴"字已经让画面洋溢出了暖意，"明"字则让人感受到了诗中宫池柳色的审美格调。"晴"更与"明"字相呼应，进一步强调了画境。黎逢诗云"不厌随风袅，仍宜向日明"，杨系诗云"皇风吹欲断，圣日映逾明"，崔绩诗云"嫩叶随风散，浮光向日明"。从这些诗句中不难发现应试者对生活的仔细观察，柳叶正面似蜡质般光洁，具有反射光线的作用。更重要的是，诗题明言是"宫池柳色"，点明了柳树所在的环境，池水潋滟，波摇影转，更显得画面格调明朗。在这个题目下，应试者把柳置于春晴中，让读者通过审美意象去感受画面中的春色，而这份春色是通过枝头浅嫩的绿色和柳枝曼妙多姿的轻柔体现出来的。因为这些柳树并非长在荒野之上，而是处于皇家园林的池塘边上，所以宫池又成了柳的点缀，成了突出春柳这一主题的背景，体现出了皇家园林的构图美。

与《小苑春望宫池柳色》相比，贞元八年（792）进士科试《御沟新柳》同样充满了诗情画意。这里的柳树同样长在御苑，同样生长在春光之中，所以贾稜诗开篇即称"御苑阳和早，章沟柳色新"（《全唐诗》，第3880页），"阳和"指春暖之气，所以这里的审美主题也是御苑春柳。

在此年应试者的笔下，柳色同样如《小苑春望宫池柳色》中那样清新，所以陈羽诗中称"宛宛如丝柳，含黄一望新"（《全唐诗》，第3891页），因为柳芽刚刚透出，所以柳枝上如同挂上一层淡淡的鹅黄。审美是具有相对性的，不同的人看同样的事物具有不同的审美感受，挂满鹅黄嫩芽的春柳在贾稜诗中是"秀质方含翠，清阴欲庇人"（《全唐诗》，第3880页），李观的诗中称"翠色枝枝满，年光树树新"（《全唐诗》，第3597页），一个"翠"，一个"满"，让人感觉已非初春。但这也正是审美的角度问题，韩愈称"草色遥看近却无"便是如此。欧阳詹在诗中称"柔荑生女指，嫩叶长龙鳞"（《全唐诗》，第3909页），"柔荑"本指初生的茅草，这里代指绕指柔的柳枝，在轻柔的柳枝上，点缀着初生的嫩叶，如同片片龙鳞。因为柳树种植在御沟旁，所以随沟蜿蜒，在欧阳詹笔下成了"连为一道春"的美丽风景。柳枝的轻柔与御沟中水的清澈相呼应，显得更加迷人，于是陈羽诗中写道，"袅娜方遮水，低迷欲醉人"（《全唐诗》，第3891页），"袅娜"指柳枝细长轻柔的样子，垂拂水面如少女的秀发一般，令人充满诗意的想象。对于御沟旁春柳之美，刘遵古最得神韵，其诗说"映水疑分翠，含烟欲占春"（《全唐诗》，第3880页），岸上柳与水中影相对，仿佛春色被水分走一半，充满了情趣；柳枝上又仿佛被一层轻烟笼罩，如梦似幻。这一切都是春的写照。

最后，我们用李咸用的《咏柳》来总括唐诗中柳树的形象：

日近烟饶还有意，东垣西掖几千株。

牵仍别恨知难尽，夸炫春光恐更无。

解引人情长婉约，巧随风势强盘纡。

天应绣出繁华景，处处茸丝惹路衢。

（《全唐诗》，第7411页）

绿水青山染杏桃

桃花与杏花是春天最常见的花，好像春天有了它们才会更加绚烂，山水有了它们才会更加撩人。你看在王维去桃花源的路上是"两岸桃花夹去津"（《桃源行》，《全唐诗》，第1257页），在张志和的西塞山边是"桃花流水鳜鱼肥"（《渔父歌》，《全唐诗》，第418页），桃花要么洒下一路芬芳，要么点缀满山青翠。杏花也不甘示弱，在韩愈笔下我们看到了"杏花两株能白红"（《杏花》，《全唐诗》，第3791页）的容颜，在沈亚之笔下我们更看到了"带云犹误雪，映日欲欺霞。紫陌传香远，红泉落影斜"（《曲江亭望慈恩杏花发》，《全唐诗》，第5580~5581页）的亮丽。人们常把二月和三月亲切地叫"杏月""桃月"，如果春天没有了这两种花卉，究竟会是什么样子？今天我们不妨来领略一下桃杏的风姿。

元稹有一首《桃花》诗："桃花浅深处，似匀深浅妆。春风助肠断，吹落白衣裳。"（《全唐诗》，第4640页）写的是绚丽的桃花在春风中飘洒飞扬，几乎美得难以形容。白居易在《大林寺桃花》中惊叹："人间四月芳菲尽，山寺桃花始盛开。长恨春归无觅处，不知转入此中来。"（《全唐诗》，第4889页）原来有桃花才是春天，难怪人们在桃花面前表现得那么狂热，"桃花春色暖先开，明媚谁人不看来"（周朴《桃花》，《全唐诗》，第7703页）。就在这些看花人中，有人抱得美人归，有人却被远贬他乡。

人面桃花相映红

唐朝诗人崔护留下的诗歌不多,《全唐诗》只收录六首。数量虽然少,其中的《题都城南庄》却成了经典:

> 去年今日此门中,人面桃花相映红。
> 人面不知何处在,桃花依旧笑春风。

(《全唐诗》,第4148页)

这首诗竟然惹得一位姑娘得了相思病,崔护后来与她喜结连理,姑娘的相思病这才算好了。究竟是怎么回事呢?

《唐诗纪事》中记载,崔护是博陵人,到京城长安参加科举考试,第一次考得不理想,失败了。当时正值春天,崔护漫步到郊外散心,去看看大自然的花红柳绿心情会好一点。走着走着,到了一户人家,花木掩映,柴门关着,院子里一株桃树开得正好,崔护停下脚步欣赏。这时他感觉口干舌燥,于是很有礼貌地叩门,想找点水喝。开门的是一位妙龄少女,崔护说明来意,姑娘递给他一碗水,又给崔护搬了把椅子。崔护在喝水的时候,仔细打量眼前的姑娘,姑娘站在桃花树下"妖姿媚态,绰有余妍",漂亮中透出一股清雅脱俗的气质,特别是在桃花的映衬下,更是令人赏心悦目。崔护看得出神,还试图"以言挑之",结果姑娘是个"冷美人",没搭理崔护。崔护起身把碗还给姑娘,依依不舍地离开了。

第二年,崔护又到京城参加考试,想起了去年的偶遇,心里喜滋滋的,对那位姑娘不禁有些想念。于是,崔护再次来到姑娘家门前,不过这次没有见到姑娘,而是"门院如故,而已扃锁之"。崔护有些失落,就在柴门上写了一首诗,用来记述去年的偶遇和今年的来访不遇,这就是《题都城南庄》。诗中说我去年在这里遇见了姑娘，你站在桃花树下很漂亮，我今年又来拜访你，只看到了盛开的桃花，没有看见美丽的姑娘。这就是给姑娘留了个便条，前两句很高兴，后两句有些惆怅。写好之后，崔护又看了几遍，没毛病，写上自己的名字，就离开了。

这一年崔护高中，某天到都城南郊办事，因为离姑娘家不远，崔护就顺便拐到了姑娘家门口，或许他还是想再看姑娘一眼。刚到门前，崔护就听到哭声，是一位老翁的声音，哭什么女儿的命好苦，还没有成家就走了。崔护敲门询问，一个泪流满面的老翁打开了柴门，老翁看到崔护，先是一惊，然后问道："你是叫崔护吗？"崔护说："是，怎么了老先生？"老翁一把拉住崔护说："你办的好事！是你害死了我的女儿！还我女儿的命来！"崔护丈二和尚摸不着头脑，着急地问道："我什么时候成杀人犯了？请老先生把话说明白。"

原来，上次崔护在柴门上写诗时老先生带女儿出门了，姑娘回来时发现柴门上有一首诗，就不吃不喝病恹恹的。老先生一问才知道，去年崔护到这里游春讨了碗水喝，本来事情过去了，可是今年又过来拜访，还在柴门上留下那么一首诗。老先生说："我女儿从你的诗里看出来你对她有心意，可是又不知道去哪里找你，就这样得了相思病，整天水米不沾牙，眼看着人就不行了，我这是白发人送黑发人，命好苦啊！你怎么不知好歹，还来害我的女儿啊？"老人说完，拉着崔护号啕大哭起来。

崔护明白了，这件事确实怨自己，本来就是一首普普通通的诗歌，怎么会要了姑娘的命呢？看来去年姑娘就对他一见钟情了，只不过是姑娘不善于表达，也不好意思告诉老父亲自己内心的秘密。生生害得一个如花似玉的姑娘香消玉殒，崔护很自责，很内疚，但已经于事无补了。崔护向老人请求进屋拜祭，老人觉得或许这就是两个人的缘分，没有阻拦。

崔护见姑娘躺在床上，紧闭双目，就哭了起来，哭得很伤心。突然，姑娘慢慢睁开了眼睛，用微弱的声音问："你真的是崔郎吗？"原来，姑娘并没有完全断气，只是气息比较微弱，当爹的一见这种情况乱了阵脚。崔护痛哭流涕，唤醒了姑娘的知觉，姑娘一口气上来，就这样奇迹发生了。老人喜出望外，直感谢苍天有眼，崔护也激动不已，自己总算没有背上借诗杀人的罪名。这就是上天安排好的缘分，崔护向老人请求与姑娘结为夫妻。老人见女儿因为崔护的一首诗就鬼门关前走了一遭，看来女儿对崔护用情很深，崔护小伙子长得也不错，还这么有良心，也算是注定的姻缘，于是就高兴地答应了。

这就是崔护的桃花缘，桃花渲染了都城南郊的春天，桃花装扮了多情少女的容颜，桃花走进了崔护的诗句，桃花成就了崔护的姻缘。可是对于刘禹锡来说，桃花就没有那么多美好的回忆了，桃花虽然很美，却成了刘禹锡被贬的借口。

却被桃花误十年

刘禹锡政治热情很高，是"永贞革新"运动的主要干将，他很愿意为改变中晚唐的政治局面做点贡献。但是，他们的革新运动受到了以俱文珍为首的宦官集团及与之相勾结的大臣们的极力抵抗，最后只经历了短短的146天就失败了。失败后，支持改革的顺宗皇帝被俱文珍等人幽禁了，那些参与革新的人自然也好不到哪里，两位首领王伾、王叔文分别被贬为开州司马和渝州司马，不久两个人都死掉了；刘禹锡作为重要参与者被贬为连州刺史，这是贞元二十一年（805）九月的事情，还没有走到连州，又被降为朗州司马。

这一贬就是十年，到了元和九年（814）末，朝廷终于把刘禹锡给叫回来了，要任命他为南省郎。古代交通不便，刘禹锡路上走了几个月，回到京城时已经是第二年春天了。京城长安的春天"烟柳满皇都"，很漂亮，当时京城玄都观的桃花开得正好，刘禹锡就写了一首《元和十一年自朗州召至京戏赠看花诸君子》：

> 紫陌红尘拂面来，无人不道看花回。
> 玄都观里桃千树，尽是刘郎去后栽。

（《全唐诗》，第4116页）

在这首诗里，诗人首先说玄都观里桃花开得很漂亮，大家都去看，也都这么说，但是这些桃树是我刘禹锡被贬之后才种下的。据刘禹锡在《再游玄都观绝句》的"引子"中说，自己刚被贬的时候，玄都观里确实还没有什么花木，那些达官显贵争先恐后来欣赏的桃花都是在他被贬期间栽种的。刘禹锡虽然写的都是大实话，但遣词造句分明话里有话，怎么看都像在讽刺那些看花人是刚刚提拔起来的新贵。这自然就会让一些人不舒服，于是"当路不喜，又谪守播州"。好在宪宗考虑到刘禹锡是个孝子，老娘年纪大了，就重新把刘禹锡改贬到了连州。

第二次被召回京是大和二年（828），第二次被贬期间刘禹锡也不是在一个地方，从连州到夔州，又从夔州到和州。刘禹锡这个人性子倔强，在那"巴山楚水凄凉地"被"二十三年弃置身"（《酬乐天扬州初逢席上见赠》，《全唐诗》，第4061页），照样不吸取教训，简直就是死心眼。他再次来到玄都观，结果发现原来的桃树全没了，院子里长满了野草，很荒凉的样子，用他自己的话说就是"荡然无复一树，唯兔葵、燕麦动摇于春风耳"。刘禹锡很感慨，又写了一首《再游玄都观并引》：

> 百亩庭中半是苔，桃花净尽菜花开。
> 种桃道士归何处？前度刘郎今又来。

（《全唐诗》，第4116页）

前两句写物盛极而必衰，当年那么热闹的玄都观里竟然如此荒凉，到处开的都是野菜花，院子里长满了苔藓，证明已经很久没有人来了。当年种桃的道士去哪里了，我刘禹锡又回来了。朝廷风云变幻无常，当年带头收拾刘禹锡的武元衡已经被刺杀身亡，政坛发生了许多变化。刘禹锡好像有点幸灾乐祸的样子，其中虽然体现的是他不服输的积极心态，但这话确实容易让人不舒服，"权近闻者，益薄其行"。所以，刘禹锡无论如何也不会把桃花当作自己的幸运花。刘禹锡不把桃花当幸运花，息夫人则更把桃花当成自己的灾难花了。

花开犹得识夫人

据说每种花都有花神，掌管桃花的是息夫人，因此息夫人又被称为桃花夫人。能作为桃花神，可以想象息夫人应该是很漂亮的。杜牧有一首《题桃花夫人庙》：

　　细腰宫里露桃新，脉脉无言度几春。
　　至竟息亡缘底事，可怜金谷坠楼人。

（《全唐诗》，第5981页）

这首诗中又是"息亡"又是"坠楼"的，让人感觉悲悲戚戚的。这首诗的主人公桃花夫人即息夫人本就是一个悲剧性的人物。息夫人原名陈妫，是春秋时期陈国国君的女儿。息夫人和姐姐都是当时妇孺皆知的美女，目如秋水，面若桃花，人见人爱。但也正是因为漂亮，使三个国家兵祸相接，其中两个国家分崩离析。

周庄王十三年（前684），陈妫归宁探亲，路上经过蔡国，蔡侯以陈妫与自己的夫人是姐妹为由尽地主之谊。但是款待时，蔡侯酒酣耳热不够庄重，言语轻薄。息侯知道后很生气，认为蔡侯欺人太甚，决定报复蔡侯，他想了一条"借刀杀人"的计策。息侯派使者到楚国说:"蔡国仗着有齐国撑腰,一直就不服楚国。如果楚国兴兵攻打我们息国,蔡侯肯定会顾及我们两国的连襟关系出兵相救,到那时咱们两国再联合攻打蔡国,蔡侯肯定会被活捉,以后蔡国就会向您楚国进贡了。"楚文王依计发兵,息侯向蔡国求救,蔡侯亲自带兵救援。结果可想而知,蔡侯肯定是要失败的,当蔡侯败退到息国时,息侯大门紧闭,不让蔡侯进城,就这样蔡侯被活捉了。

当息侯犒劳楚军的时候,蔡侯才明白上当了,这是息侯因为我轻薄息夫人报复我呢。但是后悔已经晚了!蔡侯知道这件事的根源在息夫人身上,于是就对楚王说:"您宫中的美人虽然多,但没有一个能超过息夫人的!"楚王动心了,带领军队以巡视为名到了息国,一看息夫人确实貌美如花,一心想据为己有,于是绑架了息侯。息夫人知道这个消息后要投井自杀,结果被楚将斗丹劝住:"您不打算让息侯活了吗?"楚王是为了得到你才绑架息侯的,如果你自杀了,楚王一生气肯定会要了息侯的命。

息夫人为了自己的丈夫,忍气吞声到了楚国。息侯成了楚国都城守门的小吏,息夫人则被楚王立为夫人。楚王见息夫人面如桃花,娇艳欲滴,就称她"桃花夫人"。桃花夫人在楚宫三年为楚王生了两个儿子,但始终不发一言。楚王问她为什么不说话,桃花夫人说:"我一个女人,伺候两个丈夫,不能守节而死,哪里还有脸面说话呢?"

杜牧这首诗的前两句说的就是这段历史。"脉脉无言度几春",看似对桃花夫人充满了同情,可是作者转笔就对她发出了灵魂拷问,"至竟息亡缘底事",息国到底为什么亡的?这一下子就把桃花夫人内心的伤疤给戳破了!作者明明知道答案却不说了,转向了另一个女子,晋代富豪石崇的宠妾绿珠。绿珠也是因为美色被孙秀惦记,给石崇带来了祸患。但是当祸患到来时,绿珠毅然选择了跳楼自杀,这是对石崇的报答,也是对权势的反抗,表现得那么刚烈。虽然没有明写桃花夫人应该怎么样，但是明眼人都能看得出来，杜牧对桃花夫人是有意见的，说绿珠刚烈不就是对桃花夫人苟活的指责吗？我们不是桃花夫人，并不能感受桃花夫人的苦衷。历史不能重演，我们能做的就是去欣赏"满树和娇烂漫红，万枝丹彩灼春融"（吴融《桃花》，《全唐诗》，第7903页），去感叹"可惜狂风吹落后，殷红片片点莓苔"（周朴《桃花》，《全唐诗》，第7703页）。

活色生香第一流

了解了桃花和与桃花相关的故事，接下来关注一下杏花。看到杏花，我们可能会想"牧童遥指杏花村"，这是杜牧《清明》中的一句诗，成了杏花村酒的广告词。我想到了一个成语"活色生香"。我们一般用这个成语来形容女子美艳动人，但是这个成语最初是用来形容杏花的，出自薛能的《杏花》：

> 活色生香第一流，手中移得近青楼。
> 谁知艳性终相负，乱向春风笑不休。

（《全唐诗》，第6515页）

因为杏花颜色鲜艳，香味浓郁，所以就把它栽种在显贵人家的闺阁。这里的青楼不是烟花场所，而是豪门大户的代称。杏花的花期不长，很快就随风飘落了。但是诗人在诗中运用了拟人化的手法，把杏花写得极不庄重，就像青楼的女子，刚刚与你海誓山盟，可是一转脸又笑盈盈地投入别人的怀抱。或许，薛能是个有故事的人，当他看到杏花又想到了故事中的人。

不同的人看到杏花会有不同的感想，人们总会把自己的一些事情和杏花联系到一起，比如韩愈的《杏花》（节选）：

居邻北郭古寺空,杏花两株能白红。
曲江满园不可到,看此宁避雨与风。
二年流窜出岭外,所见草木多异同。
冬寒不严地恒泄,阳气发乱无全功。
浮花浪蕊镇长有,才开还落瘴雾中。

(《全唐诗》,第3791~3792页)

韩愈是个勇于担当的人,贞元十九年(803),在他任监察御史期间,关中大旱,老百姓流离失所,但是当时京兆尹李实封锁消息,向朝廷谎报灾情,甚至撒谎说百姓安居乐业。韩愈忍无可忍,向皇帝上了《论天旱人饥状》,揭露了事实真相,结果遭到李实陷害,被贬为连州阳山县令,贞元二十一年(805)八月,又改为江陵法曹参军。李实怎么会有如此大的能量?据《旧唐书·李实传》记载,李实是李唐宗室道王李元庆的玄孙,这个李实继承了道王的封爵,深受皇帝的宠信。

清朝王元启的《读韩纪疑》中说:"江陵有金銮寺,退之题名在焉。居邻古寺,意即此寺。"所以这首《杏花》诗是韩愈写于被贬江陵时期,他看到的是金銮寺的杏花。寺内的两株杏花红白相间,自然与京城长安曲江的杏花是不能比的,明显感觉到韩愈对京城的向往与对京城政治斗争的愤懑。正如汪佑南《山泾草堂诗话》中所说:"公窜身岭外,思归京国,触目浮花浪蕊,无非蛮乡风景。至是始为掾江陵,忽见杏花,借以寄慨。"因为被贬到岭外,在这里所能看到的景象让人感觉难以适应,冬天该冷不冷,明明有点热却又不能让万物滋生。虽然总有绽开的花朵,但还没等到你去欣赏呢就又败落了。看来,韩愈在贬谪生活中情绪很糟糕。

白居易也是很喜欢杏花的,他在"十五年来洛下居"时,得知洛阳城东赵村的杏花开得不错,于是经常过去观赏。为此还写了一首《游赵村杏花》:

赵村红杏每年开，十五年来看几回。

七十三人难再到，今春来是别花来。

（《全唐诗》，第5235页）

赵村红杏每年开放的时候，我都要过来看的，但我已经是73岁的老翁了，这回来看的时候没有赶上，杏花已经败了，看到的是别的种类的花，大有感叹年龄老大的惆怅。或许年龄越大的人越知道时间的珍贵吧，所以元稹在《看花》诗中不无感叹地说："努力少年求好官，好花须是少年看。君看老大逢花树，未折一枝心已阑。"（《全唐诗》，第4642页）

白居易、刘禹锡、元稹三个人还曾经在"杏园花下"玩起了唱和。这次唱和活动的发起人是白居易，他首先写了《杏园花下赠刘郎中》：

怪君把酒偏惆怅，曾是贞元花下人。

自别花来多少事，东风二十四回春。

（《全唐诗》，第5048页）

这首诗作于大和二年（828），刘禹锡因为参加"永贞革新运动"，于贞元二十一年（805）被贬任朗州司马，到大和二年回到朝中任主客郎中，已经23年了。大家在曲江杏花园为刘禹锡接风洗尘的时候，刘禹锡心里很不是滋味，白居易写了这首诗安慰好朋友："哥们完全没有必要放不下，你毕竟'曾是贞元花下人'，当年朝廷在这里为你们新科进士庆贺，你也曾经风光过。"刘禹锡是贞元九年（793）考中的进士，同年又考上了博学宏词科，所以白居易称他是"贞元花下人"。

刘禹锡很感谢好朋友的安慰，就写了一首《杏园花下酬乐天见赠》作为回报："二十余年作逐臣，归来还见曲江春。游人莫笑白头醉，老醉花间有几人。"（《全唐诗》，第4122页）前面谈到，刘禹锡还是很乐观的一个人：经历了20多年的贬谪生活，我又回来了，"前度刘郎今又来"，我又见到了曲江的春天。大家千万别笑话我头发白了，还喝得醉醺醺的，能有我这心态的人有几个呢？

其实，多多少少能感觉到刘禹锡这会儿是故作旷达，有点表演给弟兄们看的成分。他越是这样，大家越心疼他，元稹赶紧开口了，也是一首诗，《酬白乐天杏花园》："刘郎不用闲惆怅，且作花间共醉人。算得贞元旧朝士，几人同见太和春。"（《全唐诗》，第4649页）刘禹锡别难受了，这么好的景色，啥也不说了，喝酒！不醉不归！扳着指头算算，那些贞元年间考中的人，除了我们三个今天聚在一起，还有谁有这个福分？元稹是贞元九年明经及第，白居易是贞元十六年（800）进士及第，二人又同在贞元十八年（802）考上书判拔萃科，所以三个人都是"贞元旧朝士"。听白居易、元稹苦口婆心这么安慰自己，刘禹锡自然是明白的，他除了感激，恐怕就是珍惜眼前了。

曲江亭的杏花竟然能让三位大诗人如此向往留恋，确实应该算得上"活色生香第一流"，而且这里的杏花后来还成了科举考试题目。

当年科考杏花诗

贞元五年（789），礼部侍郎刘太真担任主考官，他指定进士科诗歌题目是《曲江亭望慈恩寺杏园花发》。从题目中的元素来看，这首诗就是要让考生描写京城长安的春天，"曲江亭"在曲江池边，曲江池在长安东南角，是京城游宴之处；"慈恩寺"是唐贞观二十二年（648）太子李治为追念母亲文德皇后而建的皇家寺院。这个题目下现存有四首诗，作者分别是李君何、周弘亮、曹著、陈翥，我们这里以陈翥的诗为例吧。

曲江晴望好，近接梵王家。
十亩开金地，千林发杏花。
映雪犹误雪，煦日欲成霞。
紫陌传香远，红泉落影斜。

园中春尚早，亭上路非赊。

芳景堪游处，其如惜物华。

（《全唐诗》，第 5299 页）

在和煦的阳光下，作者站在曲江亭望向慈恩寺杏园，对杏花进行了远距离的审美。"梵王家""金地"都是指佛家场所，据《法苑珠林》讲，须达长者以黄金铺地，买了祇陀太子园为瞿昙造精舍，所以后来就以"金地"作为寺院的别称。这里的杏花开得很绚烂，远远望去像白雪，又像云霞，香气浓郁，是值得游玩的好去处。

杏花含苞待放时为红色，随着花瓣的伸展颜色渐渐变淡，至后来则变为纯白色，所以在和煦的阳光下杏花反而以素姿出现，这就是周弘亮诗中所说的"萼中轻蕊密，枝上素姿繁。拂雨云初起，含风雪欲翻"（《全唐诗》，第 5298~5299 页），可见作者观察生活之仔细。作者用白雪形容杏花的颜色，一个"繁"字可见杏花开得正盛，在春风的吹拂下如同翻卷的雪花，足见杏花成阵的气势。与花色相配的自然是花香，曹著诗称"异香飘九陌"（《全唐诗》，第 5299 页），陈翥诗称"紫陌传香远"（《全唐诗》，第 5299 页），花繁香浓，无怪乎李君何会慨叹"景胜类桃源"（《全唐诗》，第 5298 页）。寺院本就清幽，慈恩寺又为皇家寺院，所以更应肃穆静谧，但繁簇的杏花仿佛打破了这里的宁静，因此李君何诗称"浮香景欲喧"。但这里的"喧"是对杏花繁盛的形容，并非世俗的喧嚣，再用"欲"字修饰，更见景色的迷人。

不管是桃花还是杏花，有花的春天才更动人，才更能让人感觉到生活的美好。这就是白居易《东坡种花二首》其一中的感受：

持钱买花树，城东坡上栽。

但购有花者，不限桃杏梅。

百果参杂种，千枝次第开。

天时有早晚，地力无高低。

红者霞艳艳，白者雪皑皑。
游蜂逐不去，好鸟亦来栖。
前有长流水，下有小平台。
时拂台上石，一举风前杯。
花枝荫我头，花蕊落我怀。
独酌复独咏，不觉月平西。

(《全唐诗》，第 4802~4803 页)

参考书目

1. 〔宋〕王溥:《唐会要》,北京:中华书局,1955年6月。
2. 〔宋〕李昉:《太平御览》,北京:中华书局,1960年2月。
3. 〔清〕彭定求等:《全唐诗》,北京:中华书局,1960年4月。
4. 〔清〕郭庆藩:《庄子集释》,北京:中华书局,1961年7月。
5. 〔宋〕范晔:《后汉书》,北京:中华书局,1965年5月。
6. 〔梁〕沈约:《宋书》,北京:中华书局,1974年10月。
7. 〔宋〕欧阳修等:《新唐书》,北京:中华书局,1975年2月。
8. 〔后晋〕刘昫等:《旧唐书》,北京:中华书局,1975年5月。
9. 〔唐〕李延寿:《南史》,北京:中华书局,1975年6月。
10. 〔唐〕李白:《李太白全集》,北京:中华书局,1977年9月。
11. 瞿蜕园等:《李白集校注》,上海:上海古籍出版社,1980年7月。
12. 〔宋〕李昉等:《文苑英华》,北京:中华书局,1982年7月。
13. 逯钦立:《先秦汉魏晋南北朝诗》,北京:中华书局,1983年9月。
14. 〔清〕董诰等:《全唐文》,北京:中华书局,1983年11月。
15. 陈鼓应:《老子注译及评介》,北京:中华书局,1984年5月。
16. 〔魏〕郦道元:《水经注》,影印《四库全书》本,台北:台湾商务印书馆,1986年3月。

17.〔唐〕张说：《张燕公集》，影印《四库全书》本，台北：台湾商务印书馆，1986年3月。

18.〔清〕赵殿成：《王右丞集笺注》，影印《四库全书》本，台北：台湾商务印书馆，1986年3月。

19.〔唐〕殷璠：《河岳英灵集》，影印《四库全书》本，台北：台湾商务印书馆，1986年3月。

20.〔唐〕李肇：《唐国史补》，影印《四库全书》本，台北：台湾商务印书馆，1986年3月。

21.〔元〕陶宗仪：《说郛》，影印《四库全书》本，台北：台湾商务印书馆，1986年3月。

22.〔明〕冯惟讷：《古诗纪》，影印《四库全书》本，台北：台湾商务印书馆，1986年3月。

23.〔宋〕苏轼：《苏轼文集》，北京：中华书局，1986年3月。

24.〔清〕张湛：《列子注》，上海：上海书店，1986年7月。

25. 马其昶：《韩昌黎文集校注》，上海：上海古籍出版社，1986年12月。

26. 傅璇琮：《唐才子传校笺》（第一册），北京：中华书局，1987年5月。

27. 周勋初：《唐语林校证》，北京：中华书局，1987年7月。

28. 傅璇琮：《唐才子传校笺》（第三册），北京：中华书局，1990年5月。

29. 傅璇琮：《唐才子传校笺》（第五册），北京：中华书局，1995年11月。

30. 陈铁民：《王维集校注》，北京：中华书局，1997年8月。

31.〔唐〕孔颖达：《毛诗注疏》，北京：中华书局，1998年11月。

32.〔宋〕邢昺疏：《论语注疏》，北京：中华书局，1998年11月。

33.〔唐〕李善等：《六臣注文选》，杭州：浙江古籍出版社，1999年3月。

34.〔清〕仇兆鳌：《杜诗详注》，北京：中华书局，1999年9月。

35.傅璇琮：《唐才子传校笺》（第五册），北京：中华书局，2000年2月。

36.陈贻焮：《增订注释全唐诗》，北京：文化艺术出版社，2001年5月。

37.袁行霈：《陶渊明集笺注》，北京：中华书局，2003年4月。

38.杨天宇：《礼记译注》，上海：上海古籍出版社，2004年7月。

39.黄寿祺等：《周易译注》，上海：上海古籍出版社，2004年7月。

40.胡奇光等：《尔雅译注》，上海：上海古籍出版社，2004年7月。

41.李民等：《尚书译注》，上海：上海古籍出版社，2004年7月。

42.程俊英：《诗经译注》，上海：上海古籍出版社，2004年7月。

43.赵贞信：《封氏闻见记校注》，北京：中华书局，2005年11月。

44.杨勇：《世说新语校笺》，北京：中华书局，2006年6月。

45.袁行霈等：《中国文学作品选注》（第二卷），北京：中华书局，2007年6月。

46.王仲镛：《唐诗纪事校笺》，北京：中华书局，2007年11月。

47.袁津琥：《艺概注稿》，北京：中华书局，2009年5月。

48.谢思炜：《白居易文集校注》，北京：中华书局，2011年1月。

49.〔五代〕王定保：《唐摭言》，上海：上海古籍出版社，2012年8月。

后　记

◆

《唐诗中的绿水青山》是中央电视台《百家讲坛》栏目让我申报的节目选题，当大象出版社知道这个消息后，马上与我取得了联系，谈了出版的计划。我觉得这是一件好事，有利于唐诗的传播。

很多事说起来容易做起来难。报选题的时候我觉得书写出来会很精彩，可是真要组织材料撰写，则发现搜肠刮肚，寸步难行。不是材料太多，需要忍痛割舍，就是材料不足，无从下笔。我在写作过程中有一些感受在这里和大家分享一下。

首先，我看到了唐诗的用处。曾经有一个本硕连读的学生打算跟着我读硕士，我答应了他，可是开学的时候他没有报到。原来，他觉得研究唐诗没有什么用处，于是改报了自认为有用的专业。我不能埋怨这个学生，确实在一些人看来，诗歌就是无病呻吟。其实这是一种误解。2017年12月1日，我接到河南广播电视台新闻中心一位记者的短信：

> 我们需要配合央视做新闻，央视记者想做党中央农村工作会议的片子，他们想找古代文学专业的教授提供五首古诗，要求脍炙人口的，能反映"十九大"报告提出的"乡村振兴战略"中的"产业兴旺、生态宜居、乡风文明、治理有效、生活富裕"

五个方面，最好是绝句。由于时间紧急，麻烦您周末帮忙找找，谢谢！

这条短信让我看到了唐诗的用处。唐人肯定不知道我们党中央会召开"十九大"并提出"乡村振兴战略"，所以他们不会提前为我们准备好相关的诗歌。但我们为什么不能转换一下思路呢？唐诗里虽然没有我们期待的高度，但同样也有对于美好幸福生活的歌颂和追求，所以就一定会有我们需要的诗歌。当"绿水青山就是金山银山"越来越深入人心时，唐诗里自然也有属于那个时代的表达，这就是无用之用。这也正是我一直提倡的文学课堂实践能力提升的范畴。我的这一想法得到了学校的支持，被立为重点教改项目。

其次，唐诗内容的丰富性让我感到震撼。唐代文人认为没有什么是不可以入诗的，诗歌就是唐代文人日常的表达方式之一。他们的社会生活、所听闻或经历的政治事件、对善恶美丑的认知和对祖国山河的审视，都可以写入诗歌。当我们在畅游山水有所感触时，可以拍视频、拍照片发朋友圈，也可以写一篇小散文发微博让网友围观，唐代文人则更习惯用诗歌来表达登山临水的感受。同样是对山水审美的表达，每个人则不一样，有的人就是纯粹地描写山水，有的人则在山水中融入自己的生命。或许，每一处绿水青山背后，都有一个需要我们去发掘的故事。

再次，我的"唐诗研究"课程有了新的素材。多年来，我一直在为人文班的学生讲授"唐诗研究"课程，讲得时间久了，按说随着对课程越来越熟悉，应该变得驾轻就熟。可事实并非如此，每年面对不同的学生，讲着同样的课程，总感觉是在做简单的重复性的体力劳动。通过组织专题、搜罗材料、阅读分析、撰写书稿，我像进入桃花源的武陵渔人，发现了一个落英缤纷的新天地，眼前豁然开朗。原来，以往的教学疲惫是因为个人的故步自封，课堂教学内容本可以有更多的选择。虽然《百家讲坛》节目和图书所面对的观众及读者更易接受通俗性、趣味性的内容，但对这些材料的组织和思考则可以有学术性的表达。换句话说，写出来的书稿可以照顾读者而强调故事性多一点，语言轻松一点，但作为课程内容讲述的时候，则完全可以学院派一点。

  稿子写完了，节目还没有录，或许录制节目时内容会做出明显的调整。但不管怎样调整，都是为了利于观众接受。所以，请大家在阅读的过程中及时指出我的错误，让我在修改时进一步完善，少一点遗憾！

王士祥

2020 年 4 月

书于知退斋